想象另一种可能

理
想
国

imaginist

不对称

Lisa Halliday
Asymmetry

[美] 莉萨·哈利迪 著   陈晓菲 译

河南文藝出版社

献给西奥

目 录

愚蠢   1

疯狂   189

埃兹拉·布莱泽的《荒岛唱片》访谈   361

第一部分

愚 蠢

我们的人生是如此滑稽,

任谁也无法理解为何自己生来就被判了死刑……

——马丁·加德纳,《爱丽丝梦游仙境与镜中奇缘》(注解版)

爱丽丝开始对一个人无所事事地坐在那里感到厌倦了：每隔一会儿，她就要向搁在膝盖上的书再度发起进攻，然而书里尽是些冗长的段落，连一个引号都没有，她心想，一本连一个引号都没有的书有什么好看的呢？

她还在想（有点傻，因为她不太擅长完成一件事），说不定自己哪天也能写本书，这时，一个青灰色鬈发的男人手里拿着冰激凌从街角的富豪雪糕走过来，在她身边坐下。

"你在读什么？"

爱丽丝拿给他看。

"是那本写西瓜的吗？"

爱丽丝还没有读到任何和西瓜有关的内容，但她还是点了点头。

"你平时还爱看什么书?"

"噢,都是些老玩意儿,基本上。"

有那么一会儿,他们坐着没说话,男人吃着他的冰激凌,爱丽丝假装在读她的书。两个慢跑的人一前一后经过时回头看了他们一眼。爱丽丝知道他是谁——他刚一坐下,把她的脸颊羞成了西瓜红色那会儿就知道了——但大惊之余,她也只能像个勤劳的花园精灵那样,一个劲儿地盯着摊在她膝盖上的那些难以翻越的字行。就好像每一句都是水泥砌的似的。

"那么,"男人说着站起身来,"你叫什么名字?"

"爱丽丝。"

"喜欢老玩意儿的爱丽丝。回头见。"

下一个星期天,她坐在同一个地方,正在和另一本书较劲,讲的是一座愤怒的火山和一个自负的国王。

"是你啊。"他说。

"爱丽丝。"

"爱丽丝。你读这个干吗?我还以为你想当作家呢。"

"谁说的?"

"你不想吗?"

他掰下一小块巧克力递给她,手有点颤。

"谢谢。"爱丽丝说。

"不火气。"他回答道。

爱丽丝含着巧克力,朝他投去一个疑问的眼神。

"你没听过那个笑话吗?在飞往火奴鲁鲁的飞机上,一个人对邻座的家伙说,'打扰了,请问这个词应该怎么念,夏威夷还是夏灰夷?''夏灰夷。'另一个人说。'谢谢。'第一个人说。然后另一个人说,'不火气。'"

嘴里还在嚼着,爱丽丝笑了。"这是个犹太笑话吗?"

作家跷起一条腿,双手叠在膝盖上。"你说呢?"

第三个星期天,他从富豪雪糕带来两支甜筒,递给她一支。爱丽丝接了过来,就像上次接巧克力时那样,因为它已经开始往下淌了,而且再怎么说,一个普利策奖得主——还不止一届——也不太可能四处给人下毒吧。

他们一边吃着自己的甜筒,一边看一对鸽子争啄一根草杆。爱丽丝在阳光下慵懒地蜷起一条腿，蓝色凉鞋和连衣裙上的锯齿纹很搭。

"所以，爱丽丝，要不要试试看？"

她看着他。

他看着她。

爱丽丝大笑起来。

"要不要试试看？"他重复了一遍。

低下头，盯着手里的甜筒，她说："嗯，没有理由说不，我想。"

作家起身走到一边去扔餐巾纸，然后走回她身边。"有很多理由可以说不。"

爱丽丝往上瞟了他一眼，笑了。

"你多大了？"

"二十五。"

"男朋友？"

她摇摇头。

"工作？"

"我是个助理编辑。在格里芬。"

双手插在口袋里，他微微扬起下巴，看上去已然得出结论：这就对了。

"好吧。下周六要不要一起散步？"

爱丽丝点点头。

"还在这里，四点？"

爱丽丝又点点头。

"我得记一下你的电话号码。以防万一。"

另一个慢跑的人放慢脚步看他们,爱丽丝把号码写在了书里夹着的书签上。

"那你就找不着这页了。"作家说。

"没关系。"爱丽丝说。

星期六那天,下着雨。爱丽丝坐在卫生间的马赛克瓷砖上,正努力地用黄油刀旋紧坏掉的马桶座圈,这时电话响了:未知号码[1]。

"嗨,爱丽丝吗?我是富豪先生。你在哪儿呢?"

"在家。"

"你家在哪里?"

"百老汇大道85号。"

"噢,拐个弯就到了。我们牵根绳子就可以用易拉罐打电话啦。"

爱丽丝的脑海里浮现出一根绳子,像一根巨大的蹦极绳垂荡在阿姆斯特丹上空,他们一说话它就抖一下。

"那么,爱丽丝小姐,接下来怎么安排?你想

---

[1] 原文为大写,本书中均为黑体,下同。

愚 蠢

过来聊一会儿吗?或者我们改天再一起散步?"

"我过去吧。"

"你要过来?好极了。四点半?"

爱丽丝在一封垃圾邮件上记下地址。然后抬起一只手遮住嘴,没有出声。

"看了一下,还是五点吧。我们五点见?"

雨水淹没了人行横道,浸湿了她的鞋子。出租车扬起水花,洒到阿姆斯特丹大道的上空,车速似乎比干的时候要快得多。他的门房把自己扭成一个被钉在十字架上的姿势给她腾地儿,她目不斜视地走了进去:迈开大步,咬紧牙关,挥舞着雨伞。电梯里通身包覆着黄铜,已经有些开翘了。都怪楼层太高,或者电梯太慢了,给了她这么多闲工夫对着镜屋里自己无限递归的镜像皱起眉头,为接下来要发生的事情忧心忡忡。

电梯门打开以后,眼前是一条走廊,里面有六扇灰色的门。她正准备去敲最近的那扇门,这时,电梯另一边有扇门开了道缝,一只手伸了出来,举着玻璃杯。

爱丽丝接过那个盛满水的杯子。

门关上了。

爱丽丝抿了一口。

那扇门又开了,看起来就像是它自己荡开的。爱丽丝犹豫了一下,还是拿着那杯水走进了玄关,里面是一个白得发亮的房间,醒目地摆着一张国际象棋桌,还有一张大得出奇的床。

"给我看看你的包。"他的声音在她背后响起。

她照做了。

"现在请你打开它。安全起见。"

爱丽丝把她的小包放在两人之间的小玻璃桌上,解开搭扣。她拿出自己的钱包:一只磨损严重的棕色皮质男式钱包。一张刮刮卡,花一块钱买的,面值也是一块。一支润唇膏。一把梳子。一个钥匙环。一个发卡。一支自动铅笔。几枚硬币。最后是三枚卫生棉条,被她攥在手心里,像是三颗子弹。棉屑。细沙。

"没带手机?"

"我留在家里了。"

他拿起钱包,指着几处绽线的地方。"这可不怎么体面,爱丽丝。"

"我知道。"

他打开钱包,拿出她的借记卡,她的信用卡,一张过期的唐恩都乐礼品卡,她的驾照,她的学生证，还有二十三美元的纸币。他举起一张卡，上面写着：玛丽[1]-爱丽丝。爱丽丝皱了皱鼻子。

"你不像玛丽的那一半。"

"是吗？"

有好一阵子，他一会儿看看她，一会儿看看那张卡，仿佛很难选出更喜欢哪个版本的她。然后他点点头，把卡片们撞齐，从桌上取过橡皮筋，把卡和钱扎成一小捆，再放回她的包里。那只钱包早就被他扔进了金属网格废纸篓，和一卷白色废稿纸相依相偎。这幅画面似乎让他不爽了一下。

"那么，玛丽-爱丽丝……"他坐下来，示意她也坐下。他那张阅读椅的坐垫是黑色真皮的，都快矮到地上了，像是一辆保时捷。"还有什么我能帮你的吗？"

爱丽丝环顾四周。一份新鲜的手稿躺在国际象棋桌上，静候他的垂青。再靠里一点，两扇推拉式的玻璃门通往一个小阳台，雨水都被楼上的阳台挡住了。在她身后，那张奇大无比的床铺得如此整洁，近乎冷漠。

"想去外面吗？"

---

[1] 原文为斜体，表强调，本书中均为仿宋体，下同。

"好啊。"

"谁也不把谁甩掉。说好了?"

爱丽丝微微一笑,依然站在离他五英尺远的地方,伸出一只手。作家垂下眼睛,久久地、犹疑地盯着它,仿佛她的掌纹里陈列着他每次与人握手的所有利弊得失。

"我又想了一下,"他说,"还是来这边吧。"

他的皮肤松弛而又清凉。

他的嘴唇很柔软——但后面是他的牙齿。

在她的办公室那边,至少有三个署着他名字的国家图书奖证书被装裱起来,挂在大厅的墙上。

第二次,她敲门后,有好几秒钟没有人应答。

"是我。"爱丽丝对着大门说。

门开了道缝,伸出一只手来,拿着一只盒子。

爱丽丝接过盒子。

门关上了。

林肯文具,盒子上精致的烫金字写着。打开后,一层白色衬纸下面躺着一只紫红色的钱包,配有零钱袋和金属搭扣。

"天哪!"爱丽丝说,"太漂亮了。谢谢你。"

"不火气。"门那边传来。

又一次，她拿到了一杯水。

又一次，他们该做的都做了，并且没把床弄乱。

隔着毛衣，他把手分别放在了两只乳房上，就像是在按她的静音键。

"这只大一点。"

"哦。"爱丽丝不太开心地低头看了看。

"不不，这并不是什么缺陷。世上不存在完美对称物。"

"就像雪花？"爱丽丝试着举例。

"就像雪花。"他很认同。

一道粉色的伤疤沿着他的胃往上一直延伸到胸骨，像一条拉链。另一道伤疤把他的腿从鼠蹊到脚踝等分成了两截。还有两个伤疤在他的屁股上方摆成了一个淡淡的抑扬符。这些还只是正面的。

"是谁把你弄成这样的？"

"诺曼·梅勒。"

她用力往上提紧身裤时，他起身打开电视，放洋基队的比赛。"啊哈，我喜欢棒球。"爱丽丝说。

"是吗？哪个队？"

"红袜。小的时候，我奶奶每年都会带我去芬威。"

"她还活着吗，你奶奶？"

"是啊。你想要她的电话吗？你俩年纪应该差不多。"

"凭我们现在的关系，你要讽刺我还早了点，玛丽-爱丽丝。"

"我知道，"爱丽丝笑了，"抱歉。"

他们看向电视时，正好杰森·吉昂比在两好三坏时将球轰进了三不管地带。

"噢！"作家说着，站了起来。"我差点儿忘了。我给你买了饼干。"

有时两人会面对面坐着互相对视，隔着他的小玻璃餐桌，或是她在床上他在椅子上，她注意到他的半边头在微微翕动，仿佛与心跳同拍。

此外，他的脊椎动过三次手术，这意味着有些事他们可以做，有些不能做。不该做。

"我不想你受伤。"爱丽丝皱着眉头说。

"现在说这些有点晚了。"

现在他们用到了床。他的床垫是用一种特殊的正姿材料制成的，她感觉自己正在慢慢陷入肥软的糖块。把头别向一边，透过他那扇双倍高的窗户可以看见市中心的天际线，在雨中肃穆地簇拥着。

"上帝啊。耶稣啊。基督啊。啊耶稣基督。你在干什么?你知不知……道你……在干什么?"

事后,她又拿起一块饼干开始吃:

"这都是谁教你的,玛丽-爱丽丝?你以前都和什么人在一起?"

"没有谁,"她说着,捡起掉在膝头的饼干屑放进嘴里,"我只是想象怎么做会舒服,然后就做了。"

"好吧,你可真有想象力。"

他叫她美人鱼。她不知道为什么。

他的键盘边上拱起一顶白纸,上面印着:

> 很长一段时间里你都是一只空的容器,然后里面长出了某种你不想要的东西,爬进了某种你实际上不能做的事。机遇之神在我们内部造就了它……探索艺术需要耐心。

下面还有:

> 一个艺术家,我认为,无非是一种强有力的记忆,能够随意从某些经验中侧身而过……

她开冰箱的时候，系在把手上的那枚白宫颁发的金质奖章大声地撞在冰箱门上。爱丽丝回到床上。

"宝贝儿，"他说，"我戴不了安全套。没人能戴。"

"行。"

"那我们要怎么避免得病呢？"

"这个嘛，我相信你，如果你——"

"你不应该相信任何人。万一你怀孕了怎么办？"

"噢，不要担心这个。我会打掉的。"

晚些时候，她去卫生间冲洗时，他从门缝里给她递了一杯白葡萄酒。

停电饼干，应该是叫这个，是从他每天散步时都会经过的那家哥伦布烘培店买来的。他努力控制自己不去吃。他也不喝酒，他在吃的一种药不能和酒精混服。但是他会一瓶瓶地给爱丽丝买桑塞尔或普伊-富赛，倒出她想喝的量以后就盖好瓶塞，放在门边的地板上，好让她带回家。

一天晚上，啃了几口饼干之后，爱丽丝抿了口酒，旋即优雅地露出一个嫌恶的表情。

愚 蠢

"怎么了？"

"抱歉，"她说，"我不想显得这么不识好歹。但你懂的，味道好像不太搭。"

他想了一会儿，起身走进厨房，拿来一只平底杯和一瓶诺布溪。

"试试这个。"

他饥渴地看着她先是咬了一口饼干，接着抿了一口酒。波本威士忌像一团火滚下喉咙。

爱丽丝咳了起来。"天堂。"她说。

收到的其他礼物：

一只无比耐用的防水指针表。

香奈儿魅力淡香精。

一整版"美国音乐传奇"系列的三十二美分邮票，纪念哈罗德·阿伦、约翰尼·默瑟、多萝茜·费尔兹，以及霍基·卡迈尔克。

1992年3月的一张《纽约邮报》，标题是《牛棚里的诡异性事[1]（城区最终版）》。

---

[1] 原文为：Weird Sex Act in Bullpen. 牛棚指的是投手上场前的热身区域。1992年3月，三名女性指控棒球运动员大卫·科恩曾于1989年在牛棚对着她们手淫。

第八次，他们正在做某件他不应该做的事时，他说：

"我爱你。爱你所做的这些。"

事后，她坐在桌边吃她的饼干，他默默地看着她。

第二天早晨：

未知号码。

"我打电话来是想说，你可能会觉得奇怪，从我嘴里听到那个，你一定很震惊——是震惊的震，不是正经的正[1]，虽然这个词也不赖。我想说的是，那句话是那一刻的情绪使然，它不会改变我们之间的关系。我不希望有任何改变。我们该怎么着还是怎么着。"

"当然。"

"乖孩子。"

挂上电话时，爱丽丝的脸上还带着微笑。

然后她又想了一会儿，皱起了眉头。

父亲打电话来时，她正在读手表附带的说明书，他是来通知她，报道里说双塔倒下那天没有一个犹太人在里面，这已经是本周第二次了。而

---

[1] 原文为：that's R-E-E-L-I-N-G, not R-E-A-L-I-N-G.

作家好几天都没再打电话来。爱丽丝睡觉时就把手机放在枕边，起床后也是走到哪儿就带到哪儿——去厨房弄喝的就带去厨房，去卫生间就带去卫生间。她的马桶座圈也让她抓狂，每次坐下时都会歪到一边。

她想过回公园，去他们那张长椅看看，但最终还是决定去散散步。这天是阵亡将士纪念日前的周末，百老汇因为街头集市关门了。才十一点街区里就烟气腾腾的了，空气中氤氲着炸豆丸子、墨西哥烤肉卷、炸薯条、懒人汉堡、玉米棒、茴香烤肠、漏斗蛋糕，还有飞盘那么大的炸面团的香味。冰镇柠檬汽水。免费脊椎检查。"我们人民"法律文书部门——离婚$399，破产$199。在一个兜售没有牌子的波西米亚时装的小摊上，一条漂亮的罂粟色背心裙在微风中慵懒地舒展着身姿。只要十美元。印度摊主摘下衣服，让她去货车后面试穿，一只德国牧羊犬下巴搁在爪子上，正睁着水汪汪的眼睛看着她。

那天晚上，她已经换上了睡衣：

未知号码。

"喂？"

"嗨，玛丽-爱丽丝。你看比赛了吗？"

"什么比赛?"

"红袜对洋基的比赛。洋基领先,十四比五。"

"我没有电视。谁投的?"

"谁投的?每个人都投了。你奶奶还投了几局呢。你在干吗?"

"没干吗。"

"你想过来吗?"

爱丽丝换下睡衣,穿上她的新裙子。已经有一根线头该咬断了。

抵达他的公寓时,只有床头柜上的台灯还亮着,他靠在床上,拿着一本书和一杯巧克力豆奶。

"春天来了!"爱丽丝嚷着,把裙子从头上扯下。

"春天来了。"他说,疲惫地叹了口气。

爱丽丝像猞猁一样越过雪白的羽绒被向他爬去。"玛丽-爱丽丝,有时候你看起来真像只有十六岁。"

"摇篮偷心贼[1]。"

"坟墓偷心贼。小心我的背。"

有时候,感觉就像是在做手术——要是她不

---

[1] Cradlerobber,指和比自己年轻很多的人谈恋爱的人。

能干净利落地拔掉他的笑骨,他的鼻子就会闪烁,电路也会鸣声大作。

"噢,玛丽-爱丽丝。你疯了,你知道吗?你疯了,就是那里,我真爱你这样。"

爱丽丝微笑着。

回到家时,离他打电话来只过了一个小时四十分钟,每样东西都还是她离开时的样子,但她的卧室看上去太明亮了,不知怎的有些陌生,仿佛它现在属于别的什么人了。

未知号码。

未知号码。

未知号码。

他留下一条信息。

"谁将获得更大的愉悦,将人引向歧途的,还是被引导的?"

另一条消息:

"这里有人闻起来像美人鱼吗?"

未知号码。

"玛丽-爱丽丝?"

"嗯？"

"是你吗？"

"是。"

"你还好吗？"

"还不错。"

"你在干吗？"

"看书。"

"看什么书？"

"噢，没什么意思。"

"你有空调吗？"

"没有。"

"你一定很热。"

"是啊。"

"这周还会更热。"

"我知道。"

"你打算怎么办？"

"不知道。融化吧。"

"我周六回城里。到时候你想见面吗？"

"好啊。"

"六点？"

"行。"

"抱歉。六点半？"

"好的"。

"我说不定还能和你吃个晚餐。"

"那太好了。"

他忘了晚餐的事,或者决定不去了。而是等她一到就让她坐在他的床边,递给她两只巴诺书店的大袋子,里面的书一直满到拎手那里。《哈克贝利·费恩历险记》《夜色温柔》《茫茫黑夜漫游》《小偷日记》《七月的人民》《北回归线》《阿克瑟尔的城堡》《伊甸园》《玩笑》《情人》《魂断威尼斯及其他故事》《初恋及其他故事》《冤家,一个爱情故事》……爱丽丝挑了一本,作者的名字她见过,但没听人读过。"哇哦,卡穆斯。"她念道,发音有点像"卡缪斯"。有好一会儿,作家什么也没说,爱丽丝读着《第一个人》封底上的文字。直到她抬起头来,他脸上仍然挂着微微吃惊的表情。

"是加——缪,宝贝儿。法国人。加——缪。"

她自己的公寓在一栋老旧的棕石建筑顶层,采光好又隔热。那一层除她之外唯一的住户是一位名叫安娜的老太太,对她来说,爬上四段陡峭的台阶是一场长达二十分钟的苦行。攀登,休息。

攀登，休息。一次，爱丽丝出门去 H&H 焙果店的时候碰见了她，回来时那可怜的人还在那儿折腾。单看她手里拎的购物袋，你还以为她早餐吃的是保龄球呢。

"安娜，需要帮忙吗？"

"噢，不用，亲爱的。我都爬了五十年了。这能让我保持精神头儿。"

攀登，休息。

"你确定吗？"

"是的。真是个漂亮姑娘。告诉我。你有男朋友吗？"

"目前还没有。"

"好吧，别等太久，亲爱的。"

"不会的。"爱丽丝大笑着，快步跑上楼。

"得令！"

他的门房现在会亲切地向她致意，打电话通知作家下楼，恭送他们去公园散步。作家手里晃着一袋从津戈内兄弟杂货店买来的李子，问爱丽丝有没有听说市政方面准备把一些高档小区的名字改成职业棒球大联盟球手的：波沙达。里维拉。索利安诺。"贾西亚帕拉。"爱丽丝说。"不，"他严肃地制止了她,"只能是洋基队的。"他们走进自然博物馆背后的小公园,他吃着他的李子,爱丽丝站在美国诺贝尔奖得主纪念碑前,假装在约瑟夫·斯蒂格利茨的名字下面刻上他的名字。但大部分时间,他们待在室内。他给她念他写的东西。她问他"keister"[1]是不是拼错了。他们看棒球比赛,周末下午听乔纳森·施瓦茨为提儿妮·莎顿和南希·拉莫特如醉如痴。《不论下雨还是晴天》("Come Rain or Come Shine")。《只有你,只有我》("Just You, Just Me")。多丽丝·戴惆怅地颤声唱着《派对结束了》("The Party's Over")。一天下午,爱丽丝突然笑出声来:"这家伙真是个土包子。"

"土包子。"作家重复了一遍,吃着油桃,"这是个很老派的词。"

"你倒不如直说,"爱丽丝在地板上摸索着她的内裤,"我是一个很老派的姑娘。"

"派对结束了,"他唱了起来,每当他希望她回家的时候就会这样,"今天就到此为——止……"

随后,他在屋里欢快地走来走去,关掉手机,

---

[1] 也可以拼作 kiester。

传真机,电灯,给自己倒一杯巧克力豆奶,数出一小堆药片。"年纪越大,"他解释说,"睡前要做的事就越多。我已经涨到一百件了。"

派对结束了。空调结束了。爱丽丝将微微跟跄着撞进暑热,肚子里满是波本威士忌和巧克力,口袋里装着她的内衣。等到好不容易爬上那四段越发闷热的楼梯,她想做的只有一件事,那就是沿着走廊把她的枕头一路拿到前厅,放在紧挨着逃生门的地板上,至少还有一丝希望能吹到风。

"听着,亲爱的。我要离开一段时间。"

爱丽丝放下手中的饼干,抹了抹嘴。

"我要回乡下待一阵子。把初稿写完。"

"好的。"

"但这并不是说我们不能聊天。我们会定期聊天,等我这边结束了,我们可以继续见面。如果你想的话。可以吗?"

爱丽丝点点头。"可以。"

"还有……"他把一个信封推过桌面。"这是给你的。"

爱丽丝拿起信封——布里奇汉普顿国家银行,上面写着,旁边有一个竞速帆船的图标——取出六张一百美元的纸币。

"买空调用的。"

爱丽丝摇摇头。"我不能——"

"你能。这能让我高兴。"

她出来往家走的时候天还亮着。天空有一丝凝重感——仿佛暴雨将至,却在中途迷了路。对于坐在路边喝酒的年轻人来说,夜晚才刚刚开始。爱丽丝缓缓地、不太情愿地走向门廊,一只手放在包里,捏着信封,试图做出决定。她感觉自己的胃就好像还在他的电梯里,缆绳还被人割断了。

往北一个街区有家餐厅,有着长长的木制吧台和看起来多数都蛮体面的客人。爱丽丝在吧台靠里的那头紧挨着餐巾盒的地方找了个凳子,把自己安顿好,一派专程为那台高悬在酒吧一角的电视机而来的架势。三局下半,纽约领先堪萨斯四分。

加把劲儿啊皇家,她心想。

酒吧招待在她面前放下一张餐巾,问她想喝点什么。爱丽丝斟酌了一会儿墙上列的特色葡萄酒。

"我想要一杯……"

"牛奶?"

"我是想问,你们有诺布溪吗?"

她的账单是二十四美元。她取出信用卡,又收了回来,从作家给的百元纸币中取出一张。酒吧招待找给她三张二十元,一张十元,还有六个一元硬币。

"这些是给你的。"爱丽丝说着,把硬币推给他。

洋基队赢了。

在一台二手北极冰箱有气无力、年久失修的电流声中：

……我不信我们能轻而易举地打垮这么一伙西班牙人和阿——拉伯人，不过我想见识一下骆驼和大象，因此第二天，星期六，我准时出现在了埋伏点，一听到命令，我们便冲出林子，杀下山去。可是不见西班牙人和阿——拉伯人，也不见骆驼和大象，有的不过是主日学校的一次野餐，而且只有些初级班的学生。我们冲散了野餐，把那些小娃娃赶进了谷里，但到手的也不过是些炸面包圈和果酱，只有本·罗杰斯抢到了一个破洋娃娃，乔·哈珀弄到了一本赞美诗和一册教

义读本,接着老师赶来了,吓得我们丢下手里的东西,拔腿……[1]

夜晚,雨点落在空调伸到通风井里的外机,听起来就像是金属箭头纷纷射向大地。暴风雨来了又走,噼里啪啦的雨声越来越强,直到雷声尖锐地划开天际,闪电刺透眼帘。排水沟里涌出的雨水,就像春天融化的雪水在山岩间湍流。暴雨渐退,唯余小雨在最后的几分钟里踩着缓慢的节奏滴答作响,倒计时一般迎接清晨的降临……

你知道,我值的是中班,可是到了那会儿我已经困得不行了,吉姆就说他可以替我值前一半,他这个人总是这么好,吉姆。我爬进木棚,可是国王和公爵都四仰八叉地躺在那儿,根本没有我躺的地方,于是我就躺到了外面——雨我不在乎,因为它是暖的,浪这时候也没那么高。两点钟左右,浪又高了,吉姆想来叫醒我,可又改变了主意,因为他觉得浪还没有高到危险的地步。这回他

---

[1] 引自《哈克贝利·费恩历险记》,马克·吐温著。译文参考自人民文学出版社2005年版,成时译,略有改动。

可是错了,因为没过多久,一道名副其实的巨浪猛地劈下来,把我拍进了水里。吉姆看了,差点儿笑死过去。真没见过这么爱笑的黑鬼,真是的……[1]

她用剩下的钱买了一个新的马桶座圈,一只茶壶,一把螺丝起子,还从哥伦布的周末古董市场上淘来了一只小巧的木质梳妆台。壶身圆润饱满,全金属材质,斯堪的纳维亚设计。马桶座圈被她换下,一边听着乔纳森·施瓦茨的节目,一边心怀大畅地拧动螺丝起子。

她觉得工作比以往任何时候都更加无聊和琐碎了。传真这个,归档那个,复印另一个。一天晚上,所有人都走了,她正盯着老板通讯簿上作家的号码看,一个同事探头进来说:"爱丽丝,à demain。"

"什么?"

"À demain."

爱丽丝摇摇头。

"明天见?"

---

[1] 同上页。

"噢,好的。"

天气转凉之前,暑热愈发猛烈。一连三个周末,她都躺在床上,卧室门紧闭,冰箱开到了最高挡,嗡嗡作响,喋喋不休。她想起远在岛上的作家,穿梭在他的游泳池、他的工作室和他那个十九世纪风格的农舍之间,在那个农舍里,港口风光一览无余。

她可以等上很久很久,如果有必要的话。

    在这部日记里,我不想掩饰使我沦为小偷的其他种种原因,但最简单的动机就是要吃饭,在我人生选择过程中,未曾掺进任何反抗、痛苦、愤怒或诸如此类的感情。我为我的冒险做好各种准备,精心而又"狂热",犹如为了欢爱而安排卧房、收拾卧榻,我为犯罪欲火中烧。[1]

马朗看起来像个中国人,脸圆圆的,鼻子有些塌,眉毛少到几乎没有,戴着贝雷帽,浓浓的唇髭还不足以遮住性感的厚唇。身材圆滚滚肉乎乎,一双胖手,手指粗粗的,难

---

[1] 引自《小偷日记》,让·热内著。译文参考海天出版社2000年版,杨可译,略有改动。

免让人联想起连路都懒得走的官老爷。当他半闭着眼睛津津有味地吃着什么的时候,人们禁不住要想象他穿着丝袍、手拿竹筷的模样。但他的目光改变了这一切。那双深栗色的双眼像两团火,不安分地乱转,又突然一下定住,仿佛大脑正高度集中在某个点上,这是一双极其敏感、极有修养的西方人的眼睛。[1]

煎放坏了的黄油时散发出的气味并不是很开胃的,更何况做饭的房间里完全不通风。我一打开门就觉得恶心。可是尤金一听到我来了便总要打开百叶窗,扯下像渔网一样挂起来用来遮光的床单。可怜的尤金!他四下里望望屋里几件粗笨的家具、肮脏的床单和还盛着脏水的脸盆,然后说:"我是一个奴隶!"[2]

爱丽丝拿起手机。

诺基亚,上面显示。

---

[1] 引自《第一个人》,阿尔贝·加缪著。译文参考译林出版社1999版,袁莉、周小珊译,略有改动。
[2] 引自《北回归线》,亨利·米勒著。译文参考中国人民大学出版社2004版,袁洪庚译,略有改动。

但是说到放坏了的黄油……

有天晚上参加了一个派对,某个编辑的退休送别会,结束后她和一个版权部的助理睡了。他们确实用了安全套,但是它在该出来的时候却留在了爱丽丝里面没能出来。

"他妈的。"男孩说。

"它去哪儿了?"爱丽丝问,低头看向两人中间的幽暗峡谷。她的声音听起来稚气又天真,仿佛这只是一场魔术,而他随时会从她的耳朵里变出一只新鲜的套子。

然而,完成魔术的人是她自己——独自在卫生间里,一只脚踩在新换的马桶座圈上,屏住呼吸。这并不是一件容易的事,勾起手指在湿滑肿胀的深处摸索。之后,尽管知道这样并不能消除所有可怕的可能性,她还是躺进浴缸里,用她能够忍受的最烫的水灌洗自己。

"待会儿干吗?"早晨,她问正在给灯芯绒裤子系腰带的男孩。

"不知道。可能去趟办公室。你呢?"

"今天下午有红袜对蓝鸟。"

"我讨厌棒球。"男孩说。

欢迎光临慈河医疗。希望以下信息能对您有所帮助。如果还有其他疑问，请务必在咨询环节中向我们提出。

整个流程通常需要五到十分钟。您将在手术室里见到您的专属护士、医师、麻醉师或麻醉护士，他们将通过静脉导管把全身麻醉剂注入您的上臂或手部血管。请您坐在手术台上，仰躺下来，把腿放在脚蹬上。您的医师将会为您进行触诊检查（如，将两根手指伸进阴道，触摸您的子宫）。接下来您的阴道里将被放入一个工具（扩阴器），调准位置后将两边撑开，这样您的医师就能看见您的宫颈（子宫口）。打开宫颈是移除胚胎的必要步骤。

当入口扩张到可以使用棒状或管状的扩张工具后，医师会将一根软管或采血管插入您的宫颈。软管和一个吸引器相连。打开吸引器后，子宫内容物将由软管吸入瓶中。然后软管将被移除，插入一个细长纤薄的勺状工具，用于刮除子宫内壁上所有可能的残留物。

医师完成以上步骤之后将会取出扩阴器，请您放下双腿，我们将用轮椅把您送入康复室进行观察,请保持仰躺的姿势。经过良好的恢复,一般需要二十分钟到一小时,您将被转入另一个房间,在那里可以休息和更衣。护士将对您进行单独咨询,并给出离开前最后的注意事项。

三周内可能会有间歇性出血。

如有宝贵意见,请您告知我们,以便我们改进。希望我们的服务能令您满意。[1]

十月的第二个星期四,她用梳子扯开缠作一团的湿头发时,听见电台里说他们把诺贝尔奖颁给了凯尔泰斯·伊姆雷,说他"坚持书写作为个体的脆弱经验,以对抗历史的野蛮与专横"。

未知号码。

爱丽丝把她买的东西一口气全报了出来,仿佛要赶在理智阻止自己之前,包括马桶座圈、茶壶,以及梳妆台——古董商口中那件"二十世纪三十年代的中古货"。

"和我一样。"他说。

"我来例假了。"爱丽丝抱歉地说。

---

[1] 以上段落改编自纽约帕克梅德医疗中心的信息手册。

愚 蠢

三天之后的那个夜晚,她平躺着,文胸拉到了腰上,胳膊搂着他的头,惊叹他的大脑居然就在那儿,在她的下巴底下,那么轻易就被含进了她臂弯里那块狭窄的空间。一开始只是想着玩儿的,但突然之间,她怀疑自己能否忍住不去挤碎那颗头,关掉那只大脑。

某种程度上,这种情绪必然是相互呼应的,因为过了一会儿,他突然开始啃噬起她的双唇。

现在他们见面的频率变低了。他对她的态度似乎更谨慎了。此外,他的背也没少让他吃苦头。

"是因为我们做的那些?"

"不,宝贝儿。你什么也没做。"

"那你想……"

"今晚就算了,亲爱的。今晚就温存一下吧。"

有时候,当两个人面对面躺着,或者当他坐在小餐桌对面,半边头微微翕动时,他的表情就会凝固成一种略带困惑的悲伤,仿佛意识到此时此刻她就是生活赐予他的最大的快乐,而这对于一份感情来说岂不是很悲哀吗?

"你是世上最好的姑娘,你知道吗?"

爱丽丝屏住了呼吸。

他叹了口气。"最好的姑娘。"

"埃兹拉,"她突然按住自己的胃,"很抱歉,但是我突然很不舒服。"

"怎么了?"

"我想可能是饼干出了点问题。"

"想吐吗?"

爱丽丝翻过身,用手和膝盖撑起身子,把脸埋进他那清凉的白色羽绒被里,深深地吸了口气。"我不知道。"

"我们去卫生间吧。"

"好。"但她没有动。

"亲爱的,起来吧。"

突然,爱丽丝捂住嘴奔了出去。埃兹拉起身下床,镇静地跟在她后面,等她进去后就体贴地轻轻关上了门。完事后,她冲了马桶,洗了脸,漱了口,撑在洗脸台上颤抖不已。

隔着门,她可以听见他郑重其事地让夜晚如常展开——打开冰箱,把盘子放进水槽,踩住垃圾桶踏板掀起盖子。她又冲了一次马桶。然后撕下一截卫生纸,开始擦拭洗脸池、马桶座圈、马桶盖、浴缸边缘、卫生纸盒和地板。到处都是断电饼干。她把马桶盖压下来,坐了上去。纸篓里躺着一本小说的试读本,作者是她上大学的时候认识的一个男孩,封面上还用回形针别着一封版代求推荐的信。

她出来的时候,埃兹拉正坐在他的椅子上,跷着腿,手里拿着一本讲罗斯福新政的书。他皱着眉头看着她光着身子、踮着脚尖穿过房间,慢慢地把自己放倒在衣柜和床之间的地板上。

"宝贝儿,你在干吗?"

"我很抱歉:我得躺下来,但我不想糟蹋你的羽绒被。"

"玛丽-爱丽丝,到床上去。"

他走过来,坐在她身边,把一只手放在她背上,抚弄了好几分钟,就像她母亲之前会做的那样。然后他把羽绒被拉到她的肩膀上,安静地退后,开始做他的一百件事:把手机静音,熄灯,分堆药片。在卫生间里,他打开了收音机,轻柔舒缓。

他再出现的时候,身上穿着淡蓝色的CK牌T恤和短裤。把一杯水放在床头柜上。捡起他的书。摆弄他的枕头。

"九十七,九十八,九十九……"

他躺进被窝,夸张地叹了口气。

"一百!"

爱丽丝沉默地躺着,一动不动。他打开他的书。

"宝贝儿。"他终于开口。勇敢而又直率。"你不如就在这儿住下?就这一次。你不能就这么回家。好吗?"

"好,"爱丽丝喃喃地说,"谢谢。"

"不火气。"他说。

夜里她醒了三次。第一次,他仰面躺着,身后的天际线还在闪烁,帝国大厦的顶端被泛光灯映成了金红色。

第二次,他侧躺着,背对着她。爱丽丝的头有些疼,于是起身去卫生间找片阿司匹林。不知什么人把帝国大厦关掉了。

第三次她醒来时,他的胳膊从她背后环上来,紧紧地拥着她。

第四次,已经是早上了。他们的脸凑得很近,几乎要碰到了,他已经睁开了眼睛,正凝视着她的。

"这主意,"他严肃地说,"可真是糟糕透了。"

第二天早晨他又回了他的岛。他打电话来告知时,爱丽丝挂断了,把手机摔进了她的置物篮,发出了一声呻吟。就在同一天，她的父亲打电话来讲饮用水加氟是新世界秩序[1]推动的恶政，一小时之后，他又打来，声称人类从来没有登上过月球。八年来，这样的新闻快讯每周都有那么一两次，爱丽丝的处理方式和之前每一次都一样：怀着一种乐观的缄默将异议押后，直到她找到一种不会伤害任何人感情的表达方式。同时，她发现那只漂亮的新茶壶有个令人难以忍受的缺陷：只要在火上待个三十秒，它的金属提手就会烫得没法沾手。什么样的提手，爱丽丝心想，会根本没法提？把烫伤的手掌放在水龙头下面冲洗时，她把这笔账也算到了她的作家头上。但是这次，只过了三天，他就打电话来了。他正在他的温室里，向她描述各种各样的树，在他的车道上蹒跚而行的野生火鸡，正在沉入他那六英亩树林的蜜橘色夕阳。才过了两天，他又打电话来了，他举着电话，她能听见乌鸦鸣啼不已，树叶在风中颤栗，然后——声音消失了。"我什么也听不见了。"爱丽丝笑道说。"一点没错，"他回答道，"这里很安

---

[1] New World Order，一种著名的阴谋论，认为有少数权力精英组成秘密团体，幕后操纵世界形势，旨在建立一个极权主义世界政府，以取代现今的主权国家或民族国家体制。

静。神赐般的安静。"现在天凉了，不能游泳了，但接下来的日程上还有烦人的水管维修事项，所以他只要再待上一周左右就可以回城，再也不过来了。

他带了一台老旧的宝丽来 SX-70 回来。

"咱们拍拍看，"他拿在手上来回摆弄，"如果我还记得怎么用的话。"

他们一共拍了十张，其中有他的一张，仅有的一张，侧躺在床上，身上只有一件 CK 的 T 恤和一只无比耐用的腕表，除此之外一丝不挂。拍好的九张相片散布在床上，以他为中心摆成两道扇形，恭候他的检阅：朦胧的棕色轮廓镀着一圈乳白色的光晕，仿佛刚从洒满阳光的湖面上破水而出。事实上，随着显影逐渐清晰，从拍摄中得到的愉悦也渐次消减，趁着爱丽丝起身去卫生间，埃兹拉把十张相片统统塞进了她的包里。然后他们一起看《礼帽》，主演是金格尔·罗杰斯和弗雷德·阿斯泰尔，然后埃兹拉一边刷牙，一边轻轻哼着《脸贴脸》("Cheek to Cheek")。直到第二天早晨下电梯，她伸手进去摸钥匙才发现：被一根她自己的头绳绑成整整齐齐一沓小方块的她自己。

到了家，她把宝丽来相片铺在自己床上，排

成几列，摆法有点像接龙的纸牌。有几张里，她的皮肤就像是稀释过的牛奶，薄得遮掩不住在手臂和胸腔里奔流的血管。另外一张里，一片深色的红晕从她的双颊延伸到耳际，瓷玉般的肩头上，克莱斯勒大厦就像是一小簇白金色的火焰。在另一张里，她的头枕在他的大腿上，露出来的那只眼睛紧闭着，埃兹拉的手指正在撩拨她的头发。还有一张，她的乳房丰满高耸，光滑圆润，被她自己的双手捧将起来。这张照片是从她的下方拍摄的，因此她不得不垂着眼睛顺着鼻梁看向镜头。别到耳后的头发，如同厚重的金色遮帘从下巴两侧垂下。过长的刘海偏向左分，密密地落在睫毛上。几乎可以说是一张很美的照片。无疑是最难割舍的。问题在于，爱丽丝心想，它太爱丽丝了：那种根深蒂固的幼稚，每次出现在相片上都会让她惊怒不已。

若有若无地，她的瞳仁泛着红光，就像远处的交通灯。

未知号码。
"呃，抱歉，宝贝儿，我打错了。"

未知号码。

未知号码。

未知号码。

"玛丽-爱丽丝,我很期待今晚的见面,但你介意先去扎巴食品超市买一罐缇树果酱过来吗——T-I-P-T-R-E-E,果酱,跟果冻似的——但不是随便哪种味道都可以,必须是斯嘉丽小红莓,他们家最贵的那款。一罐大概要一百美元,因为它们是用像你这样的小女孩做的。那么就是:一罐缇树斯嘉丽小红莓果酱,一罐你能找到的最好的花生酱,一条俄罗斯黑麦面包,不用切。然后把它们都带过来!"

"得令!"

更多礼物:

一版三十七美分的邮票,每张上面都是美国的一个州,设计成复古的"问候"明信片样式。

一张《埃尔加大提琴协奏曲》的CD,由马友友和伦敦交响乐团演奏。

一袋蜜脆苹果。("你可能要系上小围兜。")

他需要一个支架。在窄化的冠状动脉里植入一个小小的网状管道,把它撑开,使血流恢复畅通。一个简单的手术。他已经做过七次了。他们不会给你做全麻,只会打一针镇定剂,在植入点附近做局麻,把它塞进一根导管里,放进去。然后一只小气球会鼓起来,好让支架张开,就像羽毛球似的,然后……就是这样啦[1]。要花上一小时,大概。一个朋友会陪他去医院。如果她想的话,他可以让他的朋友结束以后给她打个电话。

"好啊,麻烦打一个吧。"

嘴上轻描淡写的,但他自己的情绪还是低落下来。不无愉快地,爱丽丝发现自己正在经受某些戏剧性场景的考验。

"当然了,"她说,"我们都有要担心的事。我可能得了癌症。或者明天,走在大街上,你会——"

他闭上眼睛,举起一只手。"我知道,会被巴士撞死。"

手术那天,她下班回家,播放那张埃尔加。它美得无可救药,哀伤而迫切,并且完美地契合了她的情绪,至少一开始是这样。然而,二十分钟之后,尽管拉得依旧令人惊叹,但大提琴在行进过程中似乎把她撇下了,对她悬起来的心无动

---

[1] 原文为法语:voilà.

于衷。终于,九点四十分的时候,她的手机响了,闪动着一个陌生号码。一个男人用一种公事公办的语气,拖着难以形容的长腔向她担保,虽然延迟了一会儿,但手术进展顺利,埃兹拉会留院观察一晚,不过除此之外一切都好,很好。

"非常感谢。"爱丽丝说。

"不火气。"他的朋友说。

他称她为"那个小孩",比如说:"我给那个小孩打了电话。"埃兹拉觉得很有趣。爱丽丝摇摇头。

有一阵子,他的心情很好。支架的效果不错。派拉蒙准备将他的一本书拍成电影。由一位知名女演员担纲主演,他则受邀担任现场顾问。一天早晨,他比平时稍晚一些打来电话——爱丽丝已经洗完澡,正收拾着准备出门——说:"猜猜昨晚谁来我家了?"

爱丽丝猜了。

"你怎么知道的?"

"还能是谁?"

"好吧,反正我没有睡她。"

"谢谢。"

愚 蠢

"我觉得她好像不怎么喜欢我的零钱碟。"

"或者你的加湿器。"

他们又照了些相片。

"这张里面,"爱丽丝说。"我很像我的父亲。"她笑了。"就差一把柯尔特.45了。"

"你父亲有枪?"

"他有很多把枪。"

"为什么?"

"以防闹革命。"

埃兹拉皱起了眉头。

"亲爱的,"过了一会儿,她正往一片面包上厚厚地涂斯嘉丽小红莓时,他说,"你去看你父亲时,这些枪……就这么在外面摆着?"

爱丽丝吮了下大拇指上的果酱。"不,他把它们放在保险柜里,不过我们隔三差五就会拿一把出来,在后院里对着一只靠在旧洗碗机上的葫芦练习射击。"

他对着衣柜嘟囔了句什么,她正在看版代转发给他的一些粉丝邮件,没听清。

"什么?"

"我说,"他转过头来,说,"你难道没有件暖和点的大衣吗?总不能就穿着这件过冬吧。你需要那种有内衬的，填上鹅绒。还要带兜帽。"

几天之后的一个晚上，他又把一个信封推过桌面。"塞尔，"他说，"S-E-A-R-L-E。59街，麦迪逊大道。他们刚好有这么一款。"

尼龙擦出奢侈的唰唰声，兜帽给她的脸镶上了一圈黑色的毛边。感觉就像裹在貂皮滚边的睡袋里走来走去。等候跨区巴士的时候，爱丽丝感觉自己备受宠爱，不可战胜——同时为这座城市而迷狂，在这里，每一天都像不断累加的头奖等着你把它赢走。然后，急着上楼梯时滑了一下，她挥舞着手臂想要保持平衡，却把手背磕在了楼梯的铁栏杆上，一股钻心的疼痛蹿上来。好不容易进了屋子，整个晚上她都把抽痛的手掌搁在膝盖上，躺下后就伸到床边，就像是在保护还没干透的指甲油。

早上，她的手掌变紫了。

她在家里等了一整天，希望红肿消退，最后放弃了，下楼打了辆出租车赶往最近的急诊室。于是司机把她送到了"地狱厨房"[1]，候诊室里挤满了醉鬼和为了留在室内取暖装成精神病的流浪汉，

---

[1] Hell's Kitchen，指的是曼哈顿岛西岸的克林顿区，早年是一个贫民窟，以高犯罪率而闻名。

愚　蠢

她等了整整两个小时。十点左右,一个实习医生叫了爱丽丝的名字,让她躺上轮床,从她肿胀的中指取下她曾祖母的戒指,敲打每个指节,确认疼痛的位置。"那里。"爱丽丝咝咝吸气。"那儿!"

X光片出来以后,实习医生举起来,用手指着说:"骨裂了。你中间那根掌骨——"

爱丽丝点点头,瞳孔翻了上去,身体摇晃了一阵之后缓缓前倾,歪到一边,像一个被丢弃的木偶。此后她跋涉千里,抵达了习俗野蛮、逻辑恼人的遥远国度,一路上,结识同伴又各自分散,先前陌生的语言现已熟稔,习得了艰涩的真理又一一背弃。几分钟后她回过神来,拼命抵抗起这股让她恶心想吐、恨不得把她卷进地心的暗流,她开始听到机器遥远的嗡鸣,意识到软管对鼻腔的刮擦,以及提问和她给出的回答之间长长的空白。

"你撞到头了吗?"

"你咬到舌头了吗?"

"你失禁了吗?"

她的卫裤上有一团水渍,是之前有人递给她一小纸杯水的时候她不小心洒上去的。

"星期一早上起来以后的第一件事就是联系外科医生,"忙碌的实习医生说,"你有可以打电话叫来接你的人吗？"

"有。"爱丽丝喃喃地说。

等到她一头撞进今年的初雪时，已经快半夜了，丰盈的雪花斜斜地急航而下。爱丽丝小心翼翼地捧着自己的手，仿佛它是蛋壳做的，她走到街角，左右张望一番，又朝左看去，搜寻起出租车的踪影。

未知号码。

"喂？！"

"我就是想让你听听我的加湿器……"

"先别，埃兹拉，我的手断了！"

"我的天！怎么搞的？很疼吗？"

"疼！"

"你在哪儿？"

"哥伦布大道与59街交叉口。"

"你能打到车吗？"

"我正在打！

她到的时候，他正穿着长款的黑色真丝睡衣，头上贴了一枚创可贴。"这是怎么了？"

"我点掉了一颗痣。你是怎么了？"

"在台阶上滑倒了。"

"什么时候？"

"今天早上。"她撒谎了。

"因为结冰吗?"

"是的。"

"你应该起诉他们。"

爱丽丝悲伤地摇摇头。"我不想起诉任何人。"

"亲爱的,全纽约最会治手的是艾拉·奥布斯特鲍姆。O-B-S-T-B-A-U-M。他在西奈山医院,如果你需要的话,我明天给他打个电话,让他来看看你。好吗?"

"好。"

"然后你需要吃片这个来止痛。你睡得着吗?"

"应该可以。"

"勇敢的姑娘。今天可折腾坏了。只需记住:我在这儿,我很好,我有温暖舒适的床。"

爱丽丝哭了起来。

"宝贝儿,你没必要哭啊。"

"我知道。"

"那你为什么哭呢?"

"我很抱歉。你对我真好。"

"你对我也一样。"

爱丽丝点点头。"我知道。抱歉。"

"亲爱的,不要不停地说'抱歉',下次再想说'抱歉'的时候就说'操你妈'。好吗?"

"好的。"

"懂了?"

"嗯哼。"

"所以?"

爱丽丝抽抽鼻子。"操你妈。"她弱弱地说。

"乖孩子。"

吞下药片后,爱丽丝坐在他的床沿,身上还穿着那件大衣。埃兹拉坐在他的阅读椅上,跷着腿,头部一侧微弱地翕动着,一脸担忧地看着她。"药片要四十五分钟才能起效。"他瞥了一眼手表。

"你想要我留下来吗?"

"你当然可以留下来。想吃点什么吗?我们有苹果酱,焙果,小葱豆腐奶油芝士味的,还有"果肉满满的纯果乐"。"

他起身去帮她加热一个焙果,看着她用一只手拿着吃。过后,爱丽丝躺下来,面朝雪的方向,此刻,在阳台的灯光下,它看起来平静多了,悄悄地、均匀地落下,像一支正在空降的侵略部队。埃兹拉坐回他的椅子上,拿起一本书。沉默一共被翻页声打破了三次,之后,一股暖流冒着泡涌向她的四肢百骸,爱丽丝感觉皮肤都仿佛在颤动。

愚 蠢

"哇哦。"

埃兹拉看了下手表。"起效了?"

"嗯哼……"

他给奥布斯特鲍姆打电话。他打车带她去西奈山医院。他安排津戈内杂货店送吃的和日用品到她的公寓,每周两次,连送六周。

他拍了几张她打着石膏的样子。

"我爱你。"爱丽丝咕哝道。

"你爱的是维柯丁。我们没片子看了。"他朝衣柜走去。

"那还有什么?"

"你不会想知道的。"

"不,我想。"

"别的姑娘。绑起来的。"

"有几个?"

"三个。"

"她们叫什么名字?"

"凯蒂……"

"别说,"爱丽丝说,"让我猜猜看。凯蒂和……埃米莉?有埃米莉吗?"

"对。"

"还有米兰达?"

"没错。"

"这些姑娘没救了。"

"没救了。"他重复了一遍,仿佛这个词是她发明的。

她的石膏很沉。身上什么也没穿的时候好像变得更沉了。爱丽丝翻了个身,像一只三脚猫似的趴在那里。然后她撑坐起来,往后抻了抻腰背,再往两侧抻了抻,转了转脖子,然后邪邪一笑。

"怎么?"

她膝行到他身边:"让我们来做些要命的事吧。"

他像是被击中了似的往后缩了一下。"玛丽-爱丽丝,这是你说过的最机灵的话了。"

他们坐在最后一排,为了不引人注目,也方便他随时站起来舒展一下筋骨,尽管他并没有。这是周六的下午场,电影院里挤满了小孩子,当其中尤其兴奋的一个把爆米花洒在他的袖子上时,爱丽丝有些担心他会后悔。但后来,当哈勃用喷灯点燃雪茄,格劳乔把帽子伸进"镜子"时,大笑出声的是埃兹拉,前仰后合,不能自已,比其他任何人的声音都大。电影最后,当弗里多尼亚向西尔瓦尼亚宣战,四兄弟扭着屁股唱到"上帝的孩子都有枪"时，埃兹拉从口袋里掏出一把塑料水枪，偷偷朝爱丽丝的肋骨开了一枪。

"我们要开战了！"他们一路唱着歌走在百老汇大道上，路过彩灯和涂满蛋彩的雪堆，还有被扎在一起的圣诞树，为了看起来更像柏树。"嗨地嗨地嗨地嗨地嗨地嗨地嗨地嚯！"[1]在鲟鱼铺里，他们和其他人一起挤在防喷嚏的玻璃上，像看产房里的新生儿一般凝视着里面的熏鱼、腌舌头还有鱼子泥沙拉。爱丽丝指了指一块标签上写着硬皮的奶酪，一本正经地吹了声口哨。轮到他时，埃兹拉举起一根手指，"两份鱼饼冻，一点辣根酱，半磅烟熏三文鱼，再来——什么来着？噢，两盎司你们最好的鲟鱼鱼子酱给这位艾琳小姐。"

"嗯哼。"爱丽丝说。

埃兹拉转身，定定地看着她。然后，啧了一声，摇了摇头："抱歉，亲爱的。你不是艾琳。"

未知号码。

---

[1] 原文为：Hidey hidey hidey hidey hidey hidey hidey HO! 意为快藏起来。本段与上一段中引用的歌词均引自 1931 年上映的美国电影《恶作剧》(*Monkey Business/Duck Soup*) 中的原创音乐《这个国家就要开战了》("This Country's Going To War")。

"喂？"

"晚上好。我能和米兰达通话吗？"

"米兰达不在。"

"她在哪里？"

"监狱。"

"埃米莉在吗？"

"埃米莉也在监狱。"

"犯了什么罪？"

"你不会想知道的。"

"那么……"

"凯蒂？"

"没错。凯蒂。凯瑟琳。"

"她在。你想和她说话吗？"

"好啊,麻烦你。"

……"喂？"

"嗨,凯蒂。我是学校里的齐珀斯坦先生。"

"噢,嗨,齐珀斯坦先生。"

"嗨。你还好吗？"

"不错。"

"很好。听着,我打电话来是想问你这周想不想找一天晚上来我家学习。"

"好呀。"

"你想来吗?"

"当然。"

"那明天?"

"哎呀,明天不行。我明天有钢琴课。"

"星期四?"

"艺术社团。"

"之后呢?艺术社团结束后?"

"星期四晚上我要负责摆餐具。"

"我问过你妈妈。她说你可以换成星期五摆两次。"

"那好吧。"

"那么星期四晚上六点半?"

"没问题。"

"抱歉再问下,你是谁?"

"凯蒂。"

"离监狱远点,凯蒂。"

"我会的,齐珀斯丹先生。"

"是齐珀斯坦。"

"齐珀斯坦。"

"乖孩子。"

  你这肮脏的小姑娘,我就像你说的那样

做了,读你的来信时,我冒了两次杆儿……现在我还能记得那个夜晚我从后面操了你好久好久……那天夜里你可以装满了满满一屁股的屁,宝贝,我从你身上操出来的有大臭屁,长风屁,嘎巴溜丢脆欢天喜地的鞭炮屁,还有许多调皮捣蛋的小不点儿屁,最后变成一种长长的出溜儿泉从你的屁眼里喷出来。操一个放屁的女人真是神奇无比,因为每操一下都可以从她身上逼出一个屁来。我想无论在哪儿,我都可以认出诺拉的屁。[1]

"好恶心。"爱丽丝说。

他放下手上的书,做出一副有点被冒犯到的表情。爱丽丝甜蜜蜜地滑进被子里,在那里摆弄来摆弄去,直到他涌出,如同一股虚弱的饮水喷泉。

他们迷迷糊糊地睡着了。

他的手表响了起来,八点了,爱丽丝呻吟一声,喃喃道:"我该走了。"埃兹拉点点头,温软地,没有睁开眼睛。

坐在桌边扣上她的鞋子时,爱丽丝说:

---

[1] 引自《乔伊斯书信集》,詹姆斯·乔伊斯著。译文参考自上海译文出版社 2013 年版,蒲隆译,略有改动。

"你记得那个流浪汉吗,站在扎巴门口,穿着一百件大衣,就连夏天也是?"

"嗯哼。"

"那些大衣都是你给他买的吗?"

"对。"

"你觉得他是先疯了然后才开始流浪的,还是反过来?"

埃兹拉想了一下。"不要把他滥情化。"

"什么意思?"

"不要同情他。不要过度共情。他过得挺好的。"

在卫生间里,她漱了口,梳了头,用牙线给竖在洗脸台上的假阳具打了个领结,然后,转身离去。

从她家出来下楼梯时:

"早上好,亲爱的!你今天真美。告诉我:你有男朋友吗?"

"还没有,安娜!还没。"

假期里，他又回了他的岛上。爱丽丝则坐火车去看望母亲，觉得自己没办法不把她滥情化，然后在跨年夜那天回来，参加一个同事的晚餐会。茄子太难嚼，意大利烩饭太咸，在用廉价的特干香槟把自己灌醉以后，每个人都跑过来在爱丽丝的石膏上写各种蠢话。"有什么新年决心吗？"她问一个跌坐在她身边的男孩，据说他春天的时候要出一本诗集。"当然有，"他伸直一条腿，用一只手拢了拢他那长长的卷发，"保量又保质。"

在联合广场地铁站，一个穿着金色亮片裙的姑娘吐在了两轨之间的凹槽里，她的朋友们在旁边一边拍照一边笑。

埃兹拉回来以后，他们开了一瓶香槟，真正的香槟，吃着从默里家焙果店买来的保加利亚鱼子酱。他还给她带了一盒谢尔特艾兰烘培铺的果酱甜甜圈,一套八张的浪漫经典 CD,标题是《他们唱着我们的歌》(*They're Playing Our Song*)。

"有没听过的吗?"

"《我的心停止了跳动》("My Heart Stood Still")?"

埃兹拉点点头,往椅背上一靠,深吸一口气。"只是想要,看上你一眼/这颗心就停止了跳动……"

"《九月之歌》("September Song")[1]?"

又深吸了一口气。"五月到十二月,是多么多么地漫长/可到了九月,白日便不断缩短……"

他有副好嗓子,但故意变调,好拿它来调情。爱丽丝微笑着低头看她的甜甜圈,有些羞涩。埃兹拉轻咳一声,碰了一下他的下巴。

"你这里沾了果酱。"他说。

"埃兹拉,"过了一会儿,她在厨房里给他递盘子时说,"我今晚可能不太行。"

"我也是,宝贝儿。我只想和你一起躺着。"

在床上,她努力想找个地儿放她的石膏。

---

[1] 《我的心停止了跳动》由洛伦茨·哈特作词,理查德·罗杰斯作曲。《九月之歌》出自音乐剧《荷兰人的假期》(*Knickerbocker Holiday*),由马克斯韦尔·安德森作词,库尔特·魏尔作曲。

"什么时候才能拆？"

"周三上午。"

"不如拆完过来，我给你弄点午餐，怎么样？"

"好。谢谢。"

"工作还好吗？"

"什么？"

"我说工作还好吗，亲爱的。"

"噢，还好，你懂的。不是那种我想干一辈子的事，但就还好。"

"那你想干一辈子什么？"

"我不知道，"她轻声笑着，"在欧洲生活吧。"

"他们给的报酬高吗？"

"对于我的年龄来说算是吧。"

"你的工作量大吗？"

"当然。而且我的直属上司下个月就要休产假了，所以我很快还要接手她的一部分工作。"

"她多大了？"

"三十四五吧，我猜。"

"你想要小孩吗？"

"噢，我不知道。我不知道。现在不想。"

埃兹拉点点头。"我亲爱的艾琳快四十的时候想生个孩子，跟我。我不想失去她，所以我非常认真地考虑了一番。几乎就要付诸实践了。我很庆幸最后没有。"

"后来怎么了?"

"我们分手了,很痛苦,也需要一些时间来消化,但她后来找到了另外一个人,埃德温·吴。现在他们有了小凯尔·吴和奥利维娅·吴,一个四岁,一个六岁,小迷人精。"

他们迷迷糊糊就要睡着了,尽管他还没做他那一百件事。爱丽丝开始闷笑起来。

"怎么了?"

"我奶奶,就是喜欢棒球的那个,她叫埃莱娜,然后我爷爷,一个酒鬼,向她求婚的时候喝得一塌糊涂,说,'你愿意嫁给我吗,艾琳?'"爱丽丝大笑起来。

埃兹拉揽着她的那只手臂僵住了。"噢,玛丽-爱丽丝。宝贝玛丽-爱丽丝!我希望你能成功。你知道吗?"

爱丽丝抬起头,看着他。"为什么不呢?"

他用一只手捂住眼睛,手指微微颤抖。"我害怕将来会有个男人出现,把你毁了。"

他生日的前一晚,他们分吃了一块果仁糖蛋

糕,看电视上总统宣布入侵。

在这次冲突中,美国面对的是一个无视战争规则和道德原则的敌人……我们怀着对伊拉克人民、它伟大的文明,以及它所践行的宗教信仰的敬意来到伊拉克。在伊拉克,除了彻底摧毁威胁,收回国家的控制权并交还给它的人民,我们没有任何企图。

"这人可真蠢。"爱丽丝摇着头说。
"真要命。"埃兹拉说着,叉起他的蛋糕。
她送给他一根阅读眼镜链。他又给了她一千美元,让她去塞尔花。第二天晚上,他的一个朋友要给他搞一个生日派对,没有邀请爱丽丝。
"是那个叫我那个小孩的朋友吗?"
埃兹拉拼命忍笑。
"他难道没有听说过儿童席吗?"
"宝贝儿,你不会想去的。我都不想去。此外,是你不希望别人知道我们的事的。是你不想上第六版[1]的。"

---

[1] 《纽约邮报》的第六版是八卦专版。

他的背正在好转。他的书进展顺利。他想吃中华料理。

"一份虾龙糊,一份腰果西兰花,一份鸡丝,还有——玛丽-爱丽丝,你要啤酒吗?——两瓶青岛……是的。唔,不,应该是一份虾仁,一份西兰花,一份鸡丝,还有……没错。两瓶新陶。新涛。对。完全正确。勤道。"他用一只手拍着额头,无奈地大笑起来。电话那头的声音变得愤怒起来。"不不!"他说。"我是在笑我自己的发音。"

他挂了电话。"要四十分钟。我们干点什么?"

"吃一片维柯丁?"

"我们已经吃过了。"

爱丽丝哀叹一声,重重地躺倒在床上。"啊,要是现在能有场棒球比赛就好了。"

"噢,你要为此付出代价,小贱人……"

他正讲着派对上有一个美丽的巴勒斯坦女记者想要采访他,爱丽丝皱着眉头从他的胸口上抬起头来。

"唔。"

"怎么了?"

"你的心脏有点不太对劲。"

"怎么不对劲了?"

"嘘——"

他冲她挑起眉毛,等候下文。爱丽丝再次抬起头。"它跳三下停一拍,跳四下停一拍,再跳三下停一拍。"

"你确定吗?"

"恐怕是的。"

"嗯哼。或许我应该给普兰斯基打个电话。"

"谁是普兰斯基?全纽约最会治心脏的?"

"小机灵鬼,能帮我把手机拿过来吗,还有我的小黑笔记本?"

普兰斯基答应第二天上午过来看看,没查出什么毛病,但还是决定给他装一个心脏除颤器。这一次,尽管有一半心思放在等消息上,但爱丽丝还在上班,面试她老板女儿的临时保姆,她是来应聘实习生的。

"所以你是怎么认识罗杰的?"

"他家和我叔叔离得很近,东汉普顿。"

"你叔叔是做什么的?"

"类似证券交易那种。"

"而你却选择了出版行业。"

女孩耸耸肩。"我喜欢看书。"

"你喜欢看谁的书?"

未知号码。

"……需要我回避一下吗?"

"不不,没关系。"

"好。唔,安·比蒂,还有……"未知号码。"你确定吗?"

"不用管它。安·比蒂,还有呢?"

"朱莉亚·格拉丝。我刚读完《三个六月》,太棒了。"

"嗯哼。还有吗?"

女孩转头看向街对面的大厦,一个擦窗工正坐着缆绳从高空降落。过了几秒钟,她突然深吸一口气,抬起一只挂满手环的胳膊挠了挠鼻子。

手机铃声。

"噢!"女孩扭过头来。"还有,我超爱埃兹拉·布莱泽。"

"什么感觉?"

"就像胸口上有只打火机。"

"你胸口上看起来就是有只打火机。"

坐在马桶上,他专注地看着她把毛巾拧干,轻拭他身上那道手术缝线,距离放了五个支架进去的那道伤疤仅有一英寸。针脚凌厉的黑色缝线像带刺的铁丝似的在他皮肤里穿进穿出。"你确定这样没问题吗?"爱丽丝说。"把它弄湿了会——"

"布兹——"他说,吓了她一跳。

波士顿对洋基的第一场比赛的前一天晚上,他们去了一家名叫 Il Bacio 的餐厅,但埃兹拉管它叫"肉丸"。"这里的食物就跟屎一样,"他一边说着,一边兴致勃勃地打开菜单,"但我们总不能一直待在那个小房间里,你说是吧?"他从桌子底下递给她一瓶免洗洗手液。

"我想要三文鱼。"爱丽丝一边搓手,一边对侍者说。

"我想要一份蛤蜊意面,不要蛤蜊。一瓶健怡可乐。还有——玛丽-爱丽丝,你要不要来杯葡萄酒?请给这位女士来一杯白葡萄酒。"

一个身穿紫红色套装的女人来到他们的座位前,激动得绞着手。

"我很抱歉。我这样让我丈夫有点尴尬,但是我必须告诉你,你的书对我来说有多重要。"

"谢谢。"

"我的床头柜上现在就有两本。"

"好的。"

"还有你,"女人转头看向爱丽丝,"你很美。"

"谢谢。"爱丽丝说。

她离开后,他们坐在那里,羞怯地看着彼此。埃兹拉把胳膊肘放到桌面上,开始摩挲双手。

"所以,玛丽-爱丽丝,我在想……"侍者端来他们的酒水,"今年夏天你会不会想来乡下看我。"

"真的?"

"如果你想的话。"

"我当然想。"

他点点头。"你可以找个星期五,下班后乘火车去格林波特,然后搭渡轮,柯莱特或者我会来接你的。"

"噢,我非常乐意。谢谢。"

"或者你也可以星期五请一天假。"

"听起来很棒。我会的。"

他又点了点头,看上去已经开始厌倦这个主意了。"不过,听着,亲爱的。虽然大部分时间我们都是单独待在那边,但还有柯莱特,以及别的什么人,过来整理草坪之类的,所以我认为谨慎起见,你最好起个化名。"

"什么?"

"就是另一个名字。"

"我知道化名是什么意思。但为什么呢?"

"因为所有人都爱嚼舌根,你知道吗?所以在那边的时候得换个名字称呼你,如果有人问起,我们就说你在协助我做研究,这样一来,要是有人传了什么闲话,不用怀疑,他们一定会传的,你回去工作以后也不用担心。"

"你是认真的吗?"

"认真死了。"

"唔,好吧。那你有想到什么名字吗?"

他往后一靠,十指交叉放在桌上。"萨曼莎·巴吉曼。"

爱丽丝突然爆笑出声,不得不放下手中的酒。"你从哪儿搞来的,"她说,"这个名字?"

"我编的。"他在餐巾上擦了擦手,从衬衫口袋里取出一张名片:

萨曼莎·巴吉曼
埃兹拉·布莱泽专属编辑及研究助理

"但上面没有电话号码。什么样的名片上会没有电话号码?"

"宝贝儿,你不会希望真的有人给你打电话的。"

"我知道,但……只是为了看起来更可信。谁会相信这真的是我的名片呢?"

他不为所动,自顾自地往后坐了坐,好让出地方放他的意面。他拿起他的餐叉。

"好吧,"爱丽丝笑着说,"你有……?你是什么时候……?"

"大概七月吧。或许是七月最后一个周末。到时候再说。"

那天晚上,除了剩下的名片——一共二百张,印在黄油色的卡纸上,紧紧压在一只麻灰色的盒子里——之外,他还给了她:

六只青桃。

一本佛蒙特乡村杂货店的产品目录,他让她从上面订购一些焦糖核桃糖,再加上她想要的随便什么东西,都记在他的账上。

十五张一百美元的纸币,包在一张从横格笔记本上撕下的纸里,上面用红笔写着:你知道该去哪里花它们。

本周美国国会通过了一项历史性的法案,这将使我们的医疗保险体系更稳固,更现代化。根据参众两院的提案,医疗保险制度实行三十八年来,美国老年人的处方药将首次进入报销范围。本次调整是因为医疗保险系统远远落后于现代医学的发展。该项目制定于二十世纪六十年代,在那个时代,住院治疗十分常见,但药物治疗非常罕见。现在,药物和其他治疗方式可以在减少住院的同时极大地改善医疗护理的质量。由于医疗保险系统没有覆盖这些药物,许多老年人不得不自费购买处方药,这往往迫使他们在购买药物和偿付其他花费之间做出艰难的选择。今年一月份,我向国会提交了医疗保险体系改革的框架方案,呼吁将老年人纳入处方药报销的范围,为其提供更多医保选择。该提案的核心是选择。老年人应该被允许选择符合他们需求的医疗保健计划。如果医疗保健计划之间能形成竞争,老年人就能获得更好也更经济实惠的医保保险组合。国会成员和其他联邦议员已经可以在医疗保健计划中进行挑选了。如果这种选择能够很好地适用于立法者,那么它同样适用于美国的老年人——

"闭嘴吧。"爱丽丝嘟囔着,站起来换台,继续给刚从塞尔买回来的衣服剪标。

门口响起了：

修面理发，块儿八毛。[1]

是安娜，穿着一件扣错扣子的睡袍，抖着手递出一罐德国酸菜。"亲爱的，你能帮我打开吗？"

"……好了。"

"谢谢。你叫什么名字？"

"爱丽丝。"

"真是个好名字。你结婚了吗？"

"没。"

"我好像听见了什么动静。你有男朋友吗？"

"不，没有男朋友，恐怕……"

除了焦糖核桃糖之外，爱丽丝还在椰子西瓜三色软糖、玛丽珍夹心糖、土耳其太妃糖和玩具兵软糖（向你的甜牙[2]致敬）旁边打了钩。然后她爬上床，开着收音机就睡着了，加缪从膝盖边上滑了下去，她用来在书上画线的那只笔把墨水漏在了睡衣袖子上。

---

1 原文为：Shave and a haircut, two bits. 一段由七个音符构成的经典乐句，除音乐领域外，其旋律也常见于敲门、鸣笛或接头暗号等场景。
2 原文为 Sweet Tooth，意为嗜甜者。

"因为我爱您。"高麦利平静地说。

马朗拉过那碗什锦水果沙拉,什么也没答。

"因为,"高麦利接着说,"当我还很年轻,很傻,很孤独的时候……您来到我身边,无形中帮我打开了通往世上所有我钟爱之物的大门。"[1]

腰酸背痛。乳房肿胀。上班时呵斥办公室新来的女孩清理洗碗机时动作太慢。

她从浴室洗脸池下面的橱柜里扒拉出一板粉色吸塑包装盒,上面落满了灰。最后一个没有药片的塑料罩壳上标着星期二。白片告诉你的身体你怀孕了,蓝片说这是开玩笑的。三年前,连吃了六周之后,她变得动不动就掉眼泪,脾气暴躁到快要发疯,她就停药了。然而她现在年纪大了一些——年纪大了,对荷尔蒙的突袭也更为警觉了,这次,她准备好面对那些歇斯底里的念头,并击败它们了。

于是:今晚一片白片,明天一片白片,周五一片白片,再加上周六午饭后的第四片。这样

---

[1] 引自《第一个人》。

一来,她估摸着,应该就可以清清爽爽地度过这个周末了……

未知号码。

"喂?"

"收拾好了?"

"差不多了。"

"几点的火车?"

"九点十二。"

"你肯定不信,我刚才正在读《大卫·科波菲尔》,写书需要参考,然后在读到第一百一十二页第四行的时候居然看到了bargeman。"

"不会吧。"

"真的!你听,'他对我说,他父亲是个船夫,曾经戴着黑丝绒帽子参加市长就职游行。他还对我说,还有一个孩子,是我们干活儿的主要伙伴,向我们介绍的时候,用了一个很奇怪的名字,说他叫"白煮土豆"'[1]。以后我也要叫你这个,玛丽-爱丽丝。白煮土豆。"

"好的。"

"你能想象吗?我居然在你来的前一天晚上正

---

[1] 引自《大卫·科波菲尔》,查尔斯·狄更斯著。译文参考人民文学出版社2000年版,庄绎传译,略有改动。

好读到了巴吉曼。这种事能有多大概率？"

"接近于零。"

"接近于零。你说对了。"

爱丽丝嘬了口路萨朵。

"来一发？"

"如果你想的话。"

"还是算了。有点晚了。"

她没出声。

"亲爱的。"

"怎么。"

"我有话问你。"

"你说。"

"你有没有想过这样对你来说不太好？"

"正好相反，"爱丽丝的声音有点过于大了，"我认为这样对我来说很好。"

埃兹拉温柔地笑了。"你真的很有趣，玛丽-爱丽丝。"

"我相信一定还有更有趣的。"

"或许你是对的。"

"不管怎样，"她说，"你让我很开心。"

"噢，宝贝，你也让我很开心。"

林间光影跃动，有风穿过树叶，叹息声一如悠长午宴后微醺的众神。天气和煦，略带咸味，水晶兰在阳光下吐露着芬芳。爱丽丝一头扎进被他持续加热到接近体温的水里，像一发鱼雷，潜泳过半个泳池才浮出水面，开始三十个来回的慢速蛙泳：张腿如蛙，双手并拢，一次又一次地划开，每一圈结束时都是右手前伸触壁，左手收臂抹鼻，同时小心避开沿着池岸石板爬行的昆虫。有时候，她甚至觉得这种机械练习令她有所进步——仿佛她游过的这些来回并不只是在同一条线段上一再往复，而是在一节又一节首尾相接的管道中不断穿行，总有一天能积攒起足够的里程，抵达足够遥远的彼岸。双臂几近合拢，复又推开，她觉得自己浑似一个曾被祈祷诱惑而又断然否弃，转而寻求其他慰藉的人:一个博学广识的人,一个自由自在的人,一个文采斐然的人。一个已然了悟的人。泵房嗡嗡作响。

晚上,他们听电台里的《周末金曲》(*Music for A Weekend to Remember*),跟乔纳森·施瓦茨差不多,但要更老土一点,端上他们的餐盘去温室,或者有比赛的话,就端去泛着粉光的书房。壁炉架上,酒杯金字塔在墙上投下摇曳的虹光,旁边立着一只古旧的木制日历,正面有三个小窗,只要拧动里面的亚麻转轴就能调整日期:

星期六

2

八月

木轴浅淡而光滑,每次经过时爱丽丝总是忍不住轻而又轻地拨动一下……虽然她从来不敢直接把周六转成周日,把二号转成三号,或者把八月转成九月,唯恐再也拨不回来。

沙发后面有一张狭窄的大理石茶几,上面摞着书,堆到了她的手肘那么高。这些书的作者很多是知名作家,也有些是他的朋友,她只听说过他们的名字。比如说,那个称她为那个小孩的朋友,写了一本关于奥斯维辛的书,上面印着埃兹拉的推荐语。还有几本试读本,其中有一本是阿瑟·米勒的传记,还有一本是爱丽丝所在公司准备秋季出版的小说,她老板的信此刻就平整挺括地夹在里面:

亲爱的布莱泽先生:
　　正如我在简介中写到的,《阿拉图纳!》(Allatoona!)是一本极为特别的小说,更不用说它是如何微妙、热忱而精彩地向您致以崇高的敬意。我无意强求您为它背书,唯愿您能和我们格里芬全体员工一样享受阅读的快感,一样惊喜交集,因其它的自信、精准、睿智……

爱丽丝一把合上试读本,带着那本写奥斯维辛的书去了门廊。

有几回在晚饭时间,一位年长的邻居会来串门,揣着自家鸡舍里的蛋和当地的流言蜚语。别的夜晚,她会和埃兹拉打牌,或者阅读,或者打着手电筒去他的码头上看星星。有个星期六,他们一路走到公羊头酒吧,那里一场婚礼派对气氛正浓:男人们挥舞着槌球棍,把赤脚的伴娘们撵得到处乱跑,与此同时,在酒吧里,一支爵士五重唱乐队正在演奏大乐团金曲。"不。"爱丽丝调笑地勾住他的臂弯,被埃兹拉坚定地拒绝了。但等到《唱唱唱》("Sing Sing Sing")的部落鼓点咚咚咚地响起时,他很快就开始凭空敲打,仿佛被莱昂内尔·汉普顿附身了。这儿打个响指,那儿扭下脚跟,甚至一度踮起脚尖,还敢像拉手风琴那样迅速张开膝盖。他已经牵起了爱丽丝的手,正带着她如万花尺般快速旋转,每转一圈,那图案也随之延展,扩散。此时,一个胸花戴反了的女人摇摆着凑上来宣布:"你知道吗,所有人都说你长得和我老公一模一样。"埃兹拉回答她:"我就是你老公本人。"说完踏前一步,托住爱丽丝一个下腰,几乎与地面平行,然后把她领到了乐团前方。

他的卧室位于屋子的顶层,地板发出细碎的吱呀声,多节瘤的老橡树枝绿意盎然,荫蔽了整个窗户。早晨,她面朝他躺着,凝视着他那放射状的棕色虹膜,惊叹于它看起来是如此完好、清澈和警醒,即使是在那么多的生日、战争、婚姻、总统、刺杀、手术、奖项和书之后,爱丽丝叹了口气。在如此种种中,他们总共活过了九十七个年头,时间越久,她就越难以分辨哪部分属于他,哪部分属于她自己。屋外,鸟儿们无忧无虑地窃窃私语。等到阳光照到她脸上,爱丽丝坐起身来,把一束头发别到耳后。她的脸颊上还留着枕头压出来的印子。她郑重其事地用一根手指碰了碰鼻子,然后是下巴,手肘,然后又碰碰鼻尖,用力扯了下一只耳朵。"短打。"他嘶哑地说。没错!鼻子,下巴,手肘,大腿,耳垂,耳垂,然后又是鼻尖,快速拍三下手。"偷垒。"好样的!下巴,大腿,耳垂,耳垂,手肘,手肘,假想中的面罩。"击球跑垒。"轮到他时,埃兹拉照样来了一遍,只是花了双倍的时间,始终板着扑克脸,在每一组动作的最后都会指向她的肚脐。爱丽丝大笑着又靠回到枕头上。埃兹拉把她揽进怀里,吻她的头发。"最甜美的小女孩。你是最最甜美的小女孩。"话语像火热的羽毛吹进她的耳朵里。另一只耳朵里是他手表的正午提示音,以一种因不得不提醒他们而近乎歉疚的音调。

"我以梦游者的明确和自信走在我的天定

之路上。"然而一个梦游者的天定之路绝不明确,也不可靠。这是不确信的领导者拼命想要向他的属下,或者最重要的是向他自己保证,他的目标完美无瑕。只有一件事他能够确定:他想要统治。他想要权力;他想要被崇拜;他想要被服从。某种程度上说,这是所有政治家共有的欲求,否则他们就会选择另一份不那么独裁的职业了。但有时候,这种欲求会变得极端强烈,出于某种试图补偿过去所受羞辱的冲动——比如说他的父亲是私生子,或者被他向往的学术机构拒之门外。这使他恼火不已:全世界都不理解他,不欣赏他,所以他必须把它重铸成一个理解、欣赏他的世界。统治不仅仅是一种幻想,也是在为作为失败者、卑微者、"弃儿中的弃儿"的自己复仇——《纽约时报》可以据此展开一份不少于一万三千字的元首讣告了。

厨房里有三瓶喝剩一半的黑皮诺,一瓶红牌伏特加,还有一瓶没开过的诺布溪。从窗口往下看,柯莱特在泳池边上,手持长柄捞网撇去水面的浮渣,爱丽丝打开伏特加,仰起酒瓶灌了一大口,又回到门廊上。

然而,用妄自尊大(megalomania)来形容并不准确。它的前半部分和后半部分都暗含了一种过度,对自身影响力的错估,妄想。然而希特勒的妄想并不在于相信自己的力量之伟。没错,他的妄想在于相信自己目标的价值之高,但他似乎不太可能高估自己对人类历史的影响。那么,从哪一刻开始,一个人的妄想开始成为世界的现实?每一代人的使命就是对抗一个独裁者的突发奇想吗?"通过老练、持续的宣传运作,"《我的奋斗》里写到,"在人民眼里天堂可以一如地狱,反之亦然,最悲惨的遭遇也可以有如乐园。"唯有当上述人民未能履行警戒的职责时。唯有在以不作为的方式实现共谋时。唯有当我们自己成为梦游者时。

又喝了一大口。
"宝贝?宝贝,你在哪儿?"
收音机被打开。马桶冲水。踩着老旧的地板,踏着淘气的步伐下楼的脚步。爱丽丝透过门廊的玻璃看着他走向一只弹药箱似的木头箱子,从一摞唱片中挑出一张,煞有介事地从封套里抽出来。过了一会儿,突然传来一阵毛茸茸的声音,紧接着是夏威夷野餐会般的热带风情音乐。

> 跨越蓝色地平线,
> 是美好的一天,
> 对烦恼说再见,
> 快乐在召唤。[1]

间奏时,他隔着玻璃大叫:"要来一杯吗?"

他们在温室里,舔着手指上的烤肉酱,看一条独木舟划过光滑如镜的港湾,此时一个人影出现在草坪上,在暮色中跟跟跄跄地向他们走来。"维吉尔!"埃兹拉大喊。"最近好吗?"

"我的工具房今早进了一只鼹鼠,但我把他干掉了。"

"你把他干掉了?"

---

1 《跨越蓝色地平线》("Beyond the Blue Horizon"),出自派拉蒙电影《赌城艳史》(*Monte Carlo*),由里奥·罗宾作词,理查德·A.怀廷与W.弗兰克·哈林作曲。此处埃兹拉跟唱的是卢·克里斯蒂的版本。

"我把他干掉了。"老人咳嗽一声,拉起温室的门,拖着疲惫的步子走了进来。

"对了,维吉尔。我有件事要拜托你帮忙。你知道路对面那个房子吗?就是通往北卡特赖特路的那家。"

"嗯。"

"你知道它是谁的吗?"

"一位住在开普科勒尔的女士,买下很多年了。"

"什么样的女士?"

"跟我年纪差不多。姓斯托克斯。她叔叔以前住在威利艾特路那边一栋灰色的小隔板屋里。他死了以后,他的孩子们把它卖给了一帮搞音乐的家伙。"

"这样,我想联系一下斯托克斯小姐,如果可以的话,因为我一直想买下那个小屋,趁着它还没有被别人买下来,改成洗车房。"

维吉尔点点头,又咳嗽起来,他的肩膀抖动着,老年斑周围的皮肤泛着鲜亮的熟李色。"亲爱的。"埃兹拉轻声说。爱丽丝点点头,走进屋里,回来的时候给维吉尔递了一杯水,维吉尔说:"谢谢,萨曼莎。"

之后,她和埃兹拉在厨房里玩金拉米,爱丽

丝漫不经心地问了句"什么人能过来做点什么，如果发生紧急情况"。

埃兹拉齐了齐手里的牌，淡定地回答道："你是说，万一我们上床的时候我的打火机突然爆炸了，你该怎么办？"

"类似这样的事情，没错。"

"给维吉尔打电话。"

"呵呵。"

"我不是开玩笑。维吉尔是当地的急救员。"

"百岁高龄的地方急救员？"

"他七十九岁了，'二战'时当过救护员。巴顿说'训练你们这帮杂碎是为了踹日本人的屁股'时，他就在现场。你并不需要知道巴顿是谁。胡牌了。"

他起身去卫生间，回来的时候一脸惊诧。"差点儿忘了我们有芦笋。"

"所以……岛上没有医院？"

"格林波特有一家。南汉普顿还有一家。不过不用担心。维吉尔知道该怎么办。而且不管怎么说，"他气呼呼地伸出一只手，"看看我。我很好。"他眨巴着眼睛，若有所思地看了她一会儿，把手收回去看了看表。

愚 蠢

"你读过吗？"她举起那本讲奥斯维辛的书。

埃兹拉摇摇头。"这本不好。"

"什么意思？"

"太如厕训练了。"

"什么？"

"希特勒太早接受如厕训练。墨索里尼蹲便时间太长。尽是些臆造的弗洛伊德式猜想。如果你想了解大屠杀，我会告诉你该读什么的。"

星期天的时候，她总是郁郁寡欢。一想到回城以后，又要开始一连五天的接电话、赶书籍简介、修理卡壳的订书机，她就觉得太乏味了。埃兹拉下楼去泳池做水中保健，爱丽丝站在窗前看他下到水里，在波光粼粼的浅水区里蹚来蹚去，享受着水流阻力的按摩。然后风力渐强，把他从视野里抹去，在上午剩余的时间里，她就从一个房间游荡到另一个房间，拿起书又放下，倒了一杯又一杯的柠檬水坐在厨房的桌子旁喝，听着蜜蜂嗡嗡作响。水槽上方的时钟大声地滴答着。

两点刚过，他回屋了，发现她正躺在沙发上，一只小臂遮着眼睛。

"宝贝儿，你没事吧？"

"没事。只是在想事情。"

"你要用泳池吗?"

"要的,过一会儿。"

"几点的火车?"

"六点十一。"

"几点到?"

"到家差不多九点半。"

"柯莱特会送你去坐渡轮。至于我……"他环顾四周,仿佛房间里一片狼藉,不知该从哪里开始收拾。"我准备在这里再待一阵子。至少要到九月底。我必须写完初稿。"

"好的。"

"遇到了些困难。"

"嗯哼。"

"我有东西给你。"他从衬衫口袋里掏出一张纸,上面有三个圆孔,整齐地折成了四折:

基塔·瑟伦利,《深入黑暗》

普里莫·莱维,《这是不是个人》

汉娜·阿伦特,《艾希曼在耶路撒冷》

"谢谢。"爱丽丝说。

"不客气。"他说。

他出生于旧明斯特，奥地利的一个小镇，1908年3月26日。他唯一的姐姐那会儿十岁，他的母亲依然年轻美丽，但是他的父亲已经是个日渐老迈的男人了。

"我出生的时候他是一个守夜人，但是他脑子里想的、嘴上说的就只有他在龙骑兵团（奥匈帝国的精英兵团之一）的日子。他的龙骑兵制服，总是精心打理熨烫好挂在衣橱里。我简直烦透了，开始憎恨制服。我很小的时候就知道，我不记得确切的时间了，我父亲不是真的想要我。我听见他们说了。他觉得我不是他亲生的。他觉得我母亲……你懂的……"

"这样的话，那他对你好吗？"

他干笑了一下。"他是一个龙骑兵。我们的生活严格按照兵团那套来。我对他怕得要死。我记得有一天——我大概四五岁，刚得到一双新拖鞋。那是一个寒冷的冬日清晨。隔壁邻居正在搬家。搬运车来了——那会儿当然是马车。车夫进屋帮忙搬家具去了，所以那里只有那辆漂亮的马车，四下无人。

"我穿过雪跑到外头，脚上只穿着那双

新拖鞋。雪到我膝盖那么高,但我毫不在乎。我爬上车,坐在车夫的座位上,离地很高。我看到的一切都是那么安静,洁白,静止。唯独在很远的地方,在纯白的新雪上有一个黑点。我看着它,但没有意识到它是什么,直到突然意识到,那是我父亲回家了。我用最快的速度下了车,穿过厚厚的积雪飞奔到厨房,躲在母亲身后。但他几乎是和我同时到那儿的。"那臭小子在哪儿?"他问,我只好出来。他把我搁在膝盖上,用皮带抽我。几天前他划伤了手指,缠了纱布。他抽打得太用力,伤口崩裂了,血涌了出来。我听见母亲尖叫,'住手,你把血溅在干净的墙上了。'"[1]

她的老板在打电话,脚跷在桌子上,手里把玩着一条思高牌透明胶带。

"那布莱泽呢?我们干吗不继续做埃兹拉·布莱泽?希利真是个有眼无珠的蠢货。"

爱丽丝把一份文件搁在他门外的金属网格文件架上,蹲下身子假装系鞋带。

---

[1] 引自《深入黑暗》。

"不。没有!我可没这么说过。希利就会胡说八道。我说的是我们应该花一百万买这本新书,再加两百五十万买之前作品的再版,尽管它们实际上比你在蒙托克的大别墅还他妈值钱。听起来是不是很'划算'?"

在今天的德国,"杰出的"犹太人这一概念依然没有被淡忘。人们不再拿退伍老兵或其他特权群体说事,却从未停止哀悼"著名"犹太人的命运,对所有其他的受害者视而不见。有不少人,尤其是那些文化精英,还在对德国驱逐爱因斯坦公开表示愧惜,完全没有意识到与之相比,杀死身边的某个小汉斯·科恩是一宗更为严重的罪行,尽管他并不是什么天才。[1]

未知号码。
"喂。"
"最近好吗,玛丽-爱丽丝?"
"还不错。你呢?"

---

[1] 引自《艾希曼在耶路撒冷》,汉娜·阿伦特著。译文参考译林出版社 2017 年版,安尼译,有改动。

"我很好。就是问候一声。"

"嗯哼。"

"你确定你没事吗?听起来有点不开心啊。"

"我是有点。但没什么。不用担心。你的书怎么样了?"

"噢,我不知道。谁知道好不好呢。都是些可疑的勾当。编造故事。描写事物。描述一扇刚有人走进去的门。它是棕色的,铰链嘎吱作响……谁会在乎?一扇门而已。"

"探索艺术需要耐心。"最后爱丽丝说道。她可以听见他那边的蛙鸣。

"记性就跟捕兽夹似的,白煮土豆。"

集中营占地四五十英亩(六百乘四百平方米),被分成两个主区和四个分部。"上区",或称为集中营Ⅱ,包括毒气室,尸体处理装置(先是石灰坑,然后是巨大的焚烧用的铁架子,也就是"烤炉"),还有"死亡犹太人",即犹太人劳动组的营房。其中一个营房是给男人住的,还有一个后来建的,是给女人住的。男人负责搬运和焚烧尸体,十二个女孩负责做饭和清洗。

"下区"，或称集中营Ⅰ，被分成了三个区域，被带刺铁丝网严格区隔开来，和外围防护网一样，别着伪装用的松枝。第一区包括卸货的坡道和广场，也就是分类区（Sortierungsplatz），在这里进行第一批分拣；伪医院（Lazarett），老人和病人在这里被枪毙，而非死于毒气；更衣室，受害者在这里被剥光，留下他们的衣服，如果是女人就要剪头发，还要检查里面是否藏有贵重物品；最后是"天堂之路"。这条始于女人和儿童更衣室出口的通道宽约十英尺，两边各有十英尺高的带刺铁丝网（同样有着层层树枝的伪装，隔一阵子就会更换，外面看不见里面，里面也看不见外面）。就是在这条路上，赤身裸体的囚犯被迫五人一排，跑向百米外坡道上的"浴室"，即毒气室，那里的供气装置经常出故障，每到这种时候，他们就只得原地站着，等上好几个小时。[1]

她正要给新一本第二人称小说发拒稿信时，

---

[1] 引自《深入黑暗》。

电脑黑屏了,空调响了几声之后停下来,留下一片昏暗而原始的寂静。

"操。"老板说着,往门厅走去。

一小时以后,她和她的同事们还在越发潮湿的空气里埋头处理着积压的文件,他怒气冲冲地跑回来,告诉他们可以回家了,如果回得去的话。

下二十一层电梯来到大厅,消防员们在紧闭的电梯间周围转来转去,抬眼看着静止的楼层号。第57街上,汽车纷纷抢道,闯过没有交通灯的十字路口,路上的行人看起来比早晨翻了两番。哥伦布环路北边,一位自封的交通协调员站在那里,戴着反光墨镜,衬衫袖子一直卷到肱二头肌。富豪雪糕门口的队伍有一个街区那么长。又赚到一天缓刑的老式电话亭门口排着的队还要更长:人们小心翼翼,甚至有些难为情地往前移动,仿佛公然在大街上走进告解室。在第68街和第72街上拖着脚步的人群推搡着挤上巴士,车身因负重而下坠。第78街上,"坚果与冰激凌的世界"正在分发甜筒。再过一个街区,"都柏林之家"的门口,健力士黑啤的竖琴霓虹灯似乎已经耗尽了所有的颜色。在这种诡异的气氛下,普普通通的热度也开始让人觉得超乎寻常:不断泄露,危机

愚 蠢

四伏，无法摆脱，如同逐渐溢满整个房间的煤气。在法林地下商场外面，两个女人把四个袋子、五个小孩夹在中间，和一个去上城方向的客车司机讨价还价。对面的街角，那个穿着一百件大衣的流浪汉的背看起来比以往任何时候都更驼了，他的胳膊肘撑在一个报纸架上，正打着哈欠四处打量。

敲安娜的门，无人应答。进到屋里后，爱丽丝脱下鞋子，衬衫，还有她那条三百美元的裙子，给自己倒了一杯路萨朵，然后睡着了。醒来时，等待她的是深不见底的黑暗，还有手机的悲鸣。紧挨着她的家门就是第五段台阶，通往屋顶，或者说是通向一扇挂着警铃的门，两年来她一次都没听它响过。没管它，她爬上楼梯，来到了菱形的紫色天幕中，迎着一阵舒爽的微风，脚踩着自家的天花板，她来到整栋楼的船头，俯身眺望大街。一辆车在阿姆斯特丹大道上拐弯然后加速西行，车头灯以一种崭新的、稀有的强度穿透黑暗。两个门面开外的逃生梯上有烛光在闪烁。右边，越过浓黑如墨的河带，新泽西海岸灯火零落，就像野外的篝火。"冰啤酒，"百老汇大道上一个男人的声音浮了上来，"这里还有冰啤酒。三美元。"

她的手机又发出一声惨呼。没有地铁的轰响，没有沿着哈德逊河疾驰的火车,没有空调、冰箱或者这个街区三家自助洗衣店的嗡鸣,就像一头猛犸象停止了心跳。爱丽丝坐下来,过了一会儿,抬头迎向星星。没有平时来自地面的竞争,它们看上去明亮多了——更明亮,更得意了,它们在宇宙中至高无上的地位终于被重申。烛光闪烁的逃生梯那边传来几声模糊的吉他和弦。啤酒小贩放弃了,或者是卖完了。月亮看上去也比平时更清晰,更皎洁,突然之间,它不再是塞利纳的月亮,不再是海明威的,也不再是热内的,而是爱丽丝的,她发誓总有一天要描摹出它真正的样子:来自太阳的光。一辆消防车在多普勒效应中一路向北。一架直升机改变了方向,像一只蝗虫被划过天空的巨手撵走。手机在她手中发出三声悲愤的控诉,关机了。

……人类中显然存在着截然不同的两种类别:被拯救的和被淹没的。相形之下,其他类别的对立组合(好和坏,聪明和愚蠢,懦弱和勇敢,不幸和幸运)就显得不那么鲜明,不那么本质,更何况,它们中间都容有更为丰富、更加复杂的模糊地带。

在日常生活中,这种区分是很不明显的。在平时生活中,一个人迷失自我的情况是很罕见的,因为通常人并不是孤立的存在,他人生道路上的起伏是与其邻人的命运连接在一起的,因此,某人无限地飞黄腾达,或者连续受挫乃至一败涂地,都是极为例外的现象。此外,每个人一般都拥有一定的精神、体力,以及金钱上的资源,因此,遭受不可挽回的灾祸,或是生活完全难以为继的可能性相对来说是比较小的。再加上,缓减灾祸和困难的一个明显的作用是由法律来履行的,而从道义上来看是内心的法则。实际上,一个越是被看作文明的国家,那些用来避免弱者太弱、强者太强的法则就越为健全和有效。[1]

"2003 年的诺贝尔文学奖授予南非作家约翰·麦克斯韦尔·库切,诺奖委员会称他'在无穷无尽的伪装下刻画出外来者出人意料的介入'。"

爱丽丝关掉收音机,躺回床上。

---

[1] 引自《这是不是个人》,普里莫·莱维著。译文参考人民文学出版社 2016 年版,沈萼梅译,有改动。

未知号码。

未知号码。

未知号码。

哔。

他挂上了电话。

又有人敲门:

修面理发,块儿八毛。

爱丽丝叹了口气,拿起她的钥匙和手机,跟着脚步急切而蹒跚的老太太穿过走廊。真空吸尘器在宽敞的起居室里大张着嘴巴,古董珍玩从地板堆到天花板,那里还有一只壁炉,精致的纹路还没有被房主的一通乱刷盖住。在它们背后,是一个影影绰绰的迷宫,更多的房间,一间连着一间,一直延伸到大街,空气中悬浮着一股不新鲜的食物香味——这要归功于半个世纪以来的马铃薯饼和酸泡菜,爱丽丝猜。壁炉架上躺着一张房租条,锱铢必较的 $728.69。

"你的表调了吗,安娜?"

"什么?"

"你调——"

未知号码。

愚 蠢

闪烁的文字宛如一颗正在她手上复苏的心在跳。"我很快就回来，好吗，安娜？"

他的声音听起来有点迷糊，仿佛刚从长长的午睡中醒来，她隐约能听到一曲咏叹调逐渐转弱。"你在干吗，玛丽-爱丽丝？"

"我正在帮同一层楼的老太太换真空吸尘器的尘袋。"

"有多老？"

"很老。比你老。她的公寓比咱们俩的加起来还要大。"

"或许你应该跟她睡。"

"没准儿我就在跟她睡。"

回到大厅时，安娜正试图用一只切肉餐叉把尘袋从嵌槽里剜出来。"我来吧。"爱丽丝提议。

"什么？"

"我说我来帮你弄。"

"噢，谢谢，亲爱的。这是我孙女给我的。我不知道为什么。"

"你的表调了吗？"爱丽丝站在那里问道。

"什么？"

"我是说，你记得今天早上要把你的表调回去吗？"

安娜的眼睛湿润了。"我的表?"

"夏令时。"爱丽丝大声地说。

邮件摘录:

一张交响乐空间的宣传页,他把黑泽明的电影圈了出来,觉得她应该看看,尤其是《罗生门》,如果她有时间看两场连映的话,就再加上《椿三十郎》。

一张电影论坛剧院的明信片,他圈出了查理·卓别林的电影,认为她会喜欢:《大独裁者》《城市之光》和《摩登时代》。

一份纽约现代艺术博物馆的电影宣传册,封面是《玫瑰围墙》里的一个女演员,正在用一只高脚杯喝酒,他建议她尝试这个发型,如果她决心剪短的话。

他的背又开始折腾他了,于是她一个人去了电影论坛剧院。

"他用扳手拧女人的乳头!"——她在屋子里乱跑,用看不见的扳手拧紧空气。"他用可卡因给他的监狱餐提味儿!"——她惊讶地睁大双眼,挥舞拳头。"他在百货商店里滑旱冰!……他从上行的电梯往下跑!……他用手枪开朗姆酒,喝得

愚 蠢

大醉!"爱丽丝一边拼命甩胳膊,好让虚拟的衬衫袖口飞走,一边以一种慢速的太空步绕着椅子上的他转圈,嘴里唱着:

> 美人上车来,
> 我们多快活
> 如果我我们玩乐
> 我你,我们俩啊啊!

"小姐?"
"皮拉希娜!"
"您想要?"
"计费表吗!"
"吃你的蛋挞。"
"图拉图拉图拉哇哇哇!"[1]

"噢,玛丽-爱丽丝,"他大笑着,抹了抹眼睛,把她揽过来,亲吻她的手指。"我最亲爱的、有趣的、疯狂的玛丽-爱丽丝!我恐怕你今后的人生都会非常寂寞。"

---

[1]《不知所云歌》("Nonsense Song"),出自电影《摩登时代》(Modern Times),由莱奥·达尼德夫作曲,查理·卓别林作词。

如今,他的书已经写完了,是时候把一堆延后的医疗事务提上日程了,包括结肠镜检查、前列腺筛查,还有鉴于他最近呼吸短促,胸腔内科医生推荐他做的一些检查。他没得癌症,胸腔喘鸣用类固醇吸入器一个下午就解决了,但是在新整形外科医生的强烈建议下,他决定接受椎板切除术以解决椎管狭窄问题。手术定于三月下旬,由私人护士轮班看护两个星期,后来又延长到三个星期。一个周六,在刚开始另一本小说并且能够起来走路之后没多久,他、爱丽丝,还有日班护士加布里埃拉,一起出门散步。

"四页了。"他宣布。

"已经四页了?"爱丽丝说。"哇噢。"

埃兹拉耸耸肩。"不知道写得怎么样。"

他们在第84街的台阶坐下休息，看到一个把学步幼儿拴在手腕上的男人停下来，皱着眉头看手机。

"你想要孩子吗，萨曼莎？"加布里埃拉问，她是罗马尼亚人。

"我不知道。或许有一天会吧。但不是现在。"

"没有关系。你还不着急。"

爱丽丝点点头。

"你多大了？"

"二十七。"

"噢，我之前不知道。你看起来就像十六岁。"

"经常有人这么说她。"埃兹拉说。

"不管怎么样，你还不着急。"

"谢谢。"

"……等到了三十五六，你就该担心了。"

"嗯哼。"

"那你想什么时候要小孩？"

"呃，就像我刚才说的，加布里埃拉，我不确定我想不想要小孩，但要我说的话，我会等到尽可能晚的时候。比如四十岁时。"

加布里埃拉皱起眉头。"四十就太老了。四十岁的时候哪儿哪儿都不对劲。四十岁你会很吃力的。"

"那你觉得我应该什么时候要呢?"

"三十。"

"不可能。"

"三十二?"

爱丽丝摇了摇头。

"三十七。不能比三十七还晚了。"

"我会考虑的。"

一个长腿红发、身穿弹力运动服的姑娘慢跑过去。埃兹拉的目光一路追随着她,直到拐过街角。

"我知道了,"加布里埃拉说,"我们可以去问问弗朗辛。"

"谁是弗朗辛?"

"夜班护士,"埃兹拉说,"她没有小孩。"

在哥伦布大道,他们又停了下来,埃兹拉要和热狗小贩闲聊几句。"生意怎么样,哥们儿?"小贩做出一个愤怒的手势,对着这片街区竖起大拇指又倒转朝下,仿佛他的货车停在了一个鬼城里。"糟透了。没人想吃热狗。所有人都想喝奶昔。"

"真的吗?"

小贩郁闷地点点头。

埃兹拉转头问爱丽丝:"要来只热狗吗?"

愚 蠢

"好啊。"

"加布里埃拉?"

"我喜欢热狗。"

"两个热狗,先生。"

"'halal'是什么意思?"加布里埃拉问。

"清真食品!"小贩冲着下面自豪地说。

加布里埃拉离开去接电话了,爱丽丝和埃兹拉坐在他们初遇的那张长椅上。他们安静地休息了一会儿,埃兹拉开始说起法国梧桐,爱丽丝沉浸在自己的思绪里没有听见——她在想一生中去过的地方,她想要去的地方,以及她怎么才能不太费劲地从这里走到那里。她会一直想要某样东西直到得到它,到了那时,她又想要别的东西了,这个让人抓狂的习惯把她的思考变得更复杂了。一只鸽子俯冲下来,埃兹拉用他的手杖把它驱走了,那潇洒的一挥令她想起弗雷德·阿斯泰尔。

"宝贝儿,"他看着她吃东西,"今年夏天,不如请两周假过来看我?你会觉得无聊吗?"

"完全不会。我很乐意。"

他点点头。爱丽丝舔去手掌上的芥子酱,开口问道:"亚当对你的书有何评论?"

"埃兹拉,我——我不知道该怎么说。太天才了。一部杰作。我的意思是，天哪，太棒了。每个词……简直每一个词都……"

"都拼对了。"

埃兹拉擤了下鼻子。"都拼对了。"

"他打算什么时候报上去？"

"他打算等到秋季。你看完了吗？"

"看到一百六十三页了。"

"然后呢？"

"我还挺喜欢的。"

"什么。"

"什么什么？"

"你那是什么语气？"

"好吧……是谁在叙述？讲故事的人是谁？"

"什么意思？当然是叙事者在讲故事。"

"我知道，但——"

"先读完。然后我们再谈观点。还有什么吗？"

"焙果店的女孩。这年头还有谁会那么说话？那么认真？那么正儿八经？"

"你。"

"我知道，但我——"

"怎么？比较特别？"

爱丽丝扬起眉毛看着他，嘴里还在咀嚼。

"玛丽-爱丽丝,"过了一会儿,他温柔地说,"我知道你在做什么。"

"什么?"

"我知道你一个人的时候在做些什么。"

"什么?"

"你在写作。不是吗?"

爱丽丝耸耸肩。"随便写写的。"

"你在写这个吗?我们的事?"

"没有。"

"真的吗?"

爱丽丝坚决地摇摇头。"不可能的。"

他点点头。"那你在写什么?"

"其他的人。那些比我有趣的人。"她轻轻地笑着,朝街道扬起下巴,"穆斯林热狗小贩。"

埃兹拉看起来有些怀疑。"那你写你父亲了吗?"

"没有。"

"你该写写的。不写白不写。"

"我知道。但我自己的事似乎不够重要。"

"相比于?"

"战争。独裁。国际事务。"

"别管国际事务了。国际事务能管好自己。"

"它们管得可不怎么样。"

一个和埃兹拉住同一栋楼的女人，戴着一顶印有戈尔 2000 的棒球帽，牵着一条西施犬，正沿着小路朝他们这边健走。"你好啊。"她路过时，埃兹拉招呼道。"你好，乔叟。"他又对着狗补了一句。而爱丽丝则开始认真地思考一个来自马萨诸塞的前唱诗班女孩有没有可能凭空创造出一个穆斯林男人的意识，这时埃兹拉转身对她说："不必担心重要不重要。写得好自然就重要了。只要记住契诃夫说的，'如果第一幕的墙上挂着一把枪，在后面一幕里就必须开火。'"

爱丽丝擦了擦手，起身去扔餐巾纸。"如果第一幕的墙上挂的是一个除颤器，那它在后面一幕里也必须开火吗？"

她走回他身边时，加布里埃拉站在那里，手里拿着他的围巾，正要扶他站起来。太阳消失在哥伦布大道的高楼背后，周围的一切都在骤然而至的阴影中加快了步伐。重回风中，埃兹拉把手杖搁在灯芯绒裤子的大腿根部，费劲地想要拉上夹克的拉链。"不不，"加布里埃拉要过来帮忙时，他轻声说，"我自己可以。"在法国梧桐的映衬下，他看上去比在公寓那个封闭的避难所里更矮小、更虚弱了,有那么一会儿,爱丽丝仿佛看到了别人眼里的样子:一个健康的年轻女人,在一个衰朽的老男人身上虚掷时光。或者其他人会比她以为的更有想象力和同情心?他们会不会承认,有他在这个世界上总比没有他更有趣呢?甚至有没有可能承认,这个世界需要更多她的这种勇气和热情,而不是更少?在他们身后,天文台泛着紫红色的霞光。穆斯林热狗小贩开始收摊。埃兹拉摆弄他的手套时,加布里埃拉好姐妹似的朝她眨眨眼睛,走到她身边站定,冷得直跺脚。"萨曼莎!"她用所有人都能听到的音量耳语道,"弗朗辛说她冻了一个卵子。"

算上在荣康科马换乘,总共要坐上不到三个小时的火车。为了打发时间,爱丽丝喝了一瓶柠檬预调酒,眺望着生锈的细铁丝网,皇后乐队的迷幻涂鸦逐渐被水仙花、狗舍、山茱萸和常春藤取代。在亚普汉克,沿路长着稀稀拉拉的菊苣花,像小小的祈愿者那样在风中颤抖。她那节车厢的尾部坐着一位老妇人,手搁在钱包上,钱包搁在膝盖上,凝视着窗外的风景像线轴一样被拉开,一群十几岁的孩子在她周围吵吵嚷嚷的。每隔一段时间，他们的嬉闹就会漫入走廊，时不时地撞上老妇人的椅子，要么一眨眼就把棒球帽投进了她那件长春花色休闲西装的臂弯里。甚至在乘务员走过来提醒他们时也依然故我——继续乱扔香蕉，争抢手机——直到他俯视着他们，清了清嗓子，说道：

"请问，这位女士打扰到你们了吗？"

就像一群地鼠奔逃入洞，年轻人跌回各自的椅子，直到旅程结束也没再挪窝，最多是像念经似的窃窃私语。

"嗨，萨曼莎。"

"嗨，柯莱特。近来可好？"

"还不错。真是适合来乡下的好天气。"

"的确是。"

他们驶入车道时，埃兹拉正好从他的工作室里出来。"抱歉，小姐！"他从草坪另一边大喊。"你预约的不是明天吗？"他走过来，"你好吗，玛丽-爱丽丝？"

爱丽丝睁大了眼睛。

"我的意思是萨曼莎-玛丽。萨曼莎·玛丽-爱丽丝。玛丽-爱丽丝是你的中间名，对吧？但是你更喜欢别人叫你萨曼莎，不是吗，萨曼莎·玛丽-爱丽丝？"

愚 蠢

"没错。"爱丽丝说。

"总之,"柯莱特咧嘴一笑,"周日见了,老板。"

他们朝屋子走去,埃兹拉用一只手揽着她。"九十三页了。"

"太棒了。"

"我不知道棒不棒。"

吃午餐时,清洁女工就在他们身边忙活。爱丽丝开始给他讲火车上那个老妇人的事,但刚说到"长春花色",埃兹拉就放下他的干姜水,摇了摇头。

"不要把她滥情化。"

"你总是这么说。不要把人滥情化。好像我有的选似的。"

"感性可以。不要滥情。"

清洁女工眨了眨眼睛。"他真是太有趣了。"

"谁?"

"你,布莱泽先生。"

"他确实很有趣,"爱丽丝说着,站了起来。"嘿,今天晚上有洋基和红袜的比赛。"

"嘿,我准备去小睡一会儿。之后会待在工作室里。我要把那些盒子过一遍。"

"什么盒子?"

"留给我的传记作者的。"

"什么传记作者?"

"我最终的传记作者。"起居室里传来一声巨响。"贾尼丝,"埃兹拉回头喊道,"没出什么事吧?"

"我刚杀死了一只世上最大的黄蜂。"

"我以为乔治·普林普顿才是世上最大的黄蜂[1]。"

"我打算去游个泳。"爱丽丝说。

"等会儿,亲爱的。你几点的火车?"

爱丽丝看着他。

"我是说,"他摇摇头,"棒球比赛几点开始?"

对于六月来说,天气称得上凉爽。雾气从水中升起来,仿佛就在一英寻之下,有一条岩浆河正在涌流。树林沙沙作响,在池塘上洒下摇曳的影子,随着岁月的冲刷,岩层逐渐剥落,只留下苍老的灰、绿和海蓝色的漩涡,像一张古旧的海图。水面之下,爱丽丝的手还在并拢,划开,但看上去不像是在助推,而更像是混乱的磁针,或

---

[1] WASP,即 White Anglo-Saxon Protestant(白人盎格鲁-撒克逊新教徒),通常用来代指美国精英群体,与黄蜂(wasp)的拼写一致。乔治·普林普顿(George Plimpton)是美国知名记者、作家、编辑和演员,也是《巴黎评论》的创始人之一,自创刊以来一直担任主编,直到 2003 年去世。

愚蠢

是在暗室中寻路的双手。但不管怎样,她还在游。游到风声尖啸,太阳泛着粉色沉入紫荆花丛。游到嘴唇发紫,乳头硬凸。游到屋子里的灯一盏接一盏地亮起,她可以看见厨房门口埃兹拉的剪影,在忧心而单调地呼唤她,就像任何一个农夫唤他的狗那样。

身上还在滴水,她在床上发现了这些:

一本《生活》杂志,罗斯福诞辰六十周年纪念版。

一本1978年的色情杂志,整期就一个故事,讲的是一个名叫乔迪的裁缝。当地人相信他是同性恋,因此放心让他跟着年轻女子进入试衣室。("即使是在性方面最保守的女性也不会介意在她的医生或裁缝面前脱衣服。至少在年纪稍大或者不那么性感的顾客看来,乔迪就是一个在她们全裸或半裸的身体上调试衣服的无生命的装置,一台没有感情的机器……"[1])

第三十三届阿勒格尼县集市的纪念节目单,主要有多德镇的吹笛人、阿瑟·戈弗雷和他那匹著名的马戈迪,还有香蕉劈裂,等等。背面有黑

---

[1] 引自1978年的 *Lickety Split* 杂志。

色马克笔的笔迹,是他那格外迷人的斜体字:嘿,多德。我真的爱你,你知道的。

浅水区这头,她在他旁边冒出头来。

他说:"你像只小船。"

爱丽丝甩出一边耳朵里的水,再次蹬壁出发。等到她再游回来时,他说:"还记得纳伊拉吗?"

"那个巴勒斯坦人?"

"对。她上周过来采访我,玛丽-爱丽丝,我敢说,你这辈子都没见过那么美的皮肤。就像……"他的手摩挲着下巴,"巧克力牛奶。"

"巧克力豆奶。"

"没错。"

"所以一切顺利咯。"爱丽丝仰面漂在水面上。

"我邀请她等我回城共进午餐。她说她会打给我。亲爱的,我倒是不介意,丝毫没有,但你的屁股是不是变小了?"

爱丽丝往下一蹲,扭身去检查。"我觉得是。我有鼻炎,医生给我开了喷鼻子的类固醇,挺管用的,但我觉得它让我的胸部也缩水了。"

埃兹拉点点头表示理解。"今天晚上想干点什么?"

"都有哪些选项?"

"金拉米。或者,帕尔曼学校有一场音乐会。"

"帕尔曼学校。"

"不先问问演出的曲目吗?"

"无所谓。"爱丽丝说着,再次潜入水中。

他们一路上经过了乡村俱乐部,高尔夫手们追逐着小圆球滚入长长的阴影;上了日落沙滩后,埃兹拉减慢车速,等几个拎着代基里鸡尾酒的小姑娘先过马路,爱丽丝摇下车窗,伸出手去感受风。从这里,你可以一直看到河对岸的北福克,从城里开来的火车将在那里迎来缓慢而不可避免的停靠——它的轨道突然中断,三面被杂草环绕,仿佛一个半世纪前那些以铺设铁轨为业的人,某天抬起头来,发现自己再也无法前进半步:一湾湖水挡住了他们的去路。这使得对岸的陆地看起来更加蛮荒,是大都会的钢铁血管无从涉足也不可企及的——最近,爱丽丝越来越觉得都市持续高强度的节奏和她渴望的沉思生活格格不入。一种去观看并真的看到世界,而且对此有些不同寻常的看法的生活。话说回来:所有这些田园牧歌式的安宁真的可以治愈自我怀疑的焦虑吗?甚至她真的能够在这个过程中忍受独处吗?这会让她的生活变得不再像现在这样无足轻重吗？以及，她想说的一切不是早就被他说过了吗？

埃兹拉把车停在面向湖水的车位上，背对着夕阳向一个圆顶帐篷走去，它那圆齿形的下摆在微风中猎猎作响。"玛丽-爱丽丝，"在他们大步跨过那片葱茏的草地时，他说，"我有一个提议。"

"嗯哼。"

"我想帮你还清助学贷款。"

"我的天哪。为什么？"

"因为你是个聪明的女孩，你真的很出色，我觉得是时候放手去做你真正想做的事了。不用老想着债务会不会轻松一点？"

"是的。虽然也没多少了。我已经还掉一大半了。"

"那更好了。还剩下多少？"

"六千左右吧，我猜。"

"那我给你六千，你可以一劳永逸地摆脱债务，或许之后你在计划未来时可以更清晰一些，更自由。你觉得呢？"

"我能考虑一下吗？"

"当然可以。你可以考虑到天荒地老。不管你的决定是什么，我们都不会再讨论了。我给你钱，或者不给,到此结束。好吗?"

"好。谢谢,埃兹拉。"

"不火气。"他们同时说道。

这次音乐会的特邀钢琴演奏家是一位年轻的日本女性,她已经在伦敦、巴黎、维也纳和米兰举办过个人音乐会了——虽然从他们现在坐的位置看去,她就像一个九岁的小孩,在走近一个大到足以给长颈鹿宝宝当棺材的乐器。前三个音符听起来像日出、日子或时间本身,然后,琴声乍起,疾风骤雨,女孩的手指以难以置信的速度奔跑,跳跃,颤抖,尽管她的脸上依然风平浪静,像戴了一副面具。接下来是两小段施托克豪森。与之前相反,爱丽丝觉得自己听到了猫儿在键盘上走来走去:在两段乐章之间,所有人都知道不能鼓掌的严肃间隙,一连串的咳嗽在观众中荡漾开来,仿佛萦绕在空气中的不协和音并非琴声的余韵,而是一股刺激性气体似的。

中场休息时,埃兹拉的朋友过来跟他打招呼,一个白发如狮的男人,绿松石色的手帕从他的泡泡纱口袋里露出一角。"埃兹拉,我亲爱的。觉得怎么样?"

"她很棒。尽管可能有点疏离。"

"施托克豪森就是疏离的。你的书怎么样了？"

爱丽丝退到一边，啜着白葡萄酒，冷漠地凝视着外面的海湾，在她身后，两个女学生正在谈论三和音和延音记号，随后，带着一丝谨慎，她们开始讨论谁会被选中在下个月的公益音乐会上独奏。爱丽丝喝完了她的酒，正准备走人，这时埃兹拉碰了碰她的胳膊肘，说："卡尔，这是玛丽-爱丽丝。"

"噢，"爱丽丝说，"嗨。"

"嗨。"

"我正在跟卡尔聊一百年前我在卢浮宫听毛里奇奥·波利尼演奏《暴风雨》的事。他的燕尾服下摆有一列货运火车那么长。亲爱的，总有一天你得去看看波利尼。"

"你喜欢音乐？"卡尔问。

"嗯，没错。"爱丽丝说。

"玛丽-爱丽丝是一位编辑。"埃兹拉说。

"呃"，爱丽丝说，"助理编辑。"

"太棒了，"卡尔说，"哪家出版社的？"

"抱歉，"埃兹拉说，"我去拿杯健怡可乐。"

"格里芬。"爱丽丝说着，上前一步，后面的队伍也随之前进。

"那你一定特别聪明。罗杰从来不雇蠢蛋。"

"你认识罗杰?"

"当然。杰出的人。杰出的编辑。这是你想做的吗?编辑?"

一个抱着婴儿的女人边连声道歉边挤到他们中间。认出是谁之后,卡尔靠过去给了她一个吻。"费莉西蒂!这是玛丽-爱丽丝。埃兹拉的朋友。这位是?"

"贾斯廷。"

"贾斯廷……"

爱丽丝在外面找到了埃兹拉,他坐在枫树浓荫下的长椅上,新修过的面颊在将逝的日光下看起来憔悴而灰暗。"抱歉,亲爱的。我突然有点头晕。"

"你想回家吗?"

"不用,我一会儿就没事了。这么美好的夜晚,我想和你待在外面。我们可以继续待着。"

爱丽丝在他身边坐下:"卡尔认识罗杰。我的老板。"

"呃。噢,好吧。"

爱丽丝点点头。"噢,好吧。"

几码开外,一对穿着雅致的男女在你一口我

一口地抽着一支烟。女的用法语说了句什么,埃兹拉转头看过去,男人在抽烟,女人在笑。

"你在想什么?"爱丽丝问。

埃兹拉转头看她,有些惊讶。"我在想我的书。有个场景我没有弄对。请注意,倒不是说别的就都弄对了。要是得把所有这些都弄对,不如去写胡图族算了。"

他们扔掉塑料杯,一路礼貌地分开人群回到自己的位子上。钢琴家坐回她的板凳,以超凡的专注凝视着乌黑发亮的琴键。然后,她气势十足地扬起手腕,张开鼻翼,《英雄交响曲》从笼中一跃而出:一顿炸裂般的重击,毫不疏离;相反,这女人的肩膀前摇后晃,双脚激情澎湃地泵压踏板,脚跟甚至离开了地面,她的头猛地一缩,啪地一甩,像是在担心键盘上的火星飞起,溅入她的眼睛。在爱丽丝听来,这音乐既让她振奋,又令她沮丧:在她胸中激荡的音乐让她比任何时候都渴望去做,去发明,去创造——将自己的全部精力投入到某种美丽而独一无二的东西里——但同时又令她渴望去爱。渴望交出自己,深深地、好好地爱一个人,丝毫不用怀疑自己是在挥霍生命,因为还有什么比为另一个人的幸福与满足而奉献自己更崇高的呢？有那么一刻，钢琴家微微后仰，手指在琴键两端弹奏，仿佛是在防止一端翘起而另一端沉下，就在这时，爱丽丝转头去看埃兹拉，他正长大嘴看着前方，在他后面，延音记号女孩们都以一种叹服的姿势僵坐着：不管她们能做到什么程度，也不可能像她一样，绝对做不到这样，除非将无数时间奉献给野心，才能成就仅此一次的绝响。与此同时，她们沙漏里的时间在不断流逝。所有人的沙子都在流逝。所有人，除了贝多芬。从你出生那一刻起，沙子就开始流走，只能渴求被铭记，才有一丝机会让它一次又一次地倒流。爱丽丝把埃兹拉那长长的、冰凉的手指握在手中，紧紧攥住。这一次，没有人在间隙咳嗽。

第二天下午，他亲自开车送她去渡口。他们到早了，坐在车里，看着驳船笨重地驶进自己的泊位，然后他开口了，没有看她：

"这段关系是不是有点令人心碎？"

码头上的强光刺痛了她的眼睛。"我不觉得。也许是在心碎的边缘。"

渡轮活动梯的顶端涌出一大股人流，笑着，

挥着手,帆布行李包扛在肩膀上,挡住刺眼的阳光。一对年轻的男性情侣手牵着手,高个儿那个的另一只手里小心抱着一盆系着丝带的绿植。

"你有担心过结果吗?"

"什么结果?"

现在,他一脸严肃地看着她。

"那你担心吗?"爱丽丝问。

"不。但那是因为我的人生已经走到了终点,而你……"他不由得轻笑起来,为这工整的对仗——"而你的还在起点。"

修面理发,块儿八毛。

"噢,哈喽,亲爱的。你有卫生纸吗?"

"可是,安娜,你手上不正拿着一卷吗!"

老太太不知所措地转身回到门廊上。

"出了什么事吗,安娜?"

她再度急切地转过身:"不,亲爱的。什么事都没有。怎么这么问?"

"你需要帮忙吗?"

"不用。告诉我,亲爱的。你有男朋友吗?"

修面理发,块儿八毛。

愚蠢

"亲爱的……你的名字是——？"

"爱丽丝。"

"爱丽丝。能告诉我现在几点吗？"

"快四点了。"

"四点多少？"

"不到四点。差五分钟。安娜，你为什么走到哪儿都要拿着那卷卫生纸？"

修面理发——

距离上一次对话还不到十分钟，但是当爱丽丝再次开门时，安娜紧紧地捂着胸口往后缩了一下，像是没料到有人在家。"噢！亲爱的。哈喽。我在想……能不能请你帮我……换一下……"

"……灯泡？"

灯泡在厨房，爱丽丝还从未踏足过，这是一间可以轻松容纳一张锈迹斑斑的大桌、六把软垫塑胶椅的屋子。一道多云午后的虚弱阳光吃力地穿过布满尘埃的窗户，下层窗格上贴满了泛黄的《泰晤士报》。里根怀念共和党参议院。瑞夫卡·罗森维恩与巴里·利希滕贝格喜结连理。伊姆加德·泽弗里德逝世，享年六十九岁。坏掉的灯泡像蜘蛛似的沿着电线垂到炉灶上方，不知为何，炉头上有几处用锡纸修补过。爱丽丝从桌子下面拉出一把椅子,踩了上去。她拧下熄掉的灯泡,准备下来拿替换灯泡时,用手在炉灶面上撑了一下以稳住身子,又反射性地迅速收了回来。

"噢!安娜,你的炉子是烫的!"

"是吗?"

"是的!你在煮东西吗?"

"我不这么认为,亲爱的。"

"那你是刚用过吗?你今天用它煮过东西吗?"

"我不知道,亲爱的。我不知道。"

回到自己的屋子,爱丽丝拨了房租条上的号码,不耐烦地走来走去,等待语音菜单结束。她按了零。然后又按了一次零。"……请在哔声后说出你的名字和房间号。哔。"

"玛丽-爱丽丝·道奇,第85街西209号公寓,5-C室。"

"……你好?"

"嗨,我是爱丽丝,住在209号5-C室,我打电话来是因为我的邻居安娜总是敲我家的门,已经有阵子了,我不介意偶尔搭把手,或者甚至陪陪她,因为她人很好,而且我觉得她敲门有时候只是因为孤单,但今天她已经敲了三次门了,而且我觉得她可能每次敲完就忘了：第一次是要卫生纸，然后是问时间，再然后是她想找人帮忙换灯泡，我换过了，但我注意到她的炉子非常烫，顺便提一句，炉子非常老旧了。我不知道这样是不是正常的，但在我看来它有点热过头了，这还是根本没在用的情况下。听着，就像我说的，我不是不愿意偶尔帮个小忙，或者甚至关照她一下，不是正式的那种，但我能做的也只有这些了。如果她得了健忘症，或者炉灶出了问题但她自己不知道，或者忘了关火就出门了，或者睡着了——"

"好的。稍等一分钟，请不要挂可以吗？"

她等了至少两分钟。

"玛丽-爱丽丝？"他的声音听起来跟刚才很不一样——语调变高了，礼貌得堪称悦耳，"我接通了安娜的孙女蕾切尔。你可以把刚才对我说的话再和她说一遍吗？"

"我很抱歉，玛丽-爱丽丝，"蕾切尔匆匆地插了进来，"抱歉给你添麻烦了。多谢你的帮助。"

"2004 年诺贝尔文学奖被授予了艾尔芙丽德·耶利内克，因其小说和戏剧里如音乐般流淌的声音和反声音,以非凡的语言热情揭示了社会陈俗的荒谬性及其征服力。"

"我要三文鱼。"

"那我要香肠螺旋意面,不要香肠。"

"十二页。"侍者走开后,他分外消沉地说。

"噢",爱丽丝说,"我觉得——"

他摇摇头。"一点都不好。"

爱丽丝点点头。"你的背还好吗?"

"我的背糟透了,亲爱的。那玩意儿根本不管用。"

"什么东西?"

"上周做的去交感神经术。"

"呃,我并不……什么是去交感神经术?"

他点点头。"去交感神经术就是用射频(Radio Frequency)破坏神经,让它不再向大脑发送疼痛信号。我以前做过,还挺管用的,但这次不知怎么不管用了。"他们的饮料来了。"好消息是,"他说着,褪下吸管的包装,"现在我不用打开收音机就可以收听乔纳森·施瓦兹了。"

往公寓走的路上,一个身穿战壕风衣的年轻男人突然拐了过来,自来熟地把他们拦下了。

"布莱泽!你被打劫了!"

在极度亢奋之下,这位粉丝居然斗胆伸出了手。埃兹拉谨慎地从口袋里抽出自己的手,握了上去。握手时,年轻的那个微微躬身以示敬意,这时,风把他的圆顶小帽掀了起来,斜斜地划过天空,最后安放在阿姆斯特丹大道正中。男人把手放在后脑勺上,大笑不已。然后,他指着埃兹拉,就好像这股风是他召唤出来的:

"明年,兄弟!明年!"

他们默默地走完剩下的路。在电梯里,埃兹拉从爱丽丝的头发上掂下一片叶子,任由它飘落到地板上。"红袜队最近怎么样?"

"在安纳海姆有两场比赛。"

"很好,亲爱的。"

"你的巴勒斯坦人最近怎么样?"

他的头往后一缩,一脸新鲜出炉的怀疑。"纳伊拉?她还没打来。"他凝视爱丽丝的目光变得冷硬,仿佛她也以某种方式参与了这场罪行。叮的一声,电梯门打开了,爱丽丝走了出去,埃兹拉站在原地。"我想说,"他说着,举起一只手,"我们究竟该拿这些人怎么办?"

波士顿三比零赢了安纳海姆。第二天晚上,洋基三比一赢了与双城的系列赛。爱丽丝满怀希望地等着，然而他最终打过来时说的却是："十六页了。"

"哇噢。你的背怎样了？"

"很痛。"

"你有吃药吗？"

"我有吃药吗？我当然吃了。问题是我只能隔一天吃一次。否则就会上瘾，要戒掉比登天还难。"

爱丽丝在她的酒吧里看了美联冠军赛（ALCS）的第一场。在洋基把领先的分数从一分拉大到三分之后，红袜第九局又打得稀烂，没能在里维拉手中得分。

未知号码。

"我有点担心你奶奶。"

"我也是。她从七月起就一直穿着她的幸运睡袍。"

"我想你可能愿意明天晚上过来看比赛。"

"我想应该会吧。"

波士顿再度被击败。三个晚上过后，他们又输了，八比十九，他关掉电视机，把电话扔给她。"你最好给她打个电话。"

"嗨，奶奶。我是爱丽丝……我知道……我知道……太糟糕了……我很遗憾……不，我是在一个朋友家看的……不不,一个你不认识的……嗯哼……啊真的吗?……那很奇怪哎……多琳和他在一起吗?……对,他也是圣地兄弟会的人……好吧……我得挂了……我得马上挂了,奶奶……我也爱你……好好……晚安……晚安。"

"她怎么说?"

"她说弗兰克纳[1]的脑子进水了。"

"很好。还有呢?"

"她说她在超市遇见我叔叔了,他说我在爷爷葬礼上的歌词说得很好。我觉得他应该是想说悼词。"

第二天下午,他给她的语音信箱留了一条信息,问她介不介意来的路上顺便去趟杜安里德连锁药店,去取一罐叶酸,一盒樱桃口味的加钙胃能达,十瓶普瑞来洗手液,两盒司装的那种。她到的时候,他正穿着袜子在地毯上走来走去,双手放在背上,龇牙咧嘴的。爱丽丝把袋子递给他。

他往里瞅了一眼:"呃。"

"有什么问题吗?"

"没事,亲爱的。不是你的错。别在意。"

---

[1] 指的是时任红袜队主教练特里·弗兰克纳(Terry Francona)。

午夜，第九局下半场，洋基领先一分，波士顿的粉丝站在露天看台上祈祷。有人无力地举起一块牌子，上面写着还有四场。爱丽丝捂着眼睛看过去，埃兹拉站起来，开始做他的一百件事。

"派对结束了……"

米勒被保送上垒。红袜队用罗伯茨换下米勒，罗伯茨成功盗取二垒。然后比尔·穆勒击中投来的直球，击出一支安打，球飞到中场，罗伯茨跑过三垒滑向本垒。

"耶！"

埃兹拉举着牙刷从卫生间出来，坐了下来。

接下来两局的比分没有变化。爱丽丝坐在地板上，咬着指节，然后"老爹"[1]击出两分本垒打，她猛地站起来，跑着跳到床上。"我们成功了！我们赢了！红袜赢了！我们赢了我们赢了我们赢了我们赢了！"

"你成功了亲爱的。堂堂正正。"

"现在派对结束了！"

第五场比赛，她来的时候穿着从塞尔买来的

---

1 老爹（Big Papi）是棒球运动员大卫·奥尔提兹（David Ortiz）的绰号。

愚 蠢

裙子，头戴顶印有字母 B[1] 的棒球帽。埃兹拉在电梯厅拦住她，把左右两边都勘察了一遍，才猛地把她拽出电梯。"你疯了吗？在这里？"电视已经打开了，一场桌面清理工作正在兢兢业业地开展：把她的酒和"乐园"的菜单递给她后，他继续舔信封，撕传真，把旧杂志扔进废纸篓，跨过地板上各国译本堆成的一座座小吉古拉特塔庙，边走边吹口哨。

"嗨，白煮土豆，"他说着，从银行对账单上抬起头，"我有没有给你讲过我那个萤火虫的故事？"

爱丽丝在猪肉松旁边打了个钩。"没有。"

"二十世纪五十年代有首流行歌曲叫《萤火虫》（'Glow Worm'），米尔斯兄弟的。六十年代初，我在阿尔图纳教创意写作"，他摇摇头，"我建议一个学生在他的小说里加入更多细节。是细节，我说，使小说鲜活起来。因他写了一个短篇，开头第一句就是'丹尼吹着口哨走进房间'。于是我们才有了上面这场简短的对话，然后他就回家修改了，第二周回来的时候，第一句话改成了'丹尼吹着《萤火虫》走进房间'。这是整个故事里唯

---

[1] B 代表 Boston，即波士顿队。

一的改动。"

爱丽丝咯咯直笑。

"有史以来笑点最低的白人姑娘,玛丽-爱丽丝。"

"他后来怎样了?"

"谁。"

"你的学生!"

"他得了诺奖。"

"得了吧。"

"真相是,他为华盛顿参议员队效力了一阵子。那时候大联盟只有八支队伍。"

"那时候大联盟只有八支队伍?"

"噢,玛丽-爱丽丝,这真叫人没辙!从三叠纪起每个联盟就是八支队伍,一直到1961年,他们引入了扩充球队,里面都是些其他队不要的家伙,像霍比·兰德里斯、啾啾·科尔曼——啾啾·科尔曼!你能想象有人叫这种名字吗?——大都会队太废物了,凯西·施滕格尔,当时已经退休的洋基队老教练又被拖出来重执教鞭,有一天他走进队员席说,'这儿连一个知道比赛该怎么打的人都没有吗?'"

九局下半场,比分还是四比四,他把伟哥广

告的声音调小，开心地转过头来对她说："亲爱的，街角那家熟食店靠里的冰箱里有哈根达斯脆皮雪糕。你想来一根吗？"

"现在？"

"当然。费不了多少工夫。但是听好了。我想要里面是香草味，外皮是巧克力，带坚果碎的。没有的话，就要里面是巧克力味，外皮也是巧克力，不带坚果碎的。如果还是没有，我要里面是香草味，外皮是巧克力，不带坚果碎的。我的钱包就在那边的桌子上。去吧！"

熟食店里只有树莓口味的。往北一个街区的便利店里只有里面是巧克力味，外皮是巧克力，带坚果碎的。爱丽丝拿起一个，有些痛苦地盯着它看了一会儿——连牌子都不对——才放回去，又走了一个长长的街区来到阿姆斯特丹大道，最后，在"焦糖奶油"旁边一家狭长的成人用品店的深处，她发现了一只冰柜，里面塞的几乎全是里面是香草味，外皮是巧克力，带坚果碎的。

"欧耶！"

收银员一边吃外卖，一边看着柜台下面的电视机。"怎么了？"爱丽丝问。

"奥尔提兹三振出局了。"他举着餐叉，又看了一会儿电视,才伸出另一只手来接埃兹拉的钱。等到终于抬起头来,看到爱丽丝帽子上的字母 B 时,他猛地倒吸一口气。"啊哈,敌人!"[1]

"你去哪儿了?"回来以后,埃兹拉问她。

第十二局,奥尔提兹试图盗取二垒,但在杰特双腿分开,笔直地跃入空中去接波萨达抛来的高掷球之后就宣告失败了。杰特抓住球,在空中悬停了一段长到不可思议的时间,才落回地面,碰背触杀老爹。

"天哪,"埃兹拉用雪糕指着屏幕说,"一时间我还以为自己在看尼金斯基[2]呢。"

"呃,真受不了他。瞧他那嘚瑟劲儿。"

"还记得我们之前做爱的时候吗,玛丽-爱丽丝?"

"但他没那么危险!"

"不,他有,亲爱的。"

"他没有!"

第十三局,瓦瑞泰克丢了三个指节球,让洋

---

1 "欧耶!"和"啊哈,敌人!"原文均为西班牙语。
2 瓦斯拉夫·尼金斯基(Vaslav Nijinsky,1889—1950),俄国芭蕾演员和编导,现代芭蕾舞的开创者。他能高高跳起,摆脱地心引力般在空中击腿十二次再落回地面,其空中击腿记录至今无人能破。

基连上了二、三垒。爱丽丝发出一声呻吟。看台上升起另一块牌子：相信。

"信谁？"埃兹拉说。"牙仙吗？"

十四局下半，两出局，奥尔提兹打出四个界外球，先是右边，然后是左边，还有两个越过了球网，然后击出一记滚落到中外野的界内球，把约翰尼·戴蒙送回了本垒。

"太——棒啦！"

"行啦，啾啾。差不多得了。该睡觉了。"

"唔，玛丽-爱丽丝，"第二天早上，她离开后还不到一小时，他给她的语音信箱留言说，"不好意思，但我想问你今晚过来之前——假如你今晚会过来的话——介意先去趟扎巴取点苹果酱吗，带果肉的那种？回头给你钱。"他的声音听起来冷淡而不耐，前一夜的絮絮叨叨已经挥发殆尽。开了一下午关于电子书的紧急会议之后，爱丽丝到他家时，他又在扶着背走来走去，龇牙咧嘴的，电视调成了静音，一块电热毯正在加热没人坐的椅垫。爱丽丝尽可能悄无声息地把苹果酱放进冰箱，从碗橱里取下一只平底玻璃杯，揭开新一瓶诺布溪的蜂蜡。边柜上的便利贴上写着给梅尔·罗打电话：之后。旁边一张上面写着棉签！！！——

就连这个词在他笔下那不容置疑的样子，都让她觉得曾以为自己也能写作这个念头很蠢。等到她再抬起头时，他已经坐在了他的椅子上，脖子坚忍地挺着，要不是还有着极其微小的翕动，他的后脑勺看上去就像是它自己的复刻蜡像。

她端着酒放到床边，横躺下来。画面无声地闪动，他们聚精会神地看着赛前分析，仿佛屏幕上随时都有可能出现他们自己的寿数预报。第三场。季后赛史上最漫长的九局（4:20）。第五场：季后赛史上最漫长的比赛（5:49）。首轮五场比赛共计 21 个小时零 46 分钟。1864 次投球。爱丽丝记下每支队伍的阵容，畅想了一会儿多米尼加共和国的生活，思绪又飘到了晚饭上。她的本能反应——就算不是天生的，那至少也要追溯到遥远的童年恐惧——是尽可能安安静静、一动不动地忍受甚至消解这些情绪。但波本威士忌显然是有别的想法。

"我喜欢这个颜色。"画面切成了洋基体育场的广角镜头，草坪被刈成了两种翠色相间的条纹，其实只是明暗略有不同。

过了几秒钟，埃兹拉用低沉而又平静的语调回答："是啊，夜赛绿。"

愚 蠢

轮到乔恩·利伯投球时，爱丽丝下床给自己添酒。"这会儿咱们把声音打开可以吗？"

太吵了，就好像前一天晚上他们是和一大群朋友一起看的比赛，所有人都在同时大笑和聊天。一名解说员有着轻微的南方口音，语调平和，有些恍惚，另一位是个男中音，音色浑厚，让人安心，和伟哥广告里的配音别无二致。他们滔滔不绝地谈论着牛棚、科特·席林的肌腱，以及天气带来的"不利条件"，声音充满了小小的房间，就像那些面目模糊的晚宴宾客在努力无视男女主人之间逐渐绷紧的气氛。天气预报：微雨。风速：14英里/小时，自西向东。映着朦胧的天际，她和埃兹拉的影子在他那盏昏黄的阅读灯下如同娃娃屋里被缚的囚徒般了无生趣。独自一人又在一起，在一起又独自一人……当然，他们并不是独自一人。埃兹拉的疼痛也和他们在一起。埃兹拉、他的疼痛，还有爱丽丝，一位难以容忍的使节，来自恼人的健康世界。

"目前是红袜队领先，四比零，由于某种技术错误，今晚的比赛将由AFN——美国军事广播网为您直播。AFN的朋友正在为一百七十六个其他国家、美国本土，当然还有海上舰艇中的美国军人提供报道。让我们跟远在异国他乡服役的男女战士们打个招呼,感谢你们所做的一切。"

在看台上,三个把风帽拉起来挡雨的男人一边喝着塑料杯里的啤酒,一边擎着一个手写的牌子摇晃:刚从伊拉克回来。这里是第31战斗支援医院:上吧,洋基!

"这个国家里,没有哪座城市会比这里,"南方口音喃喃地说,"更能让我想到牺牲,想到我们今天享受的自由都是我们的战士……"瓦瑞泰克调整了一下护胸。"……好,好家伙。好样的领队。他击中了那个飞球……看看这个。看看这个家伙吧,想想他赢的所有那些比赛,做出的那些成绩……我们来看看现在的进展:他继续急走,进了队员席,换上全副装备,然后回到场上,尽可能接住科特·席林投出的球,好让他轻松挺到六局下半场……"

"拖着疲惫的双腿……"

"让你觉得他会是一个很棒的士兵……"

埃兹拉按下了静音键。

爱丽丝又盯着屏幕看了一会儿,一口喝完了杯中的残酒。"你饿不饿?想叫个外卖吗?"

"不,亲爱的。"

"我明天给你带些棉签吧,如果你要的话。"

他弯下腰,在地板上找着什么。"谢谢你,亲爱的。"

"我希望他们别拍那里了。"

"什么。"

"他的袜子。让我恶心。"

埃兹拉吃了一粒药。

"我还以为你不能每天都吃。"

"谢谢,象脑[1]小姐。"

"哇噢!你看到了吗?"

"什么?"

"阿-罗德给了他一下!"

他们看着球滚过界外线,杰特向本垒冲刺。"他往一垒跑动时,阿罗约过去触杀他,然后阿-罗德一巴掌把球拍出了他的手套!"

弗兰克纳出来申诉。裁判员们挤作一团。他们改判以后,纽约队的球迷嘘声一片,往球场上扔垃圾。

"我简直不能相信,"爱丽丝说,"幼稚得难以置信。"她看着埃兹拉,但埃兹拉看着屏幕。"我

---

[1] 原文为 Elephant Brain,常用来嘲笑人白痴。

要是洋基队的会感到很丢脸，竟然想用这种手段赢球。"

"你要是洋基队的，"埃兹拉轻声说，"他们压根儿就进不了决赛。"

爱丽丝笑了。"咱们现在能把声音再打开吗？"

缓缓地，他转过脸来看她。"玛丽-爱丽丝……"

"怎么？"

"我很痛。"

"我知道。但是我能——"

埃兹拉往后缩了一下。"但你又能做什么呢？"

爱丽丝不是很肯定地点了点头。

"等等，"然后她说，"事实上我做了很多。我替你去扎巴，去杜安里德，在加时赛时去熟食店帮你买哈根达斯……"

"亲爱的，是你主动提出要做这些的。还记得吗？是你主动提出要在我不舒服的时候帮忙照顾我的。是你说'无论你有什么需要，我都在你身边'，否则我根本不会跟你开口。"

"我知道。但——"

"你以为我喜欢这样？你以为我很享受年老体衰，病痛缠身，只能靠别人照顾吗？"

愚 蠢

"操你妈。"爱丽丝说。

有好一会儿,只能听到随着电视屏幕由暗变明再由明变暗的闪烁而变换频率的静电噪声。爱丽丝用手捂住脸,久久没有移开,仿佛是在等待传送——抑或是在默默计数,给对方或者双方一个机会躲起来——然而等到她把手拿开时,埃兹拉仍旧在那里,依然保持着那个姿势:跷着腿,眼睛因痛苦而变得幽深,等待着。隔着一层泪光,他的脸变得模糊了。

"我该拿你怎么办呢,玛丽-爱丽丝?你想要我怎么对你?假如你是我,你会怎么做?"

爱丽丝又捂住脸,闷闷的回答从指缝间溢出。"像屎一样对我。"

回到家,邮箱里有一封哈佛学生贷款办公室寄来的信,感谢她全额付清了她的联邦帕金斯贷款。

红袜赢了。

没等爱丽丝开口,酒吧招待就给她斟上了瓶中的余酒。

爱丽丝把酒杯往边上移了一点,换了只手搁在膝盖上。

"你会下国际象棋吗?"旁边的男人问她,一口英伦腔。

爱丽丝转头看向他。"我有一个棋盘。"

"你会说法语吗？"

"不会。怎么？"

"国际象棋里有一个说法，表示棋手只是在原地把一个棋子摆正，而不是移动它的位置。"

"噢，真的吗？是什么？"

"J'adoube."

爱丽丝点点头，抬头看着电视，端起杯子，这次，她喝了。

"嗨，"她说着，敲敲老板的门，"这是——"

他摔上了电话。

"抱歉，"爱丽丝说，"我不知道——"

"该死的布莱泽正和希利待在一起。"

他使劲儿地揉捏额头。爱丽丝把文件放在他桌上，离开了。

"问题在于，"她对那个名叫朱利安的英国人说，"他们从1986年起就没有打进过世界大赛。而且从1918年起就没有赢过世界大赛。有人觉得是因为'圣婴'诅咒：他们认为这是对红袜的惩罚,因为他们把圣婴鲁斯卖给了纽约队。"

"洋基队。"

"是的。虽然现在也有了大都会队,不过他们直到六十年代才成立。"爱丽丝啜了口酒。"在此之前,大联盟只有八支球队。"

普荷斯靠一支内野安打站上二垒。

伦特里亚把球打向福尔克,福尔克封杀在一垒前,然后整个球员休息区的人都冲上了球场,不断有人跑过去加入庆祝的人群,跳到某人的背上,扑进别人的臂弯里,在空中挥舞拳头,把手指向天空感谢上帝。在看台上,相机像枪口一样啪啪地闪着火花。身在巴格达的士兵们穿着沙漠作战服庆祝胜利的卫星影像一晃而过,画面切回到美国银行赛后演出,巴德·塞利格为曼尼·拉米瑞兹颁发最有价值球员奖杯。一名记者问他有何感想。

"首先,你懂的,有一些消极因素,你懂的,我马上要被交换了,但是,你懂的,我对自己还是很有信心,我相信自己,我做到了,你懂的,我很幸运,而且,你懂的,我证明了很多人都错了,你懂的,我知道我能做到,感谢上帝,我做到了。"

"你相信诅咒吗,先生?"

"我不相信诅咒。我认为每个人的目标都是自己确立的,并且我们做到了,你懂的,我们信任彼此。我们上场,我们放松地打球,我们用滚地球接杀的策略,我们做到了。"

爱丽丝看着她的手机。酒吧招待又给他们上了一轮酒。

"每个人的目标都是自己确立的。"爱丽丝讽刺地说,把手机放回包里。

"他说得对。"朱利安说着,把她拉过来,亲吻她。

修面理发,块儿八毛。

她站在爱丽丝家的门口,手里拿着一瓶红酒,上面落满了灰,没有牌子,只有一排挤挤挨挨的希伯来字母,老太太的手略微有些哆嗦,仿佛是被一根弹簧连在身上的。"可以帮我打开这个吗,亲爱的?"

拔出来的瓶塞是黑的。

"给。"爱丽丝说。

"你想来点吗?"

爱丽丝走回料理台,把两个果酱瓶子都灌了

半满,又走回去,安娜还站在刚进门的地方,略微有些哆嗦,睡袍上的雏菊印花已经褪色,翻领上有一块棕色的污渍,形状像佛罗里达。安娜小心翼翼地用双手接过,似乎已经有阵子没有站着喝过东西了。

"我侄子今天自杀了。"

爱丽丝垂下她的杯子。

"……所以我需要来点红酒。"

"我能理解,"爱丽丝轻柔地说,"他多大了?"

"什么?"

"他多——"

"五十。"

"他病了吗?"

"没有。"

"他有孩子吗?"

"什么?"

"他有——"

"没有。"

她们都一口没喝,但即便如此,安娜还是一直垂着头盯着她的酒看,仿佛是想知道它什么时候才会起效。

"你今天投票了吗?"爱丽丝问。

"什么?"

"你投票了吗?选举总统?"

"我漂了吗?"

爱丽丝摇摇头。

"我能问一下……"安娜开始了。

"爱丽丝。"

"我知道。你一个人住吗?"

爱丽丝点点头。

"你不会觉得孤独吗?"

爱丽丝耸耸肩。"有时候吧。"

安娜的目光越过她,穿过走廊,落在阅读灯下一本摊在床上的《巴格达的陷落》(*The Fall of Baghdad*)上。餐柜上的收音机里,能听到有个声音在轻声播报:克里拿下了纽约,布什拿下了内布拉斯加。"但是你有男朋友对吗,亲爱的?生命中一个特别的人?"她那盛酒的果酱瓶子换了个角度倾向地板,她一直用双手捧着,就像神父捧着圣餐杯。

带着淡淡的悲伤,爱丽丝笑了。"或许吧。"

未知号码。

星期六

21

五月

星期六

18

六月

星期六

2

七月

车门被用力关上。

"抱歉各位!"他从厨房窗户朝外面大喊,

"你们预约的是明天！"

孩子们完全无视他，蹦蹦跳跳地走在石板路上，男孩驾驶着一只玩具巡逻船在空气中穿行，女孩拖着一对仙女翅膀，在夏日的艳阳下闪烁着紫水晶般的光泽。埃兹拉为他们扶着纱门，俨然是精灵们的管家。"奥利维娅！你长出翅膀来啦！"凯尔继续一蹦一跳地上台阶，一路跳进起居室，仰面瘫倒在埃兹拉的沙发凳上，大头朝下，头发垂到地面上，宣布："奥利维娅有一颗牙齿松了！"

"真的吗，奥利维娅？"

奥利维娅点了点头。为了不压到翅膀，她尽可能地挨着沙发边坐。

"有多松？"

"灰常松！"凯尔说。

偷瞄了埃兹拉一眼，奥利维娅脸红了。

午餐时：

"埃兹拉？"

"怎么了亲爱了。"

"你是怎么变得这么老练的？"

埃兹拉放下他的酸黄瓜。"我怎么老练了？"

奥利维娅耸耸肩。"你穿很好的衬衫。而且你认识总统。"

愚 蠢

一颗葡萄从凯尔的盘子上掉出来，滚到桌子边缘。"哇哦！"爱丽丝叫着，扑过去抓它。"逃跑的葡萄。"

"烧跑的福陶！"

"我没那么老练。"埃兹拉宣布。

"埃兹拉很努力，"埃德温从女儿的头发上拨拉下一小块薯片。"如果你努力学习，取得好成绩，总有一天你也买得起很好的衬衫。"

"还能见到总统？"

"还能当总统。"艾琳说。

"没错，"埃兹拉说，"吴总统。吴总统女士。你肯定比现在这个好得多。"

奥利维娅挖了一勺薄荷巧克力碎冰激凌送进嘴里，慢慢地蠕动下巴，若有所思，仿佛里面有某种异物。坐在爱丽丝腿上的凯尔放了个屁。

"哎呀。"爱丽丝说。

"哎呀。"凯尔咯咯地笑了，用勺子捂着嘴说。

在泳池里，他穿着龙虾印花泳裤，他姐姐身上那件过大的连体式泳衣松垂下来，露出色泽浅淡、如硬币般扁平的乳头，她妈妈正在用力把防晒乳揉进她的胳膊。"看。"奥利维娅命令道，在四颗黏满巧克力的白齿的围护之下，那颗松动的牙齿被她的手指拨弄得前仰后合,宛如一个醉汉。

"哇,"爱丽丝说,"真的好松。"

天气很暖和,多云,有点闷,而埃兹拉坐在他的躺椅上,穿着长裤和长袖扣领衬衫,牛津鞋打了双结,膝盖上倒扣着一本翻开的《纵情永欢》(*The Perpetual Orgy*),头上松松地扣着一顶宾州阿尔图纳帽,上面的字母有点往里凹。"现在听好了,小家伙们,我在泳池里加了一种会把尿变红的药水。鲜红色!只要有人在泳池里尿尿,就会马上变成鲜红色。"凯尔皱着脸,偷偷地瞥了一眼身后的余波。

"马可。"爱丽丝说。

"波罗!"孩子们尖叫道。

"马可。"

"波罗!"

"马可!"

"波罗!"

"马可!"

"波罗罗罗罗罗罗!"

埃兹拉举起一只手。"不好意思,但请问这里有谁知道马可·波罗到底是谁吗?"

凯尔和奥利维娅停了下来,原地甩头,把鼻

孔和嘴周的水抖掉,然后奥利维娅转头看向爱丽丝,甜甜地问:"你能带我去深水区吗?"

爱丽丝俯下身子,等到小女孩借助浮力攀上她的胯部,便开始向深处蹚去,直到脚碰不到池底,只能前后换着手扒着池岸的石板边借力前行。水越深,奥利维娅抓得越紧,缩在她的肩膀后面向外窥探,浑身打颤,仿佛刚看到下面有一艘恐怖的沉船。"呼救!呼救!"凯尔的遥控巡逻船追上她们,撞上她的胸部,爱丽丝大笑起来。

"别松手,奥利维娅。"她的母亲叫道。

抵达对岸时,女孩的四肢像老虎钳一样紧紧夹着爱丽丝。"感觉怎么样?"爱丽丝问。

"还好。"奥利维娅小声回答,牙齿不住地打架。

埃兹拉晃着跷起的那只脚,看上去有点无聊,问有没有人愿意讲几个笑话。

埃德温放下他的黑莓手机。"出生前的双胞胎应该叫什么?"

"子宫室友!"奥利维娅对着爱丽丝的耳朵尖叫。

"还不错,"埃兹拉说,"还有吗?"

凯尔试图站上浮板。"你知道这两个会生出什么来吗，巴王龙和……和呃……"[1]

"和什么？"

浮板突然翘了起来。"我忘了。"

埃兹拉摇摇头。"尚需努力。"

"饼干为什么要去医院？"奥利维娅说。

"为什么？"

"因为他觉得自己骨质疏松[2]！"

凯尔咯咯地笑了，埃兹拉不满地呻吟一声。奥利维娅仍旧像藤壶一样吸在她身上，扭过头来看她，皱起鼻子。"尚需努力？"

"我有一个。"埃兹拉说，"在飞往火奴鲁鲁的飞机上，一个人对邻座的家伙说，'打扰了，请问这个词应该怎么念，夏威夷还是夏灰夷？''夏灰夷。'另一个人说。'谢谢。'第一个人说。然后另一个人说，'不火气。'"

小家伙们盯着他看。

"没懂。"凯尔说。

"他讲得很有趣，"奥利维娅说，"是吗？"

---

[1] 原文为：What do you get when you cwoss a Tywannosauwus wex with a... with uh... 这里想讲的是一个谐音笑话：What do you get when you cross a dinosaur with fireworks? DINO-MITE!

[2] Crummy 用来形容饼干时是"酥脆"的意思，单独使用时多指"糟糕""劣质"。

"是的。"

"但是有趣的点在哪儿?"凯尔问。

"不在哪儿,"埃兹拉说,"忘了它吧。"

"尚需撸力。"艾琳说。

起风了,树叶不住地摇晃。但这并不能阻止孩子们教爱丽丝玩"鲨鱼吃小鱼"[1],然后是"猴子在中间"[2],再之后是角色扮演,也就是他们轮流爬上她的背,用一根浮力棒抽打她的臀部和后腿,假装那是一条马鞭。

"你想要孩子吗,玛丽-爱丽丝?"艾琳问。

凯尔把浮力棒举到头顶,像甩套索一样挥舞着,水滴甩进了她的眼睛。"或许吧,"爱丽丝说,"等我四十岁了。"

艾琳抬起她的太阳镜,摇摇头。"四十岁就太老了。"

"我也听过这种说法。但我不敢太早生。我害怕它会……耗尽我。"

"玛丽-爱丽丝是个非常敏感的人。"埃兹拉说。

艾琳点点头,眯起眼看向天空。"我收回之

---

[1] Sharks and Minnows,一种水上追逃游戏,玩法类似老鹰捉小鸡。
[2] Monkey in the Middle,一种儿童游戏,具体玩法是两个人互相传球,一个人站在中间设法抢球。

前的话。倒不是说四十岁对于生孩子来说太老了，而是说五十岁对于有个十岁的孩子来说太老了。"

小雨润湿了石板地，埃兹拉撑起身子，拍拍手。"谁咬吃果冻甜甜圈。"爱丽丝和艾琳帮他们穿上袜子，理论上这样可以隔绝扁虱，孩子们发抖，哀鸣，呜咽，撒娇，越过她的肩膀朝即将离开的池水投去诀别般的一瞥，水面还在荡漾，此刻被雨点砸出了点点瘢痕。遥控巡逻船撞上了铝合金阶梯。浮力棒漂在水面上，像是刚从罐头里蹿出来的蛇。等到剩下的所有毛巾、托特包、几管水宝宝防晒霜、儿童护目镜都被一一收好，爱丽丝拖着步子走在草坪上，像一个疲惫不堪的海员，落在整个队伍后面：埃兹拉，独自迈着大步，走过开败了的紫荆丛；埃德温和凯尔，煞有介事地指着上岸处的什么东西；奥利维娅和艾琳，迈着如出一辙的八字脚。"看到那些树了吗？"艾琳对女儿说，四周雨声喧哗，像油在锅里炸开。"都是妈妈还是个小女孩时帮埃兹拉栽的……"

晚餐后他们玩拼字游戏。

奥利维娅穿着印有小美人鱼的睡袍，跪坐在椅子上，思考了很久很久，久到牙都要掉下来了，才终于伸出一只胳膊，在桌面上摆出她的方案，全程都紧张极了：BURD。

"错了，宝贝儿，"埃德温说，"应该是 B-I-R-D。"

"啊，"奥利维娅呻吟一声，重重地瘫回椅子里，"我忘了。"

"别放在心上，宝贝，"埃兹拉说，"你只是还在新手期。"

埃德温摆出了 FRISBEE（飞盘）。"十六分。"

"专有名词不行。"艾琳说。

埃德温收回 FRISBEE，摆出 RISIBLE（滑稽的）。"这个好，"爱丽丝说，"十三分。"

"这个怎么读？"凯尔问。

"读作 risible。"艾琳说。

"什么是 risible？"奥利维娅问。

"就是某种好玩的事，"爱丽丝说，"某种傻乎乎的，或者荒唐的，让人发笑的事。"她摆出一个 PEONY（牡丹）。"十二分。"

埃兹拉摆出一个 CLIT（阴蒂）。

爱丽丝用计分簿挡住嘴巴。艾琳睁大了红酒杯沿上方的眼睛。

埃兹拉往一边撇了下嘴，又检视了一遍手里

的字母,然后沮丧地摇了摇头。"我只有这个了。"埃德温把头从黑莓手机上抬起来,咧嘴笑了。

"什么?"凯尔说。"这个怎么读?"

"读作 clit。"艾琳咬字清晰地说。

"这不是一个词。"奥利维娅说。

"不,它是!"凯尔说。"clift 是一个词。"

"没错,"埃兹拉看上去松了口气,"clift(悬崖)是一个词。"

"它是什么意思呢?"

"单词 cliff 的另一种写法。"

"还有 Montgomery Clift。"埃德温说。

"专有名词不行。"艾琳重复道。"而且,这个词也不是这么读的。"

"管它呢,"爱丽丝大笑着说,"埃兹拉得十二分。"

奥利维娅从嘴里拿出一根手指,转过头来盯着她看。"你为什么遇见什么事都笑?"

"谁?"爱丽丝说。"我?"

奥利维娅点点头。"你遇见什么事都笑。"

"噢,"爱丽丝说,"我都没注意到自己会这样。我也不知道为什么。"

"我有一个理论。"埃兹拉摆弄着手里的小方块，说道。

"是吗？"

"我认为你笑是为了把事情变得容易一点。好让局面松弛下来。"

"什么是松弛？"奥利维娅说。

"就是你身上发生的这样。"埃德温说着，开始挠她肋骨上的痒痒肉。

"这是他的想法，"第二天早上，回到泳池后，艾琳说，"他是在天主教家庭长大的，就觉得每个人都该接受些宗教教育。但是每当需要向他们解释圣母玛丽亚是如何怀上耶稣时，我都很难忍住不笑。"

"妈妈！妈妈快看！"

"奥利维娅，袜子！"

身上依旧穿着那件睡袍，奥利维娅像一张鼓满风的船帆，绕过泵房来到石板路面上，嘴里喘着粗气，手上挥舞着一张纸币。"快看！看牙仙送了我什么！"

"哇！"埃兹拉说。"五十块钱！"

"太大方了。"艾琳说。

"我能自己留着吗？"

"请把它给你的父亲。然后把袜子穿上。"她走以后，艾琳直直地盯着埃兹拉。"五十美元？"

"怎么了？比起我给热狗小贩的，这点小钱根本不算什么。"

爱丽丝从她的书上抬起头来。"你给热狗小贩钱了？"

"是啊。"

"多少？"

他挥开一只苍蝇。"七百。"

"七百美元！"

"可你甚至都不爱吃热狗。"艾琳说。

埃兹拉耸耸肩。"我想拉他一把。帮朋友一把。他一直在跟我抱怨最近的日子有多难过，许可证的价格上调了，房东也在不停地涨房租，他还有一个老婆和三个孩子要养。他跟我说他下个月的账单都要付不起了，除非他能找到路子赚点外快。所以第二天，我又去了他的摊位，我说，'你叫什么名字？'他告诉了我，然后我拿出了支票簿，他说，'等下！那不是我的真名。'"

爱丽丝捧场地叹了一声。

"所以你看，我那会儿已经蒙了。但是管它呢。我给他开了张七百五十美元的支票。"

"我记得你刚说是七百。"艾琳说。

愚蠢

"不,亲爱的。七百五。"

"你刚说的是七百。"爱丽丝说。

埃兹拉摇摇头。"我最近有点爱忘事儿。"

"随便吧。"爱丽丝说。

埃兹拉举起双手。"打那之后,我就再也没看见过他。"

"我能问一句吗,这位热狗仁兄产自哪里?"艾琳说。

"也门吧,我猜。"他们看着凯尔大摇大摆地走下草坪,手上拎着一副脚蹼,还有玩具船的遥控器。埃兹拉看上去忧心忡忡的。"我可能刚给基地组织送去了七百五十块钱。"

"预备![1]"凯尔说着,扔下脚蹼,挥舞着遥控器的天线,朝他们划出一道弧线。

如中弹一般,埃兹拉突然仰面栽倒在草坪上,上面还摆着塑料躺椅什么的,他的头险些磕到一棵老云杉的树桩。凯尔开心极了,把遥控器往地上一丢,歪歪扭扭地摔了一个屁股蹲儿,也躺到了草地上。

"我没开玩笑,"埃兹拉说,依然保持着仰躺

---

[1] 原文为法语:En garde! 常用于击剑比赛中裁判提醒击剑手做好准备时。

的姿势,"我的除颤器刚刚罢工了。"

"天哪。"艾琳说。

"你还好吗?"爱丽丝问。

"还好。没事。我觉得还好。就是……只是……有点震到了。"他边颤边笑,"字面意义上的。"

艾琳拎着遥控器的天线把它捡起来,扔进树丛里,仿佛那是一只死去的动物。"但我们还是应该叫医生过来看下,你说呢?保险起见?"

维吉尔抵达时,跑去车道上迎接他的是奥利维娅,扑闪着她的仙女翅膀。"哇哦!"她说。"你有多少岁了?"

爱丽丝回到家时,信箱里躺着:

一封陪审团传票。

一张"第三届火烧岛熄灯沙滩周末"的邀请函,收件人是之前住在这间公寓里的男人。

一张纽约市楼宇局的通知,大厅门上还用胶带贴了一份复印件:施工许可:I类管道改造申请,将五楼现有的六(6)居列车式公寓区改建为两个独立的一(1)居公寓房。遵照规定进行总体施工,安装管道、天然气,以及内部装修。

现有的公寓大门将保留。公寓到门厅的通道亦不作改动。

陪审团会议室里，坐在她身边的男人身穿一件T恤，上面印着：我不是反社会，我只是烦你。坐在她前面的另一个男人一边吃着蓝莓司康饼，一边向邻座的女人解释为什么有些穆斯林要想尽一切办法禁止绝大部分音乐类型。前一天他去了现代艺术博物馆，无意中听到一个讲解员向一群小学生介绍康定斯基作品中的"音乐性"，这令他想到了一组非常有趣的对照："那些穆斯林，比起写实的艺术家们，他们显然会更喜欢康定斯基，但与此同时，他们也几乎都活在一种对音乐的不信任中，他们认为音乐的无目的性和它带来的感官享受会助长人性中更卑劣的倾向。"

"什么倾向？"旁边的女人问。

"淫乱。"男人说着，嘴里还在嚼，"肉欲。放纵。暴力。对于我那个保守得不得了的叔叔来说，打个比方"——他把膝盖上的碎屑扫到了地板上——"布兰妮·斯皮尔斯和贝多芬是一回事儿。他讨厌音乐，是因为它会更多地唤起动物性的激情，而削弱我们对智识的追求。"

"所以说,在餐馆里,要是他们开始放古典乐,你叔叔会用手捂住耳朵吗?他会起身走开吗?"

"不会,但他可能会觉得放任何音乐都蠢透了。"

你知道的越多,就越能意识到自己有多无知,爱丽丝心想。

九点二十分,一个矮个儿秃头男人站上房间正前方的箱子,介绍自己是书记员威洛比。"我的美国同胞们。早上好。请各位看一下自己的传票。我们想确认一下,你们每个人都没搞错时间和地点。你们的传票上写的应该是 7 月 14 号,中央街 60 号。如果有人手里的传票上写的不是这个,请带上随身物品去走廊另一头的办公室,他们会解决的。"

坐在爱丽丝后面的一个女人重重地叹了一口气,开始收拾自己的东西。

"还有。担任法庭陪审员的人必须是美国公民,必须年满十八岁,必须懂英语,必须是曼哈顿、罗斯福岛或大理石山的居民,不能有重罪记录。如果有人不满足上述条件,也请拿好随身物品去行政办公室。"

穿着反社会 T 恤的男人站起身来,走了出去。

"陪审员的履职时间为上午九点到下午五点,午休时间为下午一点到两点。如果陪审员没有参与庭审,直到四点半还待在这个会议室里,那基本上就可以离开了。但要是法官还用得上你们,那我也没辙了,你们只好一直待到法官肯放你们走。一场庭审的平均时长为七天。有时候长一些,有时候短一些。现在,我们将放映一部培训短片[1],请各位摘下耳机,合上书和报纸,拿出百分之百的注意力,万分感谢。"

电影开场,一片湖泊淡入画面。在一个彪悍卫兵的带领下,一帮中世纪村民成群结队地向湖边走去。

过去,画外音开始说,在欧洲,如果你被指控犯下罪行或行为不检,就必须接受他们所谓的神明裁判。这种理念首次出现是在约三千年前,汉谟拉比的时代。

麇集的村民分开,为一个手腕被绳子紧紧捆住的男人让出道路。两个卫兵将他推到水边。

其中一种神判要求你把手伸进沸水里。

---

[1] 即陪审团职责指导电影《轮到你了》(Your Turn),由特德·施特格撰写并制作。

如果三天以后手痊愈了，就说明你是无罪的。另一种神判更为极端。它要求把人紧紧捆住，扔进水里。如果浮起来了，便是有罪。如果沉下去了，便是无罪。

现在卫兵们开始捆囚犯的脚，两名官员站在一边，无动于衷地看着。村民们则窃窃私语，满腹忧惧。之后，卫兵们将囚犯丢进水里。囚犯沉下去了。浮上来的是气泡而不是他。官员观察了好一会儿才示意卫兵们把他拉上来。村民们欢呼起来。

  这是一个公平公正的判决吗？他们认为是这样的……

尽管正处于经前紧张期，情绪焦躁不已，爱丽丝还是蛮喜欢这部电影的。这令她想起之前上的社会学课，到最后对她的要求微乎其微，只有一条，不要觉得自己享有的公民自由是理所当然的，好像她真这么想过似的。背后的字幕还在滚动，威洛比就已再度登上木箱，像一个魔术师向观众展示道具都完好无损时那样，他举起一张传票,指导每个人沿着事先打好的孔线撕下之后要提交的部分。"不是那片。"他说了至少两遍,分别对着房间的不同方向。"是这片。"但每次,爱丽丝的视线不是被他蜷起的指节就是被他在指点的手挡住了,因此轮到她提交的时候,书记员接过去,天塌了似的嘶了一声,又把单子还给她,说:"错了,不是这片。"

"噢,抱歉。那我该怎么做?"

书记员一把扯回传票,从她的桌上扯过胶带座,把两片单子粘到一块,然后粗鲁地推了回去。"坐下。"然后,在示意下一个人上前时,还摇着头补了一句,"真费劲。"

十点三十五分,书记员威洛比开始点名。

"帕特里克·德怀尔。"

"若泽·卡多佐。"

"邦妮·斯洛特尼克。"

"赫尔曼·瓦尔茨。"

"拉斐尔·莫雷诺。"

"海伦·平卡斯。"

"洛朗·安热。"

"马塞尔·莱温斯基。"

"莎拉·史密斯。"

爱丽丝前面那排，那个有个不喜欢音乐因为它会唤醒动物性激情的穆斯林叔叔的男人正在读《经济学人》。爱丽丝拿出她的便携 CD 机，解开缠在一起的耳机线，按下了播放键。

"布鲁斯·贝克。"

"阿亨蒂纳·卡夫雷拉。"

"唐纳·克劳斯。"

"玛丽-安·特拉瓦廖内。"

"劳拉·巴思。"

"卡罗琳·库。"

"威廉姆·拜罗斯基。"

"克雷格·凯斯特勒。"

"克拉拉·皮尔斯。"

那是雅纳切克的 CD，第一首曲子她听了三遍，每放一次，她都觉得自己更难以而不是更容易理解它的复杂性了。但是暴力？肉欲？一种轻微的、无差别的情欲似乎是她的默认状态，而音乐，或许就像酒精一样，能够赋予它一个肆无忌惮的出口……

"阿尔玛·卡斯特罗。"

"谢里·布隆伯格。"

"乔丹·利瓦伊。"

"萨布丽娜·张。"

"蒂莫西·奥哈洛伦。"

"帕特里克·菲尔波特。"

"瑞安·麦吉利卡迪。"

"阿德里安·桑切斯。"

"安杰拉·额。"

四点刚过,没被叫到名字的人接到指示就地解散,明早再来。爱丽丝回到她用来消磨午休时间的那个酒吧,点了一杯红酒,之后又点了一杯,然后把钱留在了报纸上,旁边就是头条标题,巴格达爆炸死亡人数高达 27 人,多为儿童,脚下虚浮地步入了路过的第一个地铁站。现在是高峰时段,为了避开在时代广场换乘时那漫长而窒闷的人潮,她选择在第 57 街出站,然后步行。她感觉眼睛过曝了,沿着街区走出一道类之字形的轨迹,仿佛还不太适应世界的第三个维度。热浪嗡鸣着从人行道的排水沟格栅涌出,地下世界被她的逃逸激怒了。头顶上,玻璃和钢铁的丛林在天空的映衬下令人目眩地晃动不已。紧跟在她后面的一个男人吹着不成调的口哨,声音细弱,被巨大、凝滞、像两个大贝壳一样扣在她耳朵上的城市噪音卷走了:风声低回荡漾,车轮飞驰着抢黄灯,出租车鸣响喇叭，巴士呻吟叹息，水管喷洒路面，板条箱被摞到一起，面包车滑上车门。木头鞋跟。一支排箫。请愿者虚伪的致意。气温已有华氏八十三度，但许多商店的店门依然支开着——你几乎可以看到昂贵的冷气夺门而出，又委顿在街头——响亮的音乐片段也纷纷涌出，像一只正在搜台的收音机：巴赫穆扎克[1]，披头士穆扎克，《依帕内玛》[2]，比利·乔，琼妮·米切尔，《多么美好的世界》("What a Wonderful World")。就连1/9号线入口处都隐约传来一个摇摆乐队低沉的比波普爵士……但接着，爱丽丝沿着楼梯来到地下，那声音变得响亮清晰起来，进而发展出了某种高度，一种上浮的特质，那种鼓声和管乐在露天里特有的回响。然后她看见了舞者们。

仿佛是当代的《弄臣》从剧院舞台上漫了出来，流溢到了广场上。在广阔苍白的天空下，是跟着音乐节奏晃动的胳膊和摇摆的臀部汇成的海洋，不时地，就有某一部分肢体被激情地甩出，

---

[1] Muzak，一种轻快柔和的背景音乐，通常在商场、餐馆、机场、电梯、银行、医院等公共场所通过扬声器播放。
[2] 即《依帕内玛女孩》("The girl from Ipanema")，创作于二十世纪六十年代的巴萨诺瓦名曲。

愚蠢

简直要从身上飞出去了。由于沉迷、叛逆或是年迈,有几具躯体的动作要相对迟缓,但不惜一切代价也要继续舞动的坚定决心似乎是一致的。高男子和矮女人、高女人和矮男人、老男人和年轻姑娘、老妇人与老妇人在共舞。安检处附近,三个孩子绕着五月柱,也就是脚踩亮晶晶红色高跟鞋的妈妈跳来跳去。一些人独自起舞,或是和看不见的舞伴共舞,还有少数几个不合群的,在一个密闭领域里做着各种先锋性的尝试。少女们在自己胳膊搭成的桥下自如旋转,相比之下,柔韧性差一点的身体转到一半就卡住了,便顺势松开手,转而跳起了松松垮垮的查尔斯顿舞。剩下的则完全无视节拍,其中有一对老夫妇,舞步慢得简直像是在自家客厅。炎热的夏夜,《舞在萨沃伊》("Stompin' at the Savoy"),五千市民平静地汇聚在好心忍住雨水的云层之下,那些不自觉就黏到一起的一对对男女似乎是成就这一切的关键,是使谵妄,使迷狂之眼成为可能的理智。这场幻梦中唯一的插曲,便是一个吉特巴舞者在经过一位老太太时绊了一下,轻轻地撞到了她的背上,但她却只是朝脚下和身后看了看,仿佛那里有一条她不想踩到的狗。

《唱唱唱》响起，爱丽丝转过身，继续朝上城方向走剩下的二十个街区。

到了埃兹拉家，她自己打开门，径直躺到床上。埃兹拉睁开眼睛。"亲爱的，出什么事了？"

爱丽丝摇摇头。埃兹拉担忧地注视了她一会儿，伸手探向她一侧的脸颊。"生病了吗？"

爱丽丝又摇摇头表示没有，盯着他身旁羽绒被上一篇摊开的书评看了许久。与她对视的是他的讽刺漫画像，眼睛挤在一起，下巴像是火鸡的肉垂。她把那张报纸扫到一边，解开凉鞋，把腿也缩上来，尽可能挨他近一些。她用一只胳膊圈住他的胸膛，把脸埋在他的肋骨上。他闻起来和平时一样，像是氯气，像艾凡达洗发水，还有汰渍洗衣粉。

粉色，接着是紫罗兰色，在天空中晕染开来。埃兹拉伸手把灯打开。

"玛丽-爱丽丝，"他说，带着一种极尽温柔的宽忍，"你的沉默总是很有效。你知道吗？"

她翻过身来，仰面躺着。眼里噙满泪水。

"我在这里度过了太多时间。"她终于说话了。

"是的，"又过了很久，他回答道，"我想这个房间将会永远印在你的脑海里。"

爱丽丝闭上了眼睛。

"亚历杭德罗·华雷斯。"

"克里斯廷·克劳利。"

"奈杰尔·皮尤。"

"阿贾伊·孔德劳。"

"罗伯特·瑟韦尔。"

"阿琳·莱斯特。"

"凯瑟琳·弗莱厄蒂。"

"布伦达·卡恩。"

爱丽丝不是唯一一个找到前一天的位子坐下的人,就好像换个地方重新开始的话,昨天的漫长等待就不算数了。有个穆斯林叔叔的那个男人的《经济学人》换成了笔记本电脑,屏保是他和某个和他有着相同肤色的人的合影,他们还有着同样的眉毛,同样弧度的下颚轮廓,穿着同一个牌子的防风夹克,互相搭着肩,背景是一片有着夸张大理石纹路的天空。在他们身后,棕色的山脉延伸到远方,覆满白雪的山顶上凌乱地凸起了一些三角形的尖峰。然后,一个 Excel 文件从屏幕下方涌了上来,用铺天盖地、令人眼花缭乱的空格取代了大自然。

"德文·弗劳尔斯。"

"伊丽莎白·哈默斯利。"

"坎昌·卡玛坎达尼。"

"辛西娅·沃尔夫。"

"奥尔兰达·奥尔森。"

"娜塔莎·斯托。"

"阿什利·布朗斯坦。"

"汉娜·菲尔金斯。"

"扎卡里·江普。"

有时候,一个名字会被反复叫到,因为它的主人去了男厕所,或是在中庭舒展他的胳膊腿儿,或是睡着了。只有一次,那个人根本没能现身,房间里一时哗然,陷入了集体恐慌。谁是这个擅离职守的阿马尔·贾迈利?他能有什么理由翘掉美国庭审?然而,爱丽丝却有点嫉妒这个阿马尔·贾迈利,恨不得自己也在某个身外之地。成为别的什么人。

"伊曼纽尔·加特。"

"康纳·弗莱明。"

"皮拉尔·布朗。"

"迈克尔·费尔斯通。"

"阿比盖尔·科恩。"

"珍妮弗·范德霍芬。"

"洛蒂·西姆斯。"

"萨曼莎·巴吉曼。"

爱丽丝抬起头。旁边的女人打了个呵欠。

"萨曼莎·巴吉曼。"

又有几个人昂起头,四处张望。爱丽丝把膝盖上的传票翻了个面,皱起眉头。

"萨曼莎·巴吉曼……"

坐在她前面的男人刚回来没多久,正在用掌根揉着一只眼睛。威洛比轻蔑地扫视一圈,然后摇摇头,写了些什么。

"……普鲁瓦·辛格。"

"巴里·费瑟曼。"

"菲利西娅·波格斯。"

"伦纳德·耶茨。"

"肯德拉·菲茨帕特里克。"

"玛丽-爱丽丝·道奇。"

爱丽丝还没缓过神来,就跟着大家穿过一道没有窗户的走廊,走进一个房间,一份份问卷就是在那里被分发和填写,整个过程几近无声,偶尔夹杂着几声运动鞋踩地的吱嘎声,或者抽鼻子、清嗓子和咳嗽的声音。办事员摩挲着下巴,浏览每个人的答卷,几个不合格的被打发了,其余的人被领到隔壁的一个房间,接受律师的单独问询。

"你被起诉过吗?"

"没有。"

"你起诉过任何人吗?"

"没有。"

"你曾经是某个罪行的受害者吗?"

"应该没有吧。"

"你不知道?"

"我不太确定。"

"渎职?"

"没有。"

"强奸?"

"没有。"

"盗窃?"

"好吧,或许有。但不是什么重要的东西。"

"上面说你是一名编辑。"

"是的。"

"哪种编辑?"

"主要是虚构作品的。但是我打算下周提离职申请。"

律师瞥了一眼手表。"这是个毒品案子。你吸毒吗?"

"不。"

"你认识的人里有吸毒的吗?"

"没有。"

"一个也没有?"

爱丽丝在座位上动来动去。"我继父在我很小的时候吸过可卡因。"

律师抬起头。"真的?"

爱丽丝点点头。

"在家里?"

爱丽丝又点点头。

"他对你使用过暴力吗?"

"没有,对我没有。"

"但是对其他人有?"

爱丽丝眨着眼睛看了律师一会儿,然后回复道:"他不是什么坏人。他只是日子过得不顺心。"

"那你的父亲呢?"

"我父亲?"

"他吸毒吗?"

"我不知道。应该不吸吧。我们不在一起生活。"她的声音颤抖着。"我也说不准。"

"我很抱歉，我——"

"没事儿。"

"我并不想——"

"你没有。"

"我不是——"

"我知道。你没有。你不是——那个意思。我只是……累了。感觉最近都不是很顺。

"啾啾？"

"唔？"

"你在哪儿？"

"在家。"

"你在干吗？"

"睡觉。你还好吧？"

"我的胸口很痛。"

"噢，不。你给普兰斯基打电话了吗？"

"他在圣卢西亚。他的秘书建议我去长老会医院。"

"她说得对。"

"亲爱的，你是在开玩笑吧？"

"当然不是！"

"你要我在周六晚上八点去一个位于华盛顿高

愚 蠢

地的急诊室？"

出租车的窗外，上西区变成了哈莱姆区，哈莱姆区又变成了一个她叫不出名字的街区，然后是一大片荒地，路边有熟食店、美发沙龙、一元店、非洲编发、天主教堂，以及擦着几痕淡彩的天空，和中西部的差不多。在第153街，他们的司机突然急刹车，以闪避一只在三一公墓和詹金斯殡仪馆间的车道上空飞舞的塑料袋。从剧震中缓过来后，爱丽丝把埃兹拉的拐杖扶正，这时他礼貌地向前倾身。"不好意思，先生！能麻烦你稍微开慢点吗？我想到了医院再死。"

他们坐在候诊厅里等了一个多小时，看着两个女孩趴在地板上给蝴蝶上色，还有一个女孩靠在一个大肚子孕妇的胳膊上，一动不动。然后有个穿着绿色护士鞋和紫红色医护工作服的年轻韩国女人叫埃兹拉去做心电图，之后又把他停靠在一个狭长的房间里等，那里的隔板远不足以隔开几十个躺在轮床或坐在轮椅上的男男女女，其中大部分都是黑皮肤老人或西班牙裔老人，身上还穿着居家的睡衣睡袍和拖鞋。有些人睡着了，那样子就像是在试图分辨，比起在这个荧光灯嗡嗡作响的监狱里再待上一小时，是不是干脆死掉要更好一点。其他人看着年轻的护理员们来来回回，一脸茫然，甚至带有一丝惊叹，说明这并不是他们有生以来最糟糕的星期六晚上。埃兹拉待在他的泊位，胳膊上输着葡萄糖，几英尺开外有个散发着异味的男人，穿着脏兮兮的裤子，眼睛布满血丝，很是自来熟地在过道里来回穿梭。"坐下，克拉伦斯。"一个护士经过时对他说。

"我就知道会这样。"埃兹拉说。

十点刚过，他们的护士回来了，说她和普兰斯基的办公室通过电话了，他的心电图没有显示出任何异常，但保险起见还是希望他留院观察一晚。一反之前的例行公事，她的态度变得很少女，甚至有点轻佻："顺便说下，我妈妈是你的狂热粉丝。我要是没告诉你《反复出现的包袱》(*The Running Gag*)是她最爱的书，她一定会杀了我的。"

"好的。"

"你现在感觉怎么样？还痛吗？"

"对。"

"和之前一样，还是更严重了？"

"一样。"

"大概是什么感觉？"

埃兹拉的一只手飘了起来。

愚　蠢

"放射性的?"爱丽丝说。

"没错。放射性的。射入我的脖子。"

护士皱了皱眉。"好的。我想想有什么办法。还有别的问题吗?"

"我能要个单间吗?"

"那得加钱。"

"没问题。"

对面的小单间里,一个女人从包里掏出一串念珠,捻了起来,躺在她身边的男人在不住地蠕动和呻吟。另一对夫妇穿着同款大都会队运动衫,正在合力祈祷,双手紧扣,抵住前额,如此全神贯注,就连克拉伦斯晃悠到了跟前也无法打断他们施咒。"耶稣啊!"男人说着,把手放到伴侣的腹部,"快让这疼痛终止吧!"埃兹拉着魔似的看着,眼睛发亮,嘴巴微张,他对人性永无餍足,只要它睡在另一间屋子里。

"你的嘴巴张开了。"爱丽丝说。

他闭上嘴,摇摇头。"我讨厌这个。我哥哥去世前一年就变成了这样。看着特别吓人。只要看到我这样,亲爱的,就提醒我快停下来。"

"不!"

"不用太把它当回事。说一声'嘴'就行。"

爱丽丝站起来,走到窗帘边缝儿那里。埃兹拉看了看表。

"我有没有告诉过你,我隔壁那间公寓正在出售?"他问道。

"多少钱?"

"你猜。"

"猜不出来。四十万?"

埃兹拉摇摇头。"一百万。"

"你开玩笑的吧?"

"我没有。"

"就那么个开间?"

"一个小两居。但确实。"

爱丽丝冲他点点头,又把头扭回窗帘那边,往两侧看了看。

"我之前没见过你穿牛仔裤。"

"是吗?你觉得怎么样?"

"走几步看看。"

爱丽丝把窗帘整个儿拉开,一直走到一推车的便盆那里才停下,转身。克拉伦斯在他自己的隔间外鼓起掌来。"她漂亮吧?"埃兹拉喊道。等到爱丽丝再走回来,他一边伸手去够她的胳膊,一边说:"所以我该怎么办呢?"

"什么怎么办?"

"那间公寓。"

"那间公寓怎么了?"

"我应该买下来吗?"

"为什么?"

"这样就不会有家里有婴儿的人搬进来了。我还可以把中间那堵墙敲掉,变成一个大房间,这样一来,咱们的空间就大得多了,亲爱的。在这个城市里,我们需要更大的空间,真的。"

穿着大都会队运动衫的男人指了指一条推文。他旁边的女人大笑起来。"别这样,"她捂着肚子说,"会痛。"

"嘴。"爱丽丝说。

埃兹拉啪地合上嘴,像口技师的人偶,过了一会儿他攥住爱丽丝的手。"宝贝儿,真不想因为这个麻烦你,但我刚想起来,我该吃药了。"

在第 125 街,两个带着萨克斯管的黑人上了地铁,然后在过道里展开了对决。他们踮着脚尖靠近对方又分开,就像一个孤独的镜中人,这场二重奏起先很舒缓,然后开始加速,声音越来越大,越来越混乱。车厢里其他人开始点头,拍手,欢呼,吹口哨;一个二头肌上文着一朵滴血玫瑰的男人一跃而起,开始跳舞。有些人相信异端邪说,因而歪曲了圣言,爱丽丝脚边的小册子警告说。另一边写着:什么人才最热衷于将别人引入歧途?前一天晚上,在他的浴缸里,她的一小团血块滑了出来,水彩般舒展开。埃兹拉已经放上了一张巴赫组曲——它的套壳还在沙发凳上敞着——又给她拿了杯诺布溪。他在正对着除颤器的那片皮肤上贴了一片新的芬太尼透皮贴,然后他的手久久停留在那里,久到足以背诵一遍《效忠誓词》。爱丽丝看着他刮掉胡子。他的眼科医生给他开了些调节眼压的滴剂,却引起了他的过敏反应,睫毛周围的皮肤变得像纸一样薄脆干裂。躺在床上,他们阅读,埃兹拉读济慈,爱丽丝读《泰晤士报》上一篇讲上周地铁爆炸事件的文章。到了十一点十分,灯熄灭了,电梯静止了,流光溢彩的夜空也被他用来调和晨光的亚麻帘子滤得暗淡了。为了减轻背部的疼痛,他睡觉时把一个海绵枕头垫在了膝盖下面。凌晨四点钟,为了缓解痛得几欲呕吐的腿抽筋,爱丽丝起身去卫生间吃了一片他的药。躺在她掌心里的小圆筒上写着:每隔4—6小时服用一次,或在疼痛发作时服用。刚吞下的那枚药片平滑的椭圆形表面上有 WATSON 387 的机刻字样。如果有一枚药能让她成为一名生活在欧洲的作家,而另外一枚药能让他活下来,并且永远爱她,直到她死去那天,她会选哪个?她曾在这个卫生间里数出二十七种不同的药片分装瓶,上面有着各种科幻的名字,从阿托品到雷尼替丁,以及一连串火力强劲的祈使句:每日1片,或按需每隔6—8小时服用一次。首月每日睡前口服1片,每月增加1片,直到增至4片。首次服用2粒,然后每8小时服用1粒,直到症状消失。每日1片,溶于一杯水后饮下。饭后服用。避免与柚子或柚子汁同服。未经医生知情同意,请勿服用阿斯匹林或含有阿司匹林的药物。冷藏保存,使用前需摇晃均匀。开车时慎用。避免日光灯照射。不可冷冻。避光。避光防潮。避光密封保存。充分饮水。完整吞下。无处方者不可购买或服用。不可咀嚼或碾碎……诸如此类,没完没了,令人作呕,尤其是,当你想到这么多实验室里造出来的药物在你的肠道里混作一团,总量还在不断增长——那些话将余生中的相当一部分缩减为在药店排队,盯着手表,倒水,等待,计数,然后吞下药片。

她离开时他待的位置现在是一个老妇人，嘴里嘟哝着西班牙英语。一位接待员领着爱丽丝来到了住院部，她发现埃兹拉正靠坐在一个灯光柔光的房间里，窗外是灯火明灭的河景，他的衣服叠成一堆放在暖气片上，身上穿着挺括的婴儿蓝病号服，带子在脖子后面扎了个蝴蝶结。他的手被固定在床单的边沿，此刻正兴致盎然地抬眉看着一个身穿白大褂的女人，一条白金色的马尾沿着她的脊背垂到腰际，她正在安慰他，说他的胸痛可能只是因为有点胀气。但他的血压有点高，所以她很高兴他能留院观察一晚，这样他们就能照看他了。埃兹拉眉开眼笑。

"玛丽-爱丽丝！这位热纳维耶芙正要去帮我买鸡肉餐呢，你想来点什么？"

热纳维耶芙离开后，爱丽丝把他的药袋放在床上，在他清点里面的药片时坐到了窗边的椅子上。一架飞机的光进入窗口的左下角，而后继续描画它的航线，慢慢地、稳稳地，像一辆正在爬升的过山车。爱丽丝看着它，直到它从窗口的右上角离开。与此同时，另一只闪烁的信标也出现在左下角，开始沿着同一条隐形的路线做一模一样的爬升。

埃兹拉吞了一粒药。"去吧，小阿夫唑嗪，勇往直前，去找我所有那些亲爱的朋友……"

第三架飞机出现的时候，爱丽丝转头不再看窗户了。"你的眼睛在出血。"

"没事的。眼科医生说确实有可能会这样。别担心，亲爱的。它是在好转，而不是恶化。"

一个小个子华裔女性拿着一块写字板进来了。"我有些问题要问你。"

"来吧。"

"上次排尿是什么时候？"

"大约半小时前。"

"上次排便？"

埃兹拉点点头。"今天早上。"

"除颤器？"

"美敦力。"

"药物过敏？"

"有。"

"对什么？"

"吗啡。"

"什么反应？"

"产生了幻觉。"

"病史？"

"心脏病。脊柱退行性关节病。青光眼。骨质疏松。"

"就这些?"

埃兹拉笑了。"暂时就这些。"

"你的眼睛在出血。"

"我知道,不用管它。"

"紧急联络人?"

"迪克·希利尔。"

"医保代理人?"

"还是迪克·希利尔。"

"这位是?"

"玛丽-爱丽丝,我的教女。"

"她今晚会陪你吗?"

"没错。"

"宗教信仰?"

"没有。"

护士抬起头。"宗教信仰?"她又重复一遍。

"没有宗教信仰。"埃兹拉说。"无神论者。"

护士盯着他看了好一会儿,才转头问爱丽丝。"他是认真的吗?"

爱丽丝点点头。"我觉得是。"

她又转头问埃兹拉。"你确定吗?"

被单下，埃兹拉的脚趾蜷了起来。"是的。"

"好吧——,"护士说着，歪过头写下这桩可怕的错误。她离开后，爱丽丝问："他们问这个干吗？"

"这么说吧，如果你说你是天主教徒，等你看起来快不行了，他们就会派个神父过来。要是犹太人，他们就派个拉比。"

"那要是无神论者呢？"

"他们就派克里斯托弗·希钦斯过来。"

爱丽丝把脸埋进双手。

"白人姑娘里笑点最——"

"埃兹拉！"

"怎么！"

"我没法……"

"你没法什么？"

她把手从脸上拿开。"这样！"

"我没懂，亲爱的。"

"就是……太……难了。"

"你打算现在跟我说这个？"

"不！我不是要说这个。我不会就这么离开你的。我爱你。"这点倒是真的。"你教会我这么多，你是我最好的朋友。我只是没法……这样太不……正常了。"

"谁想要正常？不会是你吧。"

"不，我想说的不是正常。我的意思是……对我比较好。此时此刻。"她深深地吸了口气。"如果我和你在一起……"

埃兹拉利落地摇摇头，就好像她刚刚把他错认成了别人。"亲爱的，你累了。"

爱丽丝点点头。"我知道。"

"而且吓坏了，我觉得。但我们会好的。"

爱丽丝吸吸鼻子，又点了点头，然后说："我知道。我知道。"

他若有所思地看了她一会儿，眼睛下面的血斑像是一滴凝固的眼泪。然后他体贴地做了一个鬼脸，身子微微抬起，好调整他的枕头。爱丽丝抹了抹脸，赶紧过去帮忙，过程中还捞出来一个滑到他背后的遥控器。"噢！"埃兹拉欢快地说，拿起遥控器。"这儿有台电视。"他把遥控器掉了个头，对准屏幕，按下电源键，一路换台直到比赛的高潮。九局下半，纽约队满垒。

他们看着伦特里亚三振出局。

"嘴。"

奥尔提兹击出一球，被杰特接杀；埃兹拉翻

过一只手,摊在床上,邀请爱丽丝把手搁到他的掌心上。他仍然盯着屏幕。"爱丽丝,"他冷静地说,"不要离开我。不要走。我希望生活中能有个伴儿。你知道吗?我们才刚刚开始。没有人能像我这么爱你。选择这个。选择冒险,爱丽丝。这就是冒险。这就是危险本身。[1]这就是生活。"

修面理发,块儿八毛。

护士走了进来,给他们带来了医院的鸡肉餐。

---

1 原文为:*This* is the adventure. This is the *mis*adventure.

第二部分

疯 狂

我们对战争的看法就是战争本身。

——威尔·麦金,《猫头》

你从哪里来的？

洛杉矶。

一个人？

是的。

此行的目的是？

去看我的哥哥。

你的哥哥是英国人？

不是。

那这是谁的地址？

阿拉斯泰尔·布伦特。

阿拉斯泰尔·布伦特是英国人吗？

是的。

你打算在英国待多久？

待到星期天上午。

你打算在这里做些什么？

见见朋友们。

只住两个晚上?

是的。

然后呢?

飞伊斯坦布尔。

你哥哥住在伊斯坦布尔?

不。

那他住在哪里?

伊拉克。

你要去伊拉克看他?

是的。

什么时候?

周一。

怎么去?

从迪亚巴克尔坐车去。

你打算在那里待多久?

在迪亚巴克尔?

不,在伊拉克。

待到十五号。

然后呢?

飞回美国。

你在那里做什么?

在美国?

是的。

我刚写完毕业论文。

哪方面?

经济学。

所以你正在找工作?

是的。

在美国?

是的。

布伦特先生是做什么的?

他是一名记者。

哪种记者?

驻外记者。

你会住在他那里?

是的。

就是这个地址?

是的。

只住两晚?

是的。

你以前来过英国吗?

是的。

你的护照上没有任何印戳。

这本是新的。

旧的那本呢?

覆膜张开了。

什么?

这层掉了。

上次来是什么时候?

十年前。

来做什么?

在一个生命伦理委员会实习。

你有签证?

是的。

工作签证?

是的。

带了吗?

没有。

带去伊斯坦布尔的机票了吗?

没有。

为什么没带?

是电子机票。

行程单?

没打出来。

好吧,先生。能麻烦你在这儿坐一会儿吗?

母亲是在卡拉达怀上的我，但我是在科得角那个大拐弯的高空之上出生的。飞机上唯一的医生是我父亲，一名血液病及肿瘤学专家，上一次给人接生还是1959年，在巴格达医学院。为了给剪脐带的剪刀消毒，他用了一小杯装在随身酒壶里的威士忌。为了让我呼吸，他啪啪地猛扇我的脚心。感谢真主！发现我是个男孩之后，一个空姐高呼。愿他成为七个当中的一个！

故事讲到这里时，我的母亲总是会翻个白眼。很多年来，我都以为这是对祖国重男轻女陋习的鄙视，如果不只是在为还好没生后面那五个不知性别的孩子而感到解脱的话。然而，那时九岁的哥哥则有另一套说辞：她之所以翻白眼，是因为在整个航程中那些空姐越过她给老爸点烟时都快趴在她身上了。在萨米的版本里,那瓶威士忌也是父亲自己的。

因为我的国籍问题,移民局的官员们挠了三个星期的头。我父母都出生于巴格达。(萨米也是,他和库赛·侯赛因[1]同一天出生。)我们乘坐的那架飞机隶属于伊拉克航空公司,联合国认为,在飞机上出生的婴儿的国籍应为该飞机的注册国。另一方面,我们移居美国时适逢一个相对仁慈的时期,而且即便是在今天,在美国领空出生的孩子也有权获得美国公民身份,不管这架飞机属于谁。最终,我获得了两个国籍:两本护照,有着两种颜色和三种语言,尽管我都不太会说阿拉伯语,而且快满二十九岁时才学会第一个库尔德词语。

就这样:两本护照,两个国籍,没有故土。我曾听说,或许是作为对这种无根性的补偿,在飞机上出生的婴儿可以终生免费乘坐该航班。这是一个动人的想法:负责把你送来人间的鹳鸟依然属于你,你可以乘着它去往这里,那里,任何地方,直到你回到天上那片巨大的盐沼。然而,据我所知,我并未获得这项福利。更不用说占了

---

[1] Qusay Hussein,萨达姆·侯赛因的次子,出生于1966年5月17日。

多大便宜了。我们先是经由安曼偷偷落地。然后伊拉克入侵科威特,所有美国护照持有者都被禁乘伊拉克鹳鸟,长达十三年。

贾法里先生?

我朝她走过去。

我想再跟你顺一遍行程。你是从洛杉矶过来的,对吗?

对。

你订了一张周日飞往伊斯坦布尔的机票。没错吧?

对。

你知道这是哪个公司的航班吗?

土耳其航空。

你知道你的航班几点起飞吗?

上午七点五十五分。

到达伊斯坦布尔之后呢?

大概五个小时的中转。

然后呢?

飞往迪亚巴克尔。

哪个公司的航班?

还是土耳其航空。

几点?

我不确定。应该是六点左右起飞。

然后呢?

在迪亚巴克尔落地,等司机来接我。

司机是谁?

我哥哥认识的某个人吧。

伊拉克来的?

对,从库尔德过来。

司机会送你去哪里?

苏莱曼尼亚。

你哥哥住在那里?

没错。

开车需要多久?

大概十三个小时。

但是你从来没见过这个人?

司机?没见过。

会有危险吗?

不乏这种可能。

你一定很想见到你的哥哥。

我笑了。

这有什么好笑的吗?这位入境检查员问道。

没什么,我说。确实是这样。

我们在美国的第一个家位于上东区，一间位于五楼的一居室，在一栋没有电梯的老旧经济公寓楼里，这栋楼属于康奈尔医学院，我父亲的新雇主。萨米睡在沙发上。我睡在纽约医院的保育箱里。等到我重了五磅，我母亲也开始固执地认为人潮汹涌高楼林立的曼哈顿就不是个养孩子的地方，于是我们搬到了湾脊区，在那里，我父亲的住房补贴足以租下一个两层楼房的整个二层，窗栅花箱里种着栀子花，长长的阳光露台上刚铺好草皮。我最早的记忆就是在这个露台上，我刚从午睡中醒来，伸手想去摸一只正在铁栏杆上表演高空走钢丝的猫，结果被嘶嘶低吼着的它赏了一记耳光。能佐证这段记忆真实性的宝丽来相片不下七张，上面是我被抓花的脸，尽管偶尔我确实会怀疑,自己真的是从午睡中醒来的吗,抑或只是从长达四年的婴儿期记忆缺失中苏醒?我母亲说,这件事就发生在她与萨米带我去城里看《彼得潘》的那天。我对此的全部记忆就是桑迪·邓肯朝我们猛冲过来,身上绑着威亚,就像是受难的耶稣——但也只有这个了,只是一张内心的底片,没人提示的话,我当然不会把它和我脸上的伤痕联系起来。

所有这些都指向一个问题:我母亲为何要带还不怎么记事的我去看一场百老汇演出?

上次和哥哥见面还是2005年初,他说做父母的无从得知他们孩子的记忆会在何时苏醒。他还说头几年的遗忘不可能完全恢复。生命中有许多东西都只能以片段的方式留在记忆里,如果它们能留下的话。

有什么是你不记得的?我问。

有什么是我记得的?你记得去年发生了什么吗?那2002年呢?1994年呢?我不是指报纸头条。我们都记得那些划时代的大事,犯罪案件之类的。中学一年级英语老师的名字。自己的初吻。然而,一天天的,你都在想些什么?你意识到了什么?你说了什么?你在大街上或者健身房里遇到了谁,这些相遇如何巩固或动摇了你原有的想法?1994年,我还在吉哈德地区,我很孤独,虽然我不确定当时有没有意识到。我买了一个笔记本,开始写日记,一条典型的早期条目是这样的:"上学。和纳乌法勒吃烤肉串。在HC玩宾果。上床睡觉。"没有感受。没有情绪。没有想法。每一天都以"上床睡觉"结束,就好像我有试过用其他方式来终结这一天似的。我那时一定对自己说过,听好了。如果你真的打算把时间花在这上面,你就得按正确的方式来。写下你的感受,你的思考,究竟是什么使这一天变得独一无二,或者这到底有什么意义?我一定和自己有过这番讨论,因为没过多久日记就变长了,也有了更多细节和分析。最长的一篇显然是我和扎伊德关于克劳迪娅·希弗的争论。我还写过至少一次关于如果没有回伊拉克生活将会怎样的冗长段落。然而,即便是后来那些文字,也有种僵硬的质感,就好像我写的时候满脑子都是别人会怎么看。大概六个星期之后,我放弃了——把日记本装进盒子,之后二十年都没再管它。重新翻开它以后,我只得强逼自己去读。我的笔迹看起来如此幼稚,如此愚蠢。我的"想法"十分难堪。更令人沮丧的是,

疯 狂

有太多的内容都已经无从辨认了。我不记得和扎伊德争论过什么。不记得我曾在狩猎俱乐部消磨过那么多个周五的夜晚。我不记得自己曾经渴望,更别提仔细想象过回到美国后的生活。这个在一个"凉爽"的四月周二和我一起喝茶的莱拉是谁?就好像我在几周几周地逐次失去记忆。

我问他最初是怎么想到要写日记的。

或许,他说,我的孤独感太强烈了。或许我以为,把事情写下来,把我的存在用白纸黑字记录下来,就可以抵消我的……我的消失。我的被抹除。你知道那句老话:在世上留下印记。但我要告诉你,我的弟弟,这个日记本是一个非常悲伤的印记。

不管怎么说,你后来还留下了别的印记。

萨米点点头。很小的印记,没错。

而且你现在有了扎赫拉。

那是四年前,在苏莱曼尼亚,萨米家的后院,尽管刚进一月,气温已经将近十六度了。我们传着一碗椰枣吃,把果核丢到刚刚抽芽的番红花花圃上。两星期后,萨米和扎赫拉结婚了。他们现在有了一个小女儿,亚丝明,扎赫拉觉得她的嘴巴像萨米,但眼睛像我。我同意关于嘴的部分。

大大的嘴巴，不笑的时候嘴角也会微微翘起。然而，我们的眼睛除了都是深浅不定的绿色外，几乎没有任何相似之处。我的总是定格为一副愁苦、怀疑的表情，而亚丝明的似乎永远悬在一种奇异的忧郁中。在上翘的嘴巴和哀伤的吊眼角之间，她看起来像是同时戴着两副戏剧面具。我最近把她的一张照片设成了笔记本电脑的桌面，每天早上坐下打开它时，我都觉得自己发现了小侄女脸上悲剧与喜剧的比例在一夜之间的细微调整。它所能覆盖的情绪光谱是如此地广阔，你可能会觉得，没有多年的观察和经验是不可能做到的——然而，没错，她只有三岁，这让你不由得怀疑，我们当中会不会偶尔有人出生时的记忆开关就是打开的，并且永远不会忘记任何一件事。

　　有什么是我不记得的？很多。细数这些失忆片段的总和让我呼吸急促。但就我的经验而言，把事情写下来同样无济于事，除非是在这个意义上：花在记录上的时间越多，花在做那些你不想忘记的事上的就越少。

　　你或许会觉得，没有人会比我的哥哥更难以抹除了。一个高大壮实的男人，尤其是穿上白大褂之后就显得更高大更壮实了，嗓音洪亮，思维

疯　狂

活跃，平均每天要吃四顿饭。听到他说什么要抢先一步阻止自己的消失时，我笑了。我说这让我想起《不可思议的收缩人》，格兰特·威廉姆斯从一格窗纱里爬了出去，对着缓缓入侵的静滞的银河道出他的结尾独白：如此接近，无穷小与无穷大……比最小还要小……对于上帝来说没有什么是零！我依然存在！但消失的是谁？不是那个笑声低沉的男人，不是那个弹钢琴时随便动动手指头就能跨八度的男人。我最后一次见到哥哥时，他像个巨人一样靠坐在塑料花园椅上，咧嘴一笑，把肱二头肌上看不见的尘屑掸掉，然后抬起脸，目光扫过向西飞驰的云彩，像是在看一出跨越整个库尔德天空的出埃及记。有那么一刻，他看起来那么像是一个向世界施加力量的生灵，而不是相反，如果说这样的一个他，仅仅是因为没能匆匆记下上床睡觉的时间和宾果游戏的胜负就会消失，在我看来实在是太荒谬了。但后来，他真的消失了。

又坐在那里等了二十五分钟之后，我起身问另一个检查员能不能去厕所。这是一位年轻女性，戴着淡紫色的头巾，涂着厚厚的睫毛膏，这让她原本饱含同情的眼睛看上去有点像蜘蛛。她将信将疑地找了一个男性检查员陪我。这个男人比我矮几英寸，出于某些原因，他选择走在我后面约一英尺远的地方，这让我感觉自己像是在带一个小孩去厕所，而不是有人在陪我。

只有在经过一个无人的检查站时，我的看护人才加快了脚步。当然，如果不是丧心病狂，没有人会在没带护照的情况下逃过关卡。而且就算你溜了进去没被逮到，因为没有护照而被困在英国时又该怎么办呢？倒卖走私货，或者在穷乡僻壤给人打啤酒，一直干到死？我的护照被收走了，换来了证明我被拘留身份的半张纸。我正双手捧着这张纸条走进男厕所,仿佛那上面印着小便和冲水的操作指南。我的看护人没有在外面等,而是跟着我进来,主动接过我手上的纸条,然后就站在洗手池旁边,把口袋里的硬币拨得叮当响,而我在排空膀胱之后,还慢慢悠悠地用肥皂洗了手,仔细冲洗并擦干了双手。也算干了点事儿。查收手机短信本来也是件正事儿,但我收不到信号。返回我的座位后,我的看护人没说话,只是冲我点了点头,便回到他的岗位上去了,在那里排着队的是欧盟成员国公民。就在我面前,一次又一次,护照被呈交、翻页、盖章、归还,证明其真实有效,而它们的所有者早已把心思转向了下一步的行李提取和即将展开的旅行。而那个拿走我护照的女人依然不见踪影。

要进入铺着草皮的露台，得先从房间里那条狭窄的过道挤过去，两边分别摆着一张单人床和一架立式钢琴。床是萨米的。我们搬进来的时候钢琴就在那里了。它们靠得太近了，我的哥哥躺在床上伸伸手就能弹出高八度的颤音。

从外形上看它就是一架普通的箱式钢琴，深色的木制琴身上布满划痕，在上午十点的阳光下微微泛红。这是一架维瑟尔兄弟牌老古董，但在"二战"期间改造过，那时新钢琴的生产供不应求，这启发了制造商把旧钢琴修复翻新，换上新的胳膊腿儿，新的琴键贴面，还有新的弦轴，他们还加装了一块长长的镜面立板设计以遮住里面的调音钉，也使钢琴显得比实际上更小巧。我们这架的镜面绝大部分都覆盖着岁月的斑驳，还有一角斜斜地开裂了。我记得是索尔·贝娄说过，死亡是镜子背后不可或缺的黑暗涂层，如果我们真的想看见什么东西的话。可我们要这么多暴露出来的黑暗干吗呢？

我管它叫萨米的钢琴，但严格来说它属于我们的房东，住在楼下的马丁·菲什和马克斯·费希尔。

费希尔是纽约爱乐乐团的首席小提琴手。菲什在西村一家钢琴酒吧弹钢琴，那家的常客多为听到耳熟的曲调时喜欢胡乱跟唱的酒鬼。我们贾法里家把这俩人合称为鱼家，单独提到马丁时就叫他隆背鲃，因为他那非凡的蛋形身材让我哥哥想起了底格里斯河上的巴格达渔民喜欢展开烤着吃的一种鲤鱼；相比之下，马克斯韦尔·费希尔听起来有种不容置疑的风流倜傥，不太像是一个绰号。这个毕业于巴黎音乐学院的巴伐利亚人对整洁体面的信仰近乎虔诚，每天清晨在湾脊区的人行道上散步时，他都会戴上一条佩斯利涡纹领巾，这副扮相颇具异域风情，堪比在脖子上盘了一条印度眼镜蛇。费希尔柔软的男高音和利落的德式发音使他的谈吐笼罩着一层哲学的灵晕。他什么时候在家我们总是能知道，因为传进耳朵里的不是沉闷的桑德海姆或哈姆利施，那意味着隆背鲃又在和放克音乐较劲了，相反，冉冉升起的是埃尔加或雅纳切克的高贵旋律，不是从那对主人爱惜备至的高保真音响里流泻而出，就是费希尔在亲自操着他那把斯特拉迪瓦里小提琴演奏。他一丝不苟地上松香，再用软布擦亮，仿佛那把小提琴是某种外科器械。他每天打扫一次公共前厅，每周六再用吸尘器清扫一次，过程如此漫长，以至于结束整整半小时后，耳朵里的嗡嗡声才会渐渐平息。在踏进鱼家大门前脱掉鞋子已经成了我的习惯，要知道，连清真寺都早就不要求脱鞋了。然而，所有这些居家之美都是费希尔的功劳。一个人在家的时候，隆背鲃会任由灰尘不断沉积，待熨烫的衣物在卧室地板上堆成一座淡色斑驳的小山丘。隆背鲃唯一会主动清理的东西，就是那个能和费希尔的小提琴媲美的家伙：一架望加锡乌木斯坦威钢琴，长约七英尺，令起居室里周围的一切都相形见绌，这也是老维瑟尔兄弟被束之高阁的原因。

　　听完母亲对我们童年那神话般的描述，你或许会相信，之前从未碰过任何乐器的萨米，生平头一遭坐在钢琴前，当天傍晚就能娴熟地弹小曲儿了。我可不信这个。一个更准确的版本显然要从一个长久以来困扰着父母，一定程度上也困扰着我的事实说起，那就是我的哥哥不喜欢美国的生活。几乎从一开始，他就不停地抱怨自己如何思念他在巴格达的朋友们，以及他在学习上的落后，尽管他并不比其他同学笨，而且从三岁起，他的英语就说得和阿拉伯语一样好了。在家里，他变得无精打采，无所事事，轻易不会从沙发上下来，除了吃饭，就是到公园里的篮球场和一个住在隔壁街区犹太会堂后面的特立尼达姑娘一起吸大麻。后来，一天下午，隆背鲍上楼来处理一个管道小故障，在维瑟尔兄弟身上耽搁了好一会儿，时间长到足以弹完《波西米亚狂想曲》的前几节，萨米从沙发上站起来，请他再来一遍。半小时以后，厨房里的排水管还在漏水，萨米和隆背鲍屁股挨着屁股坐在钢琴前，萨米咬着嘴唇，隆背鲍哼着正确的调子，纠正萨米手指的位置，愤怒地猛击键盘上卡住的中央 D。后来，几乎每个周三下午都是这样：夏天时，身后的露台上勾勒出他们的剪影；冬天时，茶杯冒出的水汽模糊了斑驳的镜面。理论上讲，晚上十点半以后是不允许练琴的，但萨米通常会等到公寓的另一头完全暗下来以后继续他的演奏，一只脚踩在消音踏板上，头深深地弯到键盘上，近到让人觉得他的耳朵能把声音吸干。当然啦，他也只能这样悄悄地练琴。就像你尽可能小声地哼歌时那样。但是没有人敢扫哥哥的兴，他不开心，我的父母都很自责。至少弹钢琴的时候，他不是在混日子。

　　但他也没什么野心，在任何传统的意义上。他不办独奏会。他不表演。对萨米来说，他只是为弹而弹，用手指按下琴键，一个个地，或者像樱桃那样一串串地，然后享受它的成果，就像听一个故事被娓娓道来。在那间更像是一条走廊而非一个终点的狭小卧室里，哥哥弓着身子伏在钢琴上，带着一种迫切的必要，就像那些有烟瘾、暴饮暴食或者忍不住抖腿的人一样。或许它吸收了某种神经能量。也可能减轻了某种痛苦。我不知道。他翻阅活页乐谱的方式近乎奢侈，同一首曲子很少弹两遍以上，而是迫不及待地换成另一支奏鸣曲，另一支协奏曲，另一支玛祖卡、小夜曲或华尔兹。仿佛这些音节汇成了一道无尽的电流，而萨米就是它们想要奔涌其中的铜线。当然，时不时地，他也会被某段特别难的曲子绊住，再来上一遍，但是这种情况比你想象中的要少得多。

疯　狂

而且,我从没见过,甚至无法想象他大吼的样子,或者不耐烦地把拳头砸向键盘。我一直都很羡慕哥哥和那架钢琴之间的感情。一个人被时间宽宥时的样子,是可以认出来的。

拿着那张纸条等了整整四十分钟以后,我站起身来,问那个戴淡紫色头巾的女人我能不能打个电话。

你的负责人是谁?

我不知道她叫什么。金色头发,大概到这儿……

丹尼丝。我找找看。

我的椅垫还热乎着。

我随身带了些关于后凯恩斯价格理论的课外阅读资料,但没有翻开,而是看着另一拨来客慢慢抵达这座金属迷宫的终点。一个缠着头巾、领巾上别着徽章的男人站在闸机口,把新来的旅行团或单身游客引向一张桌子。穿着西装、沙丽、细高跟鞋或卫裤的人们推着婴儿车或拿着颈枕、公文包、泰迪熊，以及装饰着蝴蝶结和冬青枝的购物袋。有时是单独一本护照被敲上印戳，有时你能听到两本、三本、四本被飞速连敲——就像很久以前从图书馆借书时那样。而这前进和敲章的整体节奏中有一种绵长的规律性，宛如即兴演奏的爵士乐，无论如何变调，节拍都从未乱掉。

然后，一个娇小的独身女子没能顺利过关。她有一头深色的及肩短发，害羞地站在被分流到的桌子前，好像在努力把自己变透明。入境检查员说什么她都点头。就连检查员脸上露出她可能根本没有听懂问题的表情时，她还是在一个劲儿地点头。她没带任何行李，除了一个缎面刺绣小钱包，被她用双手捏着，垂在小腹，仿佛那是一片遮羞布。检查员朝她微微皱起眉头，恳切而又专注，仿佛他正在努力用眼神拴住她。

这位检查员递给女孩半张纸，和我的差不多，她转身坐下来，我才看出她是个中国人。

不到五分钟，她的检查员就回来了。这令我很气恼，因为一切本该就这么快，而我的检查员却慢吞吞的。

之前那个检查员对新来的这个说：跟她说你是来翻译的。

这名翻译人员提了提她的裤子,俯身和那女孩说话,声音短促,鼻音浓重,听起来就像这种语言在倒带播放。女孩点点头。

告诉她,她没惹上麻烦,但为了她的安全着想,我们需要多问几个问题才能放行。

翻译又说了些什么,女孩点点头。

她在英国念的学校叫什么名字?

女孩从钱包里拿出一张纸。

前一个官员指了指,说:这是谁的电话号码?

她教授的。

这个教授是谁?

肯教授。

是这位肯教授帮她安排签证的?

是的。

但是她不知道肯教授所在学校的名字?

肯的学校。

她打算在这里待多久?

六个月。

她有返程机票吗?

没有,但她之后会买的。

那她之后住在哪儿?

肯教授有房子。

在哪里？

她不知道。

她有多少钱？

肯教授给了她奖学金。

她父母知道她来这儿吗？

女孩点点头。

她有他们的电话号码吗？我们可以打过去的？

女孩掏出一只粉色的诺基亚给翻译看，后者在纸上写了什么东西。

告诉她，她没惹上麻烦。我们只是对她没有住的地方也几乎没有英语能力有点担心而已。

听到这段话的翻译后，女孩头一次说了很长一段话，音调之高、语速之快，仿佛是在竭力抵御恐慌。然后她突然停了下来，两人看上去都不太确定她说完了没有。

她说她是来学英语的，翻译说。她家人知道她在这儿。肯教授给她安排了奖学金，还帮她安排了签证，她只要在取行李时打这个电话，肯教授就会过来接她。

前一个检查员皱起了眉头。告诉她，她还得在这里多待一会儿。告诉她没有什么可担心的。告诉她没惹上麻烦。只是为了保证她的安全，我们需要做个一般性询问。我们必须确保来接她的人是可靠的。

翻译告诉她这些以后，女孩吸了吸鼻子。

告诉她没惹上麻烦，前一个办事员又说了一遍，语气比之前更友好了，但是这一次，女孩还在吸着鼻子拼命忍泪，似乎没有听到。

卡尔文·柯立芝曾说过,经济,是我们在今天为明日之进步创造条件的唯一途径。不管你对柯立芝有何看法,这句话本身多多少少还是对的,第一次看到这句话时,我刚上研究生没多久,我当时心想:到头来,我所追求的这份志业和我的神经质还是挺相配的。

这么说是因为,我的脑子里总是在翻来覆去地想一个问题,我现在所做的这一切,之后看来会是什么感觉。今天的晚些时候。这周的后面几天。今后的人生,开始变成一连串专为令我之后感觉良好而设计的行动。而不是为了现在。知道之后会感觉良好,这已经让我此刻的感觉足够好了。卡尔文·柯立芝一定会同意,但据我母亲说,还有一种说法可以描述这种无限调控的生活方式,大致可以翻译成：你没法像条狗一样活着。

她曾经说过，要是能学学你哥哥，你会比现在开心得多。萨米活在当下，就像一条狗。

需要说明的是，我哥哥的名字是高、崇高、高贵的意思——这些形容词可不太容易让人联想到那种只顾着闻眼前的屁眼儿和屎的动物。但是我想，我父母在起名字的时候也没法预料到哥哥会有这种犬科的特质；正如，他们也没法知道，那个被他们命名为成家立业的孩子长大后，冰箱里除了七包酱油和一盒过期的鸡蛋之外什么都没有。

1988年12月，在从安曼飞往巴格达的飞机上，父母禁止我们和伊拉克人聊这两个话题：萨达姆·侯赛因和萨米的钢琴，更别提他还跟着住在我们楼下的同性恋房东上了十年的音乐课了。不过，大多数围坐在我祖母餐桌旁的叔叔阿姨，最喜欢谈论的还是我身上那些稀奇古怪的"美国特色"：我的布鲁克林口音，我的马廷莱同款棒球服，我崭新的海军蓝护照，还有我那本打了钢印的纽约市出生证明。当然，最后这项意味着未来某天我将有权参与美国总统的竞选，萨米、我和表兄弟们在后院练习抛橘子时，长辈们正在以

疯 狂

堪比七国集团首脑会议的庄重与严肃展望这一前景。贾法里总统。阿马尔·阿拉-贾法里总统。贝拉克·侯赛因·奥巴马总统。我觉得前一种情况听起来也并不比后一种更异想天开。然而，十二岁的我已经清楚地知道，父母对我真正的期望是追随他们的脚步，就像哥哥几乎肯定会去做的那样，成为一名医生。医生是体面的职业。医生永远不会失业。医生走到哪儿都不会吃瘪。经济学在他们看来也是体面的，但说到可靠？并不。不牢靠（我父亲的原话）。而且，即便是将经济学博士学位收入囊中要远比医学学位更有助于登上总统宝座，母亲也早已不再提起我的竞选资格了，或许是因为她认为这个位置并不适合我这种人：除了极少数的意外情况，很大程度上都无法摆脱"现在采取的每个行动之后感觉起来会是怎样"对我思维意识的调教的人。

　　圣诞节那天，扎伊德叔叔和阿利娅婶婶带着四个女儿来了我家，戴着红色头巾的女孩们站成一排，看上去就像一组俄罗斯套娃。十年前，其中最大的拉尼娅还曾把裹着尿布的我搁在膝头，一颗一颗地喂我吃红宝石般的石榴粒。她现在长大了，美得令人无法直视，就像人们试图盯着太阳看时那样。一进厨房,她就径直朝我哥哥走去,嘴上说着:BeAmrika el dunya maqluba al-yawm! Amrika(亚美利加)就是美国。Maqluba 的意思是上下颠倒,有一道用肉和大米做成的菜就叫这个名字,因为在平底锅里烤好以后,还要倒扣过来才能上桌。El dunya maqluba 就是说世界颠倒过来了,一种通常用来形容人或地区极度兴奋几近狂乱的表达。我哥哥笑了。美国的圣诞节就是这样。今天的美国颠倒过来啦!我第一反应是那种尽管世界很多元但依然和平或和谐的例子——不同肤色的人们像一串小纸人儿那样手牵着手绕地球一圈。有且仅有在这种情况下,那些站在美国的小人儿们才会大头朝下脑部充血。

根据现代制图法,湾脊区我卧室的对跖点在印度洋的海面上,珀斯西南方向几英里的地方。但是对于一个学会走路以后第一次出国的十二岁男孩来说,那个点也可以是位于吉哈德的祖父母家的卧室。那个房间里除了我,还住着三个表兄弟,他们的父母在孩子出生后不久就移民了。(我父亲和扎伊德叔叔是十二个兄弟姐妹中年纪最大的,其中,包括他俩在内已经有五个离开了伊拉克,四个还留在那里,还有三个已经去世了。)单听我们这些男孩躺在床上抱怨错过了家那边的什么东西，你可能会以为我们是一群豪掷千金的芳心杀手，正在服长达十年的苦役。家在伦敦的阿里和萨巴赫，担心他们的女朋友会被已满法定驾驶年龄的男孩们抢走。家在哥伦布的侯赛因，因为看不了超级碗上孟加拉虎对战四九人，并且要等上十天才能知道结果而饱受折磨。（孟加拉虎队输了。）在今天，站在菲尔多斯广场上，只需谷歌一下，你马上就能知道孟加拉虎队或者四九人队，红袜或者洋基，曼联或者蒙古苍狼的近况；能知道湾脊区或者赫尔辛基的气温；还能知道圣莫尼卡或者斯威士兰下一次涨潮是什么时候，或者波吉邦西的太阳何时落山。总是有事情在发生，总是有事情要了解，却总是没有足够的时间去足够地了解。尤其是，如果你还怀有某种更高远的志向。然而，在二十年前与世隔绝的巴格达，时间却缓若蚁行。

我曾听一位导演说过，要想拥有真正的创造力，一个人必须具备四样东西：讽刺，忧郁，竞争，还有无聊。撇开前三项的匮乏不谈，那年冬天在伊拉克，我的确享用了取用不竭的无聊，在回纽约前，总算磕磕绊绊地写出了我人生中第一组也是唯一一组诗歌。还干什么了？花了数不清的时间抛橘子，在后院里把橘子抛起，接住，抛起，接住，直到暮色降临，再也看不清它们为止。跟着父亲和扎伊德去看望葬在纳杰夫城外的亲戚们，到了晚上，坐到餐桌前，在家庭作业——海量的作业，为了弥补我缺掉的那么多课——的边缘信手涂鸦，祖父坐在我旁边，慢悠悠地翻阅《革命报》。一天晚上，他坐在一旁看着我给一艘正在沉没的战舰添加更多细节。要想当亚美利加总统，他说，你还得加把劲儿才行。

我和萨米一起去了萨乌拉公园动物园，把点燃的香烟抛给大猩猩，笑他们抽起烟来人模人样的。当时，我哥哥刚从乔治敦大学毕业，之前一直是医学预科学生会的主席，毕业论文写的是无家可归人群中结核病的防治。然而，与这层底色不那么相符的是，刚到巴格达还不到一星期，他就学会了一支连着一支地抽红万这项伊拉克全民娱乐，而且完全看不出有什么过意不去的。从祖母家的屋顶可以远远望见底格里斯河，有一天在那里，哥哥正抽着烟，微眯着眼，望着卡拉达，对站在旁边的我讲起了七十年代那些酷热的夏夜里，他和父母如何把床垫搬到屋顶上，好在河面吹来的微风中睡个安稳觉。听到这个故事的那天晚上,天气并不热,我们也没有床垫可搬,只有一条破旧的阿富汗毯子,是萨米搭在肩膀上从他的小窝里拿上来的。尽管如此,在月光下,我的哥哥还是躺了下来,拍了拍身旁那片空地,就在我们一起仰望群星时,萨米预言,要不了多久,伊拉克就会再次强盛起来:平坦宽阔的道路,闪闪发光的吊桥,五星级的旅馆;巴比伦与哈特拉的遗迹,尼尼微的石柱,都将恢复昔日的宏伟壮丽,向所有人开放参观,并完全不需要武装人员守卫;蜜月胜地不再是夏威夷,新婚夫妇们将纷纷飞往巴士拉;让他们神魂颠倒的美食也不再是意式冰激凌,而是朵尔玛和印度拉茶;小学生们会在乌尔的吉古拉特塔庙前面摆拍,背包客们会把阿斯卡里的明信片寄回家,老年旅行团会把一罐罐的尤苏菲耶蜂蜜用气泡膜包好塞进行李箱;巴格达将会成为奥运会主办城市;美索不达米亚雄狮队将会赢得世界杯。等着瞧吧,我的小弟弟。等着瞧。忘掉迪士尼公园吧。忘掉威尼斯。忘掉大本钟削笔刀和塞纳河畔贵得离谱的奶油咖啡吧。现在,该看伊拉克的了。战争已经结束,人们将从四面八方涌来,亲眼见证它的古老与美丽。

我还爱上了一个女孩,父母在她很小的时候就离婚了。她告诉我,从母亲口中得知接下来会发生什么——她们俩,再加上她的小妹妹,要搬到别的房子里去,在小镇那头——之后,她突然变得有多么关心离开的时候能带走什么、不能带走什么的问题。为了弄清楚,她一次次地跑去问母亲。我能把我的桌子带走吗?我的狗呢?我的书呢?我的蜡笔呢?多年后,心理学家会说,她之所以这么执着于能带走什么、不能带走什么,或许是因为她已经被告知,有一样东西是她不能带走的:她的父亲。而如果连父亲都留不住,一个小女孩还能保住什么呢?当时,我觉得自己的知识储备尚不足以评判这种猜想,但我确实有些怀疑这段记忆本身的真确性。我问马蒂,有没有可能她其实并不记得自己真正提出那些问题的那一刻,而只是因为听母亲讲了太多遍,于是在她的大脑里,记忆的位置反过来被这个故事占据了。到最后,马蒂做出让步,承认这份记忆确实有可能脱胎于她母亲的讲述。但她也说,她不觉得这有什么区别,无论是哪种情况,这都是她的经验的一部分,她也没有故意骗自己。她还说,她很惊讶自己竟然完全想不起与父亲分离那一刻的确

疯 狂

切感受，尽管这是她生命中最关键的事件之一。我问她那时多大。四岁，她说。不到五岁。我当时心想，凭我出类拔萃的记忆力，绝不可能忘记这种重要事件，于是我猜马蒂或许是那种记事很晚的人，比方说六岁吧。那会儿我非常自以为是。所以就算马蒂回想起我们在一起的那段日子时根本不记得曾爱过我，我也不会觉得奇怪。

研究生毕业几年后的一天，我和父母在湾脊区的家里吃饭，父亲说起了阿姆斯特丹郊外的斯希普霍尔机场。确切地说，他要给我们讲的是在荷兰语里，斯希普霍尔指的是船的坟墓，因为这片土地被开发成机场前是一片浅水湖，因沉船众多而广为人知。老爸，我说。这个我早就知道了。我十二岁的时候你就给我讲过了。你说的时候我们就在那儿，等候飞往安曼的航班。不可能，他说。这是我今天下午才看到的。好吧，也许你忘了你之前就知道了，我说，因为我清楚地记得自己当时正坐在航站楼里候机，望向外面的停机坪，想象埋在下面的船。我甚至记得想象中那些船就像一具具骷髅，骨头和人的一样——有大腿，小腿，船体则是巨大的完整胸肋。

是吗？我父亲说。

过了一会儿，我补充道：

也可能是萨米说的。可能是萨米给我讲过船的事儿。

这时，母亲举起一只手说，这是她第一次听说船的坟墓。她还提醒我们，我十二岁那年，也就是1988年的十二月，当时萨米的单核细胞增多症还在慢慢康复，在飞往巴格达途中的漫长转机期间，他不是瘫在行李上就是趴在长椅上。好吧，我说。但还是有可能是他告诉我的。也许他是在回程时讲的，我们回家时又路过斯希普霍尔的时候。这时，妈妈很是受伤地看了我一眼，片刻之后，又软化为某种近似怜悯的神情，为我和我的选择性失忆症。阿马尔，她轻轻地说，你哥哥没有跟我们一起回家。

后来我才发现,原来丹尼丝的发色更接近褐色。她的臀部也比我记忆中更宽大,一只臂弯里正揽着一个厚度惊人的马尼拉纸文件袋,不知道的还以为我是阿尔杰·希斯[1]呢。我开始了一番表演,先是把背挺得更直,在一本根本没在读的书里放上书签,然后扬起眉毛,一副乐于合作又不免困惑的样子。我的确很困惑,但我的合作意愿却在不断减退。

丹尼丝在我身边坐下,语气平静,措辞审慎,而我却发觉她的眼睛中流露出一丝兴奋。仿佛她为了一个我这样的案子已经等了很久了。我甚至

---

[1] Alger Hiss,美国国务院官员,1948 年被指控为苏联间谍,但诉讼时效已过。1950 年,他被判定犯有与上述指控相关的伪证罪,获刑五年。

有可能是她的第一个。

贾法里先生。除了美国护照,你还有其他国籍的护照或身份证件吗?

有。

你有?

对的。

是什么?

伊拉克护照。

(又是那种兴奋。)这是怎么回事?

我父母是伊拉克人。我出生后他们就帮我申请了一个。

你有带在身上吗?

我弯腰拉开背包拉链。等我把它掏出来递给她之后,丹尼丝开始慢慢翻检我的第二本护照,翻页时只用指腹刮起页边,仿佛手里拿着的是一张墨水还没干透的明信片。你什么时候会用到这个?

非常少。

但都是在什么情况下呢?

每次从伊拉克出入境的时候。

这样是不是能占到便宜?

你指哪种便宜?

应该由你来告诉我才对。

如果你有两本护照,我平静地说,你在英国出入境时会不用英国那本吗?

当然,丹尼丝说。法律就是这么规定的。但我不知道伊拉克的法律是怎样的,现在我不就知道了?

尽管不是有意的,但我笑了。丹尼丝微微地缩了一下。然后,手里还拿着我的第二本护照——也是我仅剩的一本,她缓缓地、会心地点了点头,拈着它轻拍了下膝盖,然后站起来,走开了。

有时候我想我记得那个石榴。它那酸甜的口感,以及沿着我的下巴淌下的黏稠果汁。但直到今天,定格下这一时刻的宝丽来快照依旧贴在湾脊区家里的冰箱上,我又变得不确定了,如果没有照片,那我还会记得它吗?

不管记不记得,拉尼娅都戴着蓝色的头巾。她抱我的方式,以及布料从她的肩头垂落,绕过我的尿布,折进她的衬衫里的样子,这些都让我们看起来像是一幅摆拍的圣母抱子图。一个男孩在整个青年时代会开多少次冰箱?六千?九千?不管具体数字是多少,都足以给人留下不可磨灭的印象。每一杯牛奶,每一大口果汁,每一份吃剩的慕鲁巴饭……当然,哥哥也一样,在他性格形成期的很多年里,每天都会看到。

第二年的十二月，父母回了巴格达。我留在湾脊区，谎称自己是不想错过学校游泳后备队的预选赛，而且还有我同学的父母担任监护，那位同学的卧室里有一张凹凸不平的滚轮矮床，一幅真人大小的宝琳娜·普利茨科娃海报。我没有参加游泳队的选拔。一月底父母回来以后也没有问我比赛怎么样了。他们满脑子都是哥哥想娶拉尼娅的消息。

他还提到说想要搬到纳杰夫，去读那里的一个伊斯兰神学院。父亲告诉我这些的时候，母亲用手捂住了脸。

问题倒不在于拉尼娅是我们的一级堂表亲这件事本身。也不在于后代患有隐性基因紊乱的风险会增加——尽管我父母很早就表过态，没必要为了家族忠诚让孩子背负那些只需一个小小的基因测试就能避免的压力。而在于，娶拉尼娅就等于明确宣告了回伊拉克定居这一毫不掩饰的意图，因为我哥哥声称，比起美国展现出的那些不甚体面的价值观念，他还是更喜欢这里的。然而，要想让萨米自己觉得婚约是正当有效的——符合他口中更体面的那套价值观——还需要得到父母的祝福。拉尼娅的父母已经给出了他们的祝福，他们甚至宣布不要彩礼。但我父母还没有准备好准许萨米放弃他们背井离乡拼尽一切才为我们挣来的生活。他们最后决定,只要萨米和拉尼娅来纽约结婚,并且萨米拿到了一所美国大学的硕士学位,那他们就给出他们的祝福。如果他想的话,也可以攻读宗教学而非医学。如果他想的话,之后也可以回伊拉克。但只要他和拉尼娅的婚姻想要得到父母的完全认可,就得满足这些条件,我哥哥同意了。

再下一年的七月,我们静候萨米的到来,拉尼娅和我们的祖母也会一起飞来纽约。然而,到了机场,我们发现下机口外只有祖母一个人在等我们。她和他们一路飞到安曼,本应在那里转机飞往开罗,但萨米和拉尼娅被约旦当局拦下了,因为他们不相信他们俩去美国是为了结婚。你们去美国的真正目的是什么?去结婚,萨米说。撒谎!当局说。要是你们还没结婚,就不会一起出门了。没有,萨米坚持说。真的。我们还没结婚,我们要去美国结婚,我父母住在那里,正在等我们。那你肯定是个婊子,其中一名官员对拉尼娅说。荡妇。否则你怎么会和一个不是你丈夫的男人一起出门?

就在这时,拉尼娅晕倒了,官员们高兴极了,认为这恰好证实了他们的猜测。

疯 狂

最后，萨米和拉尼娅回了伊拉克，祖母独自飞往开罗，伦敦，纽约。她本打算在我们家住上七周，刚做完髋部手术的祖父还留在家里静养。但后来，伊拉克入侵科威特，七周变成了七个月。我祖母不是唯一一个流离失所的人：我搬进了萨米的卧室，把我的卧室让给她住，因为母亲担心萨米的房间太透风了，我觉得她的意思是，萨米的房间里有一架钢琴，在祖母所受的教育里，钢琴是一个无聊的玩意儿，但显然也没有无聊到家里没旁人时还要抵制它的地步。

隔段时间，扎伊德就会打电话来报平安。吉杜的髋部正在好转，阿利娅在照料果树。从不提空袭警报，或者呼啸着划过天际的巡航导弹，因为长期的环形监狱生活使得伊拉克人相信墙上有耳朵，窗户长了眼睛，你永远无法知道监视者什么时候下班，所以你会觉得他们一天二十四个小时都在工作。虽然不是那么有说服力，但环形监狱也被认为是我哥哥长期杳无音信的罪魁祸首。萨米从不是那种会给人写信的人，所以我也无权要求他以同样的方式来回复我几乎每月都会给他寄上一封的手打中篇小说。然而，他简直像根本没收到那些信一样，无论是在来自巴格达的问候!明信片上,还是他打的电话里。我记忆里他似乎只打过两次。第一次是在除夕夜,要不是因为战争,父母那时应该已经回了伊拉克。表面上,他打这通电话来是为了跟我们说安拉保佑,新年(1991年)快乐,但萨米接着说他和拉尼娅最后还是打算不结婚了。他听起来不怎么失落。反而充满乐观:乐观,甚至有点松了口气。拉尼娅准备去巴黎学艺术史,他自己也重新斟酌了移居纳杰夫的计划,正准备改为申请巴格达医学院。美国的医学院有什么问题吗?话筒传到我手上时,我问道。没有啊,萨米愉快地说。但伊拉克的医学院又有什么问题呢?

第二通电话大约是三个月之后,美国已经开始撤军,祖母也正在收拾行李准备回家。这次,萨米只和父亲说了话,挂上电话后,父亲立即从衣架上取下外套,出去散步了。回来以后,他走进我的卧室,祖母的行李箱堆满了房间的四分之三,飞往伦敦、开罗、安曼的登机牌就靠在我放骰子的鱼缸上。他扶着她坐到我的床上,牵过她的手来握住。然后他告诉她,艾哈迈德,与她共度五十七年的丈夫,当天早上突发脑血栓,去世了。

疯 狂

贾法里先生?

我抬起头,看见她远远地站在一排移民办公桌的另一头,显然是没打算移步过来。

我们还有一些问题要问你。可以跟我来一下吗?

我们一起乘自动扶梯下楼,来到行李提取处,丹尼丝看了一会儿头顶上的显示屏。然后我们穿过整个大厅,发现我的行李箱正孤零零地站在一条停止运行的传送带旁边。我拉出把手,斜过箱子让滚轮着力,跟在丹尼丝后面一路走回电梯,随后左转进入申报通道。一名男性关务员正在那里等我们,在我把行李箱拎到金属探测桌上的同时,他迅速戴上了一副紫色橡胶手套。

是你自己打包的吗?

是。

有人帮忙了吗?

没有。

你清楚包里都有什么东西吗?

清楚。

他埋头在我的袜子和内衣里东翻西找时,丹尼丝拙劣地装出一副随便聊聊的样子,继续她的提问。

话说,这个季节伊拉克的气温一般会是多少?

这个嘛,要看你住在哪里,当然。苏莱曼尼亚应该很温和,大概华氏五十度。

那是多少摄氏度?丹尼丝跟那位关务员说。十度?十二度?

这可问住我了。

那,你上次见你哥哥是什么时候?她又翻开了我的伊拉克护照。

2005 年 1 月。

在伊拉克?

对。

他也是经济学家吗?

不,他是医生。

关务员举起一个粉黄两色彩纸包装的礼品盒。

这里边是什么?

算盘。

算数的算盘?

没错。

为什么要带一个算盘?

这是一份礼物,给我侄女的。

你侄女多大了? 丹尼丝问。

三岁。

你觉得她会喜欢一个算盘? 关务员问。

我耸耸肩。关务员和丹尼丝看着我的脸沉思了一会儿,然后办事员开始剥开一条胶带。胶带底下的纸很薄,被胶带粘走了一点颜色,留下一道白色的伤口。从开口的一面往里看过之后,关务员轻轻晃了一下盒子,我们都可以听见木质珠子在细细的金属杆上来回滑动时噼里啪啦的碰撞声。一个算盘,关务员狐疑地重复了一遍,才徒劳地试图把它包回去。

丹尼丝带我回到电梯,沿着狭窄的走廊进入一个房间,指了指桌子旁边的一把椅子。她坐在桌子的另一边,不住地轻点手里的鼠标。过了几秒钟,我问她如果需要很久的话,我能不能先打个电话。

给布伦特先生？

对。

我们已经给他打过了。

终于，丹尼丝找到了她要的东西，站起来穿过房间，又开始点击另一只连在另一台电脑上的鼠标。这台的显示器看起来比上一台要新一些，配有一大堆繁复的外接辅助设备，包括一只发光的玻璃片和一台看上去像小小独眼巨人的摄像头。先是拍下我最不露声色的表情，接着录入我的指纹，都是数字化的。为了得到一组勉强能用的完整指纹，丹尼丝只得用她的拇指和食指压住我的每一根手指，把指尖按在发光的玻璃片上捻动至少两次，有时甚至要三次，还有一根拇指按了四次才录上。我并不觉得丹尼丝吸引我。她摆弄我手指的方式也没有任何挑逗的意思，因此，发现久久的身体接触略微激起了我的性欲时，我非常意外。我们正在精诚合作，为了哄好她那台难以取悦的电脑并肩作战，一起对付那些红色的 X 和傲慢的哔，这些都让我觉得我们只是在表演边境检查，丹尼丝的母亲随时有可能打电话来喊她回家吃饭，那我就自由了。

然而，指纹采集完毕后，我们又晋入了下一

关，第二个房间里有一个小方桌和三把金属椅子。有一面墙的上半部分由昏暗的玻璃组成，上面映出的我更像是一道剪影而非镜像。玻璃下面水平地拉了一条长长的红色塑料或橡胶带子，就像巴士上那种按下去司机就会停车的胶带。玻璃上贴了一条警示语：请勿倚靠红色带子，以免触发警报。

丹尼丝和我面对面坐着，中间的桌子上放着我的两本护照和她那鼓鼓的马尼拉文件袋。然后丹尼丝又重新调整了一下布局，拖着她的椅子转了一下，于是我们就坐到了一个直角的两边上。她坐得笔直，打开文件袋，取出一小叠纸，把它们竖起来蹾齐。然后她向我说明，接下来她会提一系列问题，并把我的回答记录下来，也会给我核查一遍的机会。如果我对她的记录没有异议，就在每一页纸的最下面签名，以示同意。我想不出整个流程能有什么更公平的操作方式，然而，听着她的说明，我还是变得很沮丧，就像是你同意加入一局三子棋，而对方总是比你先走一步时会有的那种沮丧。

在接下来的二十分钟里，丹尼丝和我几乎一字不差地把将近三个小时前的对话重复了一遍，那时我刚抵达这座金属迷宫的尽头。当然，这次复述花的时间更长，因为丹尼丝还得把所有的内容都记在她的线圈笔记本上，用一种女学生似的字迹，然后，每写满一页纸，她就把纸转向我，等着我读完并签字。自然，回答一些早就回答过的问题感觉就像是在浪费时间——但很快，我就为自己的不耐烦感到后悔了，因为等到我们终于迈出新的一步，我却发现自己来到了一个更为险恶的领域。

你被逮捕过吗？

没有。

你出生时的名字就是阿马尔·阿拉-贾法里吗？

是的。

你用过别的名字吗？

没有。

从来没有？

从来没有。

你从来没有对一名执法人员说过你叫另外一个名字，而不是阿马尔·阿拉-贾法里吗？

没有。

丹尼丝专注地看了我好一会儿，才写下这最

后一个没有。

能不能详细说说1998年你在英国都做了些什么?

我刚大学毕业,正在汤因比生命伦理委员会进行为期一年的实习。周末还在一家医院做志愿者。

在此期间你住在哪里?

塔维斯托克广场39号。我不记得门牌号了。

你是怎么找到这个住处的?

那是我阿姨的公寓。

现在还是吗?

不是了。

为什么?

她去世了。

抱歉。死因是?

癌症。

钢笔在空中顿住了。

胰腺癌,我说。

然后这是你十年来第一次回伦敦?来见几个朋友?

和阿拉斯泰尔·布伦特见上一面,是的。

就待两天?

我看了看我的手表。是的。

我只是在想……这么大老远地过来，只待上四十八个小时。连四十八都不到。

这个嘛，就像我之前说的，我周日要飞伊斯坦布尔。这是我能找到的最便宜的机票。

你和布伦特先生的关系是？

我们是朋友。

你有女朋友吗？或者伴侣？

没有。

没有伴侣？

目前没有。

也没有工作？

没有。

丹尼丝伤感地冲我笑笑。唉，我猜这会儿也太不好找，是吧？

一时间我还以为她指的是女朋友。噢，我满不在乎地说，总会有的。

等到她把所有的问题都问完，我们的笔迹已经写满了将近十三页纸。好啦，丹尼丝轻快地说着，站起身来，把有点掉裆的裤子提回原位。接下来我会带你去我们的拘留室，给你做个一般性的询问。

然后呢?

然后我会和入境检查部门的主管讨论你的案子。

什么时候?

我也不知道。

很抱歉,我说,我知道你只是在按规定行事,但能不能请你大致告诉我一下,你们要讨论什么?究竟是有什么问题?

没有问题,我们只是需要核查一些事情。你护照的背景信息,仅此而已。正如我已经解释过的那样。只是些一般性的询问。

我看着她。

你饿不饿?

不饿。

需要去厕所吗?

不需要。但我担心我的朋友。本来要不了一个小时我就该到了城里和他见上面了。

我们已经和布伦特先生解释过了。他知道你在这里。他知道我们只是在做一般性询问。

一开始,我的心思在别的人身上。后来我去看了一场《三姊妹》,我的一个室友在里面扮演屠森巴赫中尉,马蒂扮演奥尔加,还有一个姑娘,我都想不起来她叫什么了。正如许多藤校生的演出一样,这部戏也有点用力过猛的意思,给人感觉就像是背后那个二十岁的操盘手终于可以把"赢得罗德奖学金前需要做到的事"清单上的执导一部话剧划掉了。我去看的那晚,扮演安非萨的姑娘在午餐时间吃了一片事后避孕药,第三幕开头轮到她出场时,她正在厕所里对着马桶干呕。于是,马蒂独自完成了开场的表演,一个人念了两名女演员的台词,把最关键的信息提炼成了一段引人入胜的独白,其背景是:(a)安非萨太累了,没有力气从镇上走回去。(b)在那里,一场大火正在猛烈地燃烧,奥尔加深受刺激,甚至产生了幻听,开始和不在场的人说话。他可别给烧死在火里呀!马蒂/奥尔加/安非萨哭喊道。她们在想什么……身上还一丝不挂![打开衣橱,把衣服丢到地板上。]把这件灰衣裳拿去,安非萨……还有这件……这件短衫也拿去……你说得对,没错,奶妈,你一个人怎么也不可能把所有这些都抱动!……我得把费拉彭特叫来才是。颐指气使的娜达莎出场时,马蒂正蜷缩在沙发上,头上裹着一条蕾丝桌巾,谵妄般颤抖着。唔,安非萨?娜达莎试探性地问道。你在……?头巾之下,马蒂扭动着,向娜达莎投去颇具暗示性的一瞥。安非萨!娜达莎终于反应了过来,喊道,我不许你在我面前坐着!就在这时,马蒂站了起来,一把扯下头上即兴发挥的围巾,然后——又变成了奥尔加——用谴责的目光盯着她的搭档说,原谅我,娜达莎,刚才你对奶妈可太粗暴了![1]

怎么说呢,我觉得这是我见过的最好的表演之一。若不是身后传来了那些守旧派人士义愤填膺的窃窃私语,我完全不会觉得有哪里不对。那

---

[1] 台词参考自焦菊隐译《万尼亚舅舅·三姊妹·樱桃园》,上海译文出版社 2017 年版,有改动。

天晚上,屠森巴赫中尉回到寝室时,脖子上还有些南瓜色的残妆,我才得知马达莱娜·蒙蒂已经从本学期的主要角色中挑好了一个,并且和那些要去洛杉矶或者纽约读研究生的学长学姐们混得很熟了。自那之后,就像你学会一个词以后它便无所不在一样,我开始一周数次地在路上或附近碰见她:在餐厅看书时,在语音室外面抽烟时,在图书馆里伸长腿打出一个无声的呵欠时。有些女孩确实是美的,只是这种美全然规避了漂亮,我觉得她的美便是如此。一种变幻莫测的美,转眼就会被她那讥讽的嘴角,或者如卡通反派般夸张挑起的眉毛破坏。同样的一副眉眼,俨然一个摄人心魄的奥尔加、索尼娅或者麦克白夫人,没一会儿,就又摆成了叶列娜或莎乐美那般浑然闪耀的模样。一开始,我有些警惕这种反复无常的情绪反映。我曾怀疑这是她有意为之,是精心策划的引诱和操纵,或者更糟,马蒂对这种行为的目的和后果几乎毫无自觉。但一段时间之后,我慢慢发现,事实上,比起其他任何人,马蒂本人才是这种反复无常的性情最大的受害者。此外,这或许正是她会被我吸引的原因:我就像是对她最不喜欢的那部分自己的中和。而且,对于这种心态的起因和影响，不同于我原以为的懵懂无知，恰恰相反，她对自己的自发自觉供认不讳。我们每周五都一起吃午饭，吃了一个月后，我问她为什么不和室友们一起玩。噢，我和女人处不来，马蒂的回答很直接。她们让我觉得自己无足轻重。

大一那年圣诞假期的前夜，她来到我的寝室，咬着拇指查看挂在我柜门背面的日历。她怀孕了——一个古典文学院研究生的，虽然我根本不知道他的名字，也不清楚他们怎么就上了床——校卫生中心的人通知她，怀孕至少五周以后才可以终止妊娠。12月30号，马蒂得出结论，如果她一天都不想多等的话。1994年的12月30号那天正好是登霄节，当时我已经在湾脊区的家里，穿戴整齐，准备去清真寺了。这时马蒂从奥尔巴尼郊外的母亲家打来电话，坦白说她根本办不到。她急急地解释道，完全不是因为什么迟来的良心不安。她瞒着母亲，开车去了市里的计划生育中心，登记，用现金预付了手术费，换上一次性罩衣，提交必要的血样和尿样，躺下做超声波检查，然后坐在一个房间里等，除了她还有五六个女人。电视机开着，不管她们之前在看什么，这会儿都被一条插播的新闻打断了，刚刚在马萨诸塞，一个男人手持来福枪，闯入布鲁克林的计划生育中心，射杀了那里的接待员。然后沿路去了一家早产诊所，射杀了那里的接待员。布鲁克林在哪儿？坐在马蒂旁边的女孩问。远着呢，马蒂安慰她，没什么好担心的。但接着，诊所的电话响了起来，来了两个警察，叫等待室里的女人们都换上衣服回家。

现在我都不知道自己还回不回得去。

马蒂，你想要孩子吗？

不想。

你想不想生下来，然后交给别人领养？

不想。

我没说话。

我知道我还是得去，她说。我只是不想一个人去。

那天晚上在清真寺，我跪在父亲身边，心里想着陪一个怀着别人孩子的女孩去堕胎是什么感觉。在场也有小孩，比平时多得多，看着他们睁大眼睛专注地聆听默罕默德和天使加百列升天的故事，我感觉既荣幸又悖谬。之后，在停车场里，父母把我介绍给了某个黎巴嫩朋友的女儿，一个漂亮姑娘，有着一头柔亮的长发，智慧的眼睛周围娴熟地描着一圈黑色眼线。她刚从普林斯顿回来，是进化生物学专业的大三学生，我提议说返校前可以找个下午一起喝个咖啡。然而我并没有给她打电话。

下一周的某一天，马蒂穿着一条裙子敲响了我的门。

我是不是也该收拾一下？我问。

噢，马蒂平静地说。不用。我只是觉得收拾好看点会让我感觉好一点。

之后我们几乎没怎么说话。天冷得就像是在极力谴责我们将赴的使命，所以开到一家气氛很欢乐的咖啡店时，我提议停下来喝点热饮。马蒂拒绝了，理由是她得空腹，于是我进去给自己买了一杯，就继续赶路了。诊所的样子跟我想象中完全不一样。我模模糊糊地以为会是一座，呃，更像病房的，比如说某个焦渣空心砖砌成的当代建筑，然而，马蒂要做手术的这个地方是一座有着三层砖房的庄园，其人字屋顶、复式烟囱和铺满整个院子的草坪组合在一起，看起来更像是一座维多利亚时代的精神病院。他们不许我把热巧克力带进屋，所以她是一个人进去登记的。我站在门口，看着她走到前台那里，拉起兜帽，手插在口袋里,就像是一个问路的爱斯基摩人。接待员的电脑旁边立着一棵迷你铝箔圣诞树,上面缠着小彩灯,先是快闪,然后慢闪,然后四倍速,像是迪斯科频闪灯,然后灭掉了,在一段长长的、令人屏息的间歇后,又开始了新的一轮。

我为什么会在这里?我今年十八岁。只和两个女孩发生过性关系,每人只有一次,每次都有认真戴安全套,标准得简直像是在拍一部性教育片。或许正是因为这个,我对马蒂沦落至此略有微词——但当然啦,安全套戴得多么一丝不苟,也不能保证它一直固定且/或完好。不管怎样,与我无关。你可以绕着我和我的性道德画一个圈,再绕着马蒂和她的画一个,二者本不必有什么相交。这个胚胎里没我的份儿。我也没有叫她来做这个。之后,马蒂会待在她的房间,而我在我的房间里,就着一桶泡面赶完剩下的阅读材料,我出让了几个小时的时间,但也仅此而已了。

不过,要是我们的圆圈真的相交,我还会这么介意吗?

忽然之间,我的性道德,不管它是怎样的,都变得如此老旧,如此抽象。我把剩下的饮料扔掉,走进去跟接待员说,我是陪马达莱娜·蒙蒂来的，她大概还需要多久？接待员说，里面已经安静了，马蒂本来不用等太久的，但麻醉师有点忙不过来，所以估计至少要三个小时。我在等待室里坐下，拿起一本《纽约客》的过刊。一只看不见的扬声器正在轻柔地播放"Ob-La-Di,Ob-La-Da"[1]。房间里除了我就只有一个打毛衣的女人，而且居然是一件婴儿毛衣。盯着她手中如击剑般轻轻挥舞的棒针看了一会儿，我开始随意翻看手中的杂志，直到被一则广告吸引了注意力：来自佛罗里达州印度河郡！最美味的红宝石葡萄柚！果木成熟——汁水饱满——口味甘甜——无需加糖——包您满意！

前台的电话响了。

……不，不是这里……没事……这些都不重要，亲爱的。没关系的，你可以过来……四点到七点都可以，这要看你离这儿有多远……过来做份化验，然后做个超声波检查……你住这附近吗？好的，问问他，为什么不一起过来呢，我们可以给你安排一个时间……全都是保密的，亲爱……不……不开……周一到周六都可以……你对他的

---

[1] 甲壳虫乐队1968年发行的一首歌，创作者为保罗·麦卡特尼，标题为约鲁巴语，意为"生活还在继续"。

日程了解吗？可以现在预约吗？……好吧。但你可不要……不要……嗯哼。你知道的，不要……如果我是你，亲，不要带他进来。别管这个了，还有……不用打回来。六点半之前直接过来就行，好吗……我叫米歇尔……好吗？……好的……好的……拜拜。

过了很久，马蒂出来了，手里拿着外套，整个人像是小了一圈，虽然我想不明白怎么会这样。

我要饿死了，她说。

回西利曼的路上，我们在咖啡店买了甜甜圈，到了我的房间后，马蒂问我有什么喝的。我在壁炉架上找到一瓶蜜多丽，是我室友的，他要下周才回来。马蒂倒了半杯祖母绿色的糖水，喝完做了个鬼脸。这是什么味儿的？她问。我看了看瓶子。甜瓜，我说。蜜瓜吧，我猜。

她脱下靴子，躺在我的床上。我放上一张CD，坐在椅子上翻我的春季课程目录。是张切特·贝克，前三首曲子非常舒缓低沉，实在是让人心情低落，我正想起身换一张时，正好放到了整张专辑里在我看来唯一一首欢快的歌，免了我这番折腾：

哥伦布说世界是圆的，他们都笑了。

爱迪生把声音录下来，他们都笑了。

莱特兄弟说人可以飞，他们都笑了。

他们告诉马可尼，无线电是场骗局；还是那些话！

他们都笑我，想和你在一起，说我是想上天摘月亮。

可是，噢——你来了；现在他们不得不改口！

他们说我们不可能幸福；他们笑我们，那又怎么样。

可是，哈哈哈，现在是谁笑到了最后？[1]

我以为马蒂睡着了，但是当间奏的喇叭声响起时，她闭着眼睛开始说话。

你知道鲍勃·蒙克豪斯吗？

不知道。鲍勃·蒙克豪斯是谁？

一个我父亲很喜欢的英国喜剧演员。应该还活着吧，我猜。他讲过这么一个笑话：小时候，我跟所有人说我长大以后想成为一名喜剧演员，

---

[1] 《他们都笑了》（"They All Laughed"），由乔治·格什温与艾拉·格什温创作，切特·贝克演唱时略有改动。

然后他们都笑了。可是现在,他们听到以后不会再笑了。

两年后,当马蒂跟我说她也想成为一名医生时,我笑了,以芭蕾舞女导师告诉一个侏儒她永远也成不了首席舞者时的全部傲慢。但二十四个小时后,马蒂已经坐在了她的学业指导老师对面,商量怎么把专业从戏剧研究转到人类学,以及如何申请各个医学院的学士后转专业衔接课程了,其中大部分学校也在我的申请名单上。我对此表现出极度的愤慨。照我看,我说,下个月你就又想当宇航员了。或者是温网冠军。或者去纽约爱乐乐团演奏单簧管。不会,马蒂平静地说。我想成为一名医生。我想成为一名医生是因为我最近一直在读威廉·卡洛斯·威廉斯,我决心把他当成人生的榜样。哦,我明白了,我轻蔑地说,尽管我一个字都没读过威廉·卡洛斯·威廉斯。所以你还想成为一个沽名钓誉的诗人。冒着瓢泼大雨,马蒂离开了我的房间,之后我们有三天没说话。在被迫反思的这段时间里,我得出一个结论:我的女朋友会成为一个非常糟糕的医生。我倒不是怀疑她的智商。也不是发现她晕血或者晕痛。

而是她这个人！她在这个世界上闹闹哄哄、大大咧咧的存在方式——从不守时；羊毛衫反穿；阿马尔我的眼镜／身份证在哪里；有谁看见我的钥匙了吗。最好的时候，这种混乱也只是勉强还可以忍受。但到了舞台上，马蒂就完全成了另外一个人。表演安置了她，把她梳理得井井有条。就像是一条分了车道的高速公路，调节着她的速度，大大防止了她的情绪撞车。她很擅长表演，但同时，这便是所谓的相得益彰，表演对她也有好处。让她变得更容易理解了，让我们变得更容易理解了。马蒂是个艺术家，而我则是一个经验主义者。我们俩拼在一起，就几无重叠地覆盖了一片相当可观的人文学科领域。反正我是这么认为的。因此在我看来，她想成为别的什么，不管那是什么，都是一种我行我素甚至有点不识好歹的突发奇想，尤其是她想成为的东西如此平凡，如此枯燥。一个医生！马蒂！如果你真是这么想的，那简直和一名想要成为侏儒的首席芭蕾舞者没什么两样。

毫无疑问，我之所以会有这种感觉，有一部分原因是我不想成为医生。或许马蒂看穿了这一点，或许她甚至在为她可怜的男朋友和他压抑的处境感到难过，因为她沉默地宽恕了我的无理取闹,自顾自地重新校准她的人生轨道,毫不在意我一路上朝她投去的那些嘲讽的目光。与此同时,八所还在考虑要不要通过我的申请的医学院里,最后只有一个通过了。说来也怪,这家明明是我最想去的那个,但拆开那封看着很薄的信以后,我还是躺在床上,盯着天花板看了足足一个半小时。然后我朝就业服务中心走去,那感觉就类似于一个男人偷偷溜去脱衣舞俱乐部,虽然家里就有个只穿着内衣的漂亮妻子正等着他。收在标着研究奖学金的活页夹里的申请文件大多已经过了截止日期,把我的选择范围缩小到了两份:西雅图的一家癌症实验室,助理职位;伦敦某个生命伦理学智库,出版协调员职位。后者说是为期九个月,报销机票,每周有一百英镑的津贴。我提交了申请。三个星期以后,一位名字实在令人难忘的科林·结球甘蓝先生打来电话说,如果我依然对这个职位感兴趣,那它就是我的了。他的声音急切却又讳莫如深,让我觉得自己其实是被人从只有我一个人的候选池里选中的。

1998年的那个夏天,我和马蒂一起住在晨边高地。我们转租到了一个位于百老汇大道的开间,整整八个星期除了自己想做的事几乎什么都不干,也就是说，喝很多杯咖啡，吃很多华夫饼，绕着水库或者沿着滨江公园来来回回地散步，躺在浴缸里从头到尾地看完好多本杂志。我从未感觉到如此自由，如此不受责任的束缚。此外，一起散漫度日还有种搞地下工作般的刺激，因为马蒂没有告诉她父母我们同居的事，我也没有对我父母完全坦诚。现在想想这样很傻，但我们当时就是觉得不能告诉他们，于是就只能像孩子那样行事，尽管我们一贯最恨的就是被当作孩子来对待。想象一下，我父母要是知道我在和一个就要去纽约念医学院的天主教背教女孩谈恋爱，没准儿还会感到欣慰，这也不是不可能的事，一个穆斯林女孩当然更好，但和马蒂在一起，我至少一时半会儿不太可能像他们仅有的另一个孩子那样跑到世界的另一端去。至于马蒂的母亲，出于宗教原因而反对的可能性或许还不如因为我的名字不够白人来得高。尽管如此，我们还是依然坚持偷摸的勾当。我父母来的时候，马蒂的东西就被收进橱柜。她母亲和继父从劳登维尔坐火车过来的时候，马蒂在一个高中老同学位于纽约北部的公寓里招待了他们。信箱上留的还是房东的名字，答录机里用的还是他的声音，无论何时听到座机响都坚定不移地无视它。直到那年的劳动节，我才买了人生中第一部手机，鞋子一样大的摩托罗拉，必须伸到窗外才能接到信号，如果有的话。

我们和那位老同学吃过一次饭。马蒂邀请她来吃披萨喝红酒，谈话有一搭没一搭地进行到了某个节点，于是我们的客人自然而然地问出了我同不同意宗教会扼杀智识上的好奇心这个问题。恰恰相反，我说，我认为求知是一种宗教义务。毕竟《古兰经》中降示的第一个词便是：读！而第三行便是：读，因为你的主曾教人用笔写字，曾教人知道自己所不知道的东西。[1] 然而，我们的客人以一种非比寻常的自信坚持道，宗教允许你问各种各样的问题，但始终不能触及"恰恰是因为"，你必须得有宗教信仰。好吧，我说，你对宗教的困惑基本上也是所有无信仰人士对宗教的困惑：它提供给我们的都是不可还原的答案。但有些问题就是根本没办法简单地用经验来证实的。你倒是说说，这种问题怎么用经验证实：你应不应该让火车脱轨，害死车上的全部三百名乘客，如果这样可以拯救一个被绑在铁轨上的人？再比

---

[1] 经文参考自马坚译《古兰经》第96章，有改动。

如：一个东西，究竟是因为我看到了它所以它是真的，还是因为它是真的所以我才能看到它？信仰的全部意义就在于，这些不可还原的答案不会困扰有信仰的人。有信仰的人知道自己有足够的力量真诚地给出不可还原的回答，也知道做出这样的回答有多么艰难，这让他们感到宽慰，甚至骄傲。我们每个人——包括无信仰人士——每天都要靠不可还原的答案活着。宗教真正所做的一切，不过是诚实地面对这一点，给这种依赖冠以特定的名字：信仰。

鉴于我有点上头，而且是即兴发挥，这通演讲并非毫无瑕疵，但我依然很高兴这个话题被提了出来，因为对我来说，类似的对话隐约浮现在我和马蒂间已经有阵子了。然而，整个晚餐过程中，马蒂都格外安静，第二天也没再提起这个话题。直到马蒂开始修她的医学转专业衔接课程，我出国，都完全没有再提起。所有那些散步的途中。所有那些在床上厮磨的时光。有时候我忍不住想，我们向别人隐瞒自己的恋人，会不会是因为这让向我们自己隐瞒自己变得更容易了。

生命伦理委员会坐落在布卢姆斯伯里区的贝

德福德广场上,一栋乔治王时代风格的联排别墅的地下室外,那是一座漂亮的椭圆形花园,一到晚上全是美沙酮瘾君子,丢得满地的废针管是我每天上班路上的固定栏目。我阿姨的公寓是个住着很舒服的地方,位于某个华丽的战前高级公寓区,有四个保养得很好的房间,但我每天待在那里的时间并不长。通常,我会泡个澡(因为没有淋浴),在路尽头的咖啡店买咖啡和糕点,在生命伦理委员会待上八个小时,然后去酒吧看书,或者去雷诺阿厅[1]看电影,然后躺在床上给马蒂打电话。周末的时候,我会跑步。不是去各种公园里,那些修剪整齐的草坪和构图精美的花床太不真实了。沿着摄政公园的内圆环你根本跑不起来。避开购物和闲逛的人们,我一路沿着南安普敦大道跑上国王大道,右拐经由奥德维奇来到河岸街,然后和双层巴士的影子你追我赶地跑过滑铁卢桥,三步并作两步跳下南岸的台阶,迎向那些轮渡和驳船,和它们一起毅然决然地掠过水面。我在高中时就发现自己很喜欢跑步,但不是沿着跑道,而是在海滨公园里沿着我自己的路线跑,在那里,

---

[1] 这里指的是著名艺术院线 Curzon Cinemas 位于布卢姆斯伯里的影院,其中雷诺阿厅是影院中最大的厅。

疯 狂

清晨时可以看到缥缈的曼哈顿下城亭亭矗立,宛如奥兹国的翡翠城。我想更准确的说法应该是,比起跑步,我更喜欢跑步带给我的感觉。当然,其中确实有直接的愉悦,也就是独处,以及一个人在运动时对自我的感知,即便我并不确定这种运动的方向何在。如果有人告诉我,二十二岁时我会住在伦敦,为自己谋得了一份体面的实习职位,以及一个医学院的录取名额,还有一个认真交往的女朋友留在纽约,我会觉得那是一份令人艳羡的出色成就。然而,我发现布卢姆斯伯里极度阴郁。跑步的时候,看着脚下冷冰冰的路面不断向后奔涌,感觉整个人都被我在自己和家之间生生拉开的千里之遥淹没了。虽然我很喜欢这份工作的内容——每个工作日,我都在编辑关于异种移植、干细胞疗法和转基因农作物的通讯文章——但这里工作人员的平均年龄要比我大上至少十五岁,而且,在大学强制而高效的灌输之后,现在这个新的学习曲线过于平缓了,论启发乏善可陈,论速度慢得难熬。比起出色或是令人艳羡,我在伦敦的感觉更像是在下台阶走到底后又多下了一级:被意料之外的高台和硬生生踩出的闷响突然叫停了。

申请做当地儿童医院志愿者需要填写的《你准备好了吗?》问卷,给许多我长期以来都确信无疑的自我认知都打上了问号:

> 你在情感上足够成熟吗,能够应对复杂情况并且体贴他人吗?
> 你是一个优秀的倾听者吗?
> 你是一个值得信赖、积极性高、适应性强并且头脑灵活的人吗?
> 你能接受指导并在压力下保持镇定吗?
> 你能和患者、家属和工作人员进行良好的沟通吗?

这张纸上还附有一个机会均等表格,以确认我的性别、婚姻状况、种族、教育背景,以及伤残状况,如果有的话。上面还有一系列需要勾选的方框,问我觉得自己属不属于低收入、无家可归、有犯罪前科、寻求避难/庇护、单亲家长及/或其他人群。我忍不住想,如果不知道这些问题的答案,一个人或许更容易做到平均分配机会。当然,我还是填了,而且只在低收入那里耽搁了一下,因为生命伦理委员会给我的津贴显然很符合这项描述,但不知为何我知道它指的不是这个。

为了面试,我还理了个头发,买了条领带。一个女人不耐烦地告知我,警方对我的背景调查最长需要八周,她身后的墙纸上,有只长颈鹿一直在探着头看我。但实际上,他们只用了五周,我的入职仪式安排在了周六,那天正好是万圣节。我称之为入职仪式是因为电话里那个不耐烦的女人就是这么说的,但我刚在大厅跟她接上头就被带去了一楼的游戏室,路上她说自己得去内分泌病房处理一个紧急状况,接下来的一整天我们就再也没碰过面。

她交代我自己看着找点活儿干,说完就离开了,我站在原地,周围全是一群装扮成猫、小丑、公主,还有大黄蜂、瓢虫、海盗和超级英雄,啊对,还有警察的小孩子,脑子里闪过的第一个念头便是,我等了整整五个星期才通过警方的核查,难道就是为了站进这样一个房间里吗,这未免也太可笑了点吧。第二个念头是,我这辈子从未觉得如此格格不入。灯光显得异常明亮。孩子们的笑声、尖叫,还有喵喵的叫声混在一起,要比生命伦理委员会的声音高上好几个分贝,更不用说我阿姨那个死一般寂静的公寓了。其他志愿者——

我们都穿着向日葵黄的T恤,背后横印着蓝色的让我来帮你——要么坐在小椅子上,膝盖像蚂蚱一样高高拱起,要么是保持着一种对于没练过瑜伽的成年人来说最不舒服的姿势:盘腿坐在地板上。我吃力地矮下身子,感受着关节炎早期的膝盖的抗议,坐在了一个白雪公主旁边,她正专心致志地把闪闪发亮的通心粉粘到一个纸板做的面具上。这是什么?我问道,嗓子发紧,音调也比平日要高。面具,女孩头也不抬地说道。看着她忙活了一会儿,我的注意力转向了一个小小海盗,他的眼罩拉高到前额上,正忙着堆积木。这次我什么话也没有跟他说。这些孩子不需要我。那句让我来帮你更像是我自己的扮装。事实上,待了快一下午以后,我开始觉得我才是那个被帮助的人,尤其是看到他们不厌其烦地演示存在可以有多么简单,多么无我:把一块积木放在另一块上面。再放一块。再放一块。全部推倒。再来一遍。

那天我什么活儿都没干。离我的班次结束大概还有一个小时,门口来了一个身穿罩袍的女人,手里牵着一个小女孩。女孩大概七八岁的样子,除了有点偏瘦,看起来还蛮健康的。有人在她的脸上画了六根长胡子,但除了这个她就没做别的化装了——就穿了一件紫色的长袖 T 恤，一条牛仔裤，裤脚悬在那双白色的褶边袜子上面一英寸不止。这时，我正靠坐在一堵墙边，两条腿摊在前面，两位公主（或者芭蕾舞演员——这谁说得准）正在我的脚踝边摆布一堆毛绒玩具，假装那是小人国，又不断地打乱重排。那个女人站在门口观望了好一会儿，才指指我们的方向，领着小女孩走了过来。哈娜，她说着，捡起一只青蛙手偶。给你。女孩接过青蛙，把一只手插进去，坐到了地板上。她有张夺目的脸，光洁柔和，又有点男孩子气，睫毛长长的，乌黑亮泽的短发整整齐齐地别在耳后。那几根胡须看起来就像是某种她本不必遭受的羞辱。她把青蛙抱在大腿上，肚皮朝天，还心不在焉地用它的鼻子挠了挠自己的肩膀。同时，那两个公主／芭蕾舞演员还在为毛绒玩具大会做准备。包括许多尖锐的拟音口技，以及在我的双腿间跳过来跳过去，脚下颤悠悠的，动作一点也不芭蕾，每跳一下，裙子上的粉色网纱就会随之沙沙地颤。我猜她们大概是没注意到新来了一个女孩——直到其中一个主动捡起一只兔子，拧着那双粉嘟嘟的小胖腿突兀地转过身子，把它递给那个女孩。

要这个吗？

新来的女孩摇摇头。

这个呢？另一位公主举起一只猫头鹰。

新来的女孩又摇摇头。然后她把手从青蛙里抽出来，指了指这座小动物园的深处，然后说了一个词，声音轻到我们所有人都没有听清。

像是 son（儿子），或者是 sun（太阳）。

是 hsan，我脱口说道，马。

女孩点了点头，转过头惊讶地看向我。其他女孩中的一个把马扔给她。新来的女孩撇下青蛙，拿起那只马，微红着脸，开始用手指梳理它的鬃毛。我伸手捡起她背后的青蛙手偶，把手指伸进去弯动。我要是匹马该多好呀，我操纵着青蛙说，用阿拉伯语。女孩笑了。

当扮装被脱下，你能更清楚地看到疾病造下的孽。你能看见它的症状，或者更确切地说，看到其中不可见的部分，忍不住去猜这可怜的孩子有多大概率活下去。一条绑着石膏的腿或胳膊不是什么大问题。通常也就是在操场上受的伤，要不了两个月就会消失，化为一则家族传说。覆盖了半张脸的鲜红斑痣看上去要更过分——然而在时间和激光的作用下，它也终将被抹去。更难以直视的是结构性的变形，比如 Microtia（先天性小耳畸形），小耳朵的拉丁语，或者 Ollier（多发性内生软骨瘤），软骨过度增生，手上会结瘤、变形，如同一块生姜。我在生命伦理委员会的地下室里读到过这些，还有其他各种各样的病症，那个塞满医学词典的书架已经成了我最可靠的午餐伴侣。具体是哪种疾病并不总是那么容易断定。医院里的医生不会轻易分享他们的结论，而作为一个区区的陪玩志愿者，我一般也不觉得自己有资格去问。因此我继续描述自己的亲眼所见：肿大的关节。疲软的双腿。全身性颤抖。这些看到就能理解个大概。而另外那些，白血病，脑瘤，哪怕已经有橘子那么大：都隐秘得可怕。这不是一个合乎情理的理论。甚至都算不上理论。有哪个理论会有这么不加掩饰的例外？毋庸置疑，疾病的可见性和严重性之间并没有必然的联系，但那些无形的疾病却有种特殊的力量。或许是因为它们看起来太具欺骗性。太狡猾。有胎记或许也是不幸的，但至少它不会偷偷摸摸地缠上你。所以每当看到一个新的孩子从大厅走过来，我都情不自禁地希望能找到一个迹象：某种意味着可以忍受，甚至可以治愈的东西，就像开胶的鞋底，只需挤点胶水就可以重新粘到鞋子上。拜托，不要由内而外地攻击她。拜托，不要让那些无形的东西找上她。

本来，我做这些主要是出于职业上的考虑，想要大致感受下医院的环境，同时练习对待病患的正确态度，但事实上，我发现这份工作太过消耗人的情感了，以至于唯一得到练习的似乎只有我对来杯啤酒的渴望。一个周六，快交班的时候，一个名叫拉克伦的志愿者同事问我要不要跟他还有几个朋友一起去街角的酒吧喝一杯。阿拉斯泰尔也在那里，另外还有两三个人，急欲向我介绍新工党的真正意义所在、酷不列颠[1]的空洞浅薄，还有阳斯苦啤酒容易引发胃胀气的特性。那天晚上，或者后来的某个晚上，我们还谈到了阿富汗，更确切地说，是几个月前克林顿对阿富汗的导弹袭击，当时桌上的主流观点是，这只是一个再方便不过的工具，用来转移大家对他那所谓的国内问题的注意。我对此表示怀疑——毕竟，达累斯萨拉姆和内罗毕的美国大使馆同时遭到袭击又不

---

[1] Cool Britannia，媒体用来形容二十世纪九十年代英国文化繁荣发展的用词，进入二十一世纪后，这个说法已经很少被使用了。

是克林顿安排的——说这话的时候,我一直在留心阿拉斯泰尔的反应,因为这时我已经发现他是一个敏锐又有想法的人了,所以特别急于确认自己的想法跟他的没太大出入。但阿拉斯泰尔很少参与这类谈话。他坐在角落里,头顶上有一块放棋盘的搁板,半边脸隐没在它投下的阴影里,他眼神迷离地看着房间的另一头,仿佛在搜寻着什么,像极了一个被人派去苦等什么东西的人。灯光从上方打下来,让他另外半边脸看上去比实际年龄更加枯槁憔悴,要不是认识他——要是我一个人坐在这儿,隔着一段距离,看着他一杯接一杯地灌自己——我大概会把他当成一个风光不再的人物,也可能从未风光过,但无论如何,都是一个流落街头的酒鬼罢了。相应地,开头几个晚上,阿拉斯泰尔也很有可能觉得我就是个没意思的新来的。我当然是个没意思的新来的,阿拉斯泰尔或许也确实是个酒鬼,但他并没有流落街头。至少目前还没有。

有天晚上,我问他是哪里人。

伯恩茅斯,他回答说,然后起身上厕所去了。

另一天晚上,帮我们擦桌子的女孩问我是哪里人。

布鲁克林。

但他的父母是在巴格达长大的,拉克伦说。

阿拉斯泰尔往前靠了靠,饶有兴致地看着我。巴格达哪儿?

卡拉达。

他们什么时候离开的?

1976年。

穆斯林?

我点点头。

逊尼派还是什叶派?

为免夹在中间被密集的问答洞穿,拉克伦站起来把位子让给了我。但挪过去没多久,我就发现阿拉斯泰尔对当前伊拉克形势的了解显然要比我多得多。我已经十年没回去过了,也记不起我们家族属于什叶派的哪个分支了;此外,当我承认自己从没喝过羊头汤时,他那种难以置信的眼神,就像是在看着一个声称自己从未吃过火腿的帕尔玛人。尽管如此,有种伙伴情谊还是萌芽了,很快,在其他人继续谈论板球或者女招待的屁股时,阿拉斯泰尔向我讲述了他做过的各式各样的工作,除了在巴格达,还有萨尔瓦多、卢旺达、波斯尼亚,以及贝鲁特——当他在那里忙着躲避黎巴嫩真主党的追杀，或是在老乐可摩德酒店抽印度大麻时，十几岁的我还在湾脊区按字母表的顺序整理棒球卡，以及参加各项SAT预考。这类故事令我着迷不已，甚至有点嫉妒。当然，我并不是希望自己也招惹上那些准军事极端分子，但要是能说出"我躲过了他们的追杀"，那滋味一定不错。

继周六晚上的活动变成和当地人喝酒之后，周日的跑步也让位于躺在床上听一整天BBC广播四台，任由自己陷入流沙般的思绪。主要倒不是因为宿醉——尽管我的确喝多了，一天早上，在《航运预测》(Shipping Forecast)那超现实般抑扬顿挫的夸张语调中醒来时，我想了一会儿有没有对自己的大脑造成什么不可逆转的损伤，但更重要的原因是，新近这些非常英式的、洋溢着伙伴情谊的周六之夜，仿佛就是我想要奔向的所有远方，如今我再也不需要到处寻觅了。我听的第一期《荒岛唱片》(Desert Island Discs)的漂流者是约瑟夫·罗特布拉特[1]，诺贝尔和平奖得主，协助发明了原子弹，又花了大半余生试图消除它的后

---

[1] 该采访于1998年11月8日播出。

果。九十多岁高龄的他操着一口带有波兰口音的英语,用被岁月磨砺出的沙哑嗓音急切地向采访者讲述,在广岛事件之后,他发誓要在哪两个主要方向上改变自己的生活。一是将他的研究方向从核反应转移到了医疗应用上。另一个是唤起公众对科学潜在危险性的认识,倡导相关从业者对自己的所作所为负责。他选择的音乐——如果被流放到荒岛上,他会带上哪八张唱片——也与这些理想几无二致:《希伯来晚祷》("Kol Nidrei"),《昨夜我做了一个荒唐无比的梦》("Last Night I Had the Strangest Dream"),《花儿都去哪儿了?》("Where Have All the Flowers Gone?"),还有瑞典医师们在防止核战争主题音乐会上表演的《小溪汇聚成江河,江河汹涌为洪流》("A Rill Will Be A Stream, A Stream Will Be A Flood")……

瑞典医师们的声音淡出后,休·劳利说,你的目标已经不只是一个没有核武器的世界。你想要看到的是一个没有战争的世界。你相信它会实现吗,还是说你只是希望它能实现?

它必须实现。在我的生命,仅余的生命中,有两个目标。短期目标和长期目标。短期目标是消除核武器,长期目标是消除战争。我之所以认为这个问题很重要,是因为即便消除了核武器,我们也无法取消它的发明。一旦大国之间爆发严重冲突,还是可以重新被发明出来。与此同时,还是要说回科学家的责任:其他的一些科学领域,特别是基因工程,很可能会研发出一种新型大规模杀伤性武器,或许比核武器更容易获取。因此,唯一的办法是防止战争。那就再也不会有这种需求了。任何类型的战争。我们必须把战争从公认的社会制度中除名。我们必须学会不依赖军事冲突来解决争端。

你相信这真的有可能实现吗?

我相信我们正在朝这个方向迈进!在我有生之年,我看到了社会上发生的种种变化。我活过了两次世界大战。而每次,比如说法国和德国,都是你死我活的仇人。要把对方赶尽杀绝的那种。如今,这两个国家之间发生战争简直是不可想象的。其他欧盟国家之间也一样。这是一场巨大的改革。人们还没有意识到这场变化有多么重大。我们必须培养自己对和平文化的偏好,而不是我们如今生活于其中的暴力文化……用弗里德里希·冯·席勒的话来说就是:Alle Menschen warden Brüder. 所有人都是兄弟。但愿它能够实现。

在访谈即将结束，海鸥鸣啼的主题音乐尚未响起时，罗特布拉特还讲到，1939年，他受邀去利物浦研究物理，把妻子一个人留在了波兰，因为他的津贴不足以维持两个人的生活。第二年夏天时，津贴稍微涨了一点，他赶忙回华沙去接她，但托拉正因阑尾炎卧病在床，无法出行。所以他只好独自回到英国，等她一有好转就尽快过来，但就在他抵达英国两天之后，德国入侵波兰，他和妻子之间所有的联络方式都被切断了。数月之后，他才终于在红十字会的帮助下联系上了她，准备请一个在丹麦的朋友接她过来。然后德国入侵了丹麦。这次他想通过几个比利时的朋友把她转送出来，然后比利时也被入侵了。他又试了意大利，他的一个教授认识米兰的一个志愿车队，但托拉去见联络人那天，墨索里尼向英国宣战了，她在意大利边境被遣返。这是罗特布特拉最后一次听到她的消息。

那天晚上，我把这个故事复述给马蒂听，她的反应很是冷淡，不为所动。在我的坚持之下，她沉默了一会儿，然后清了清嗓子说，一旦我们知道了一个不幸故事的结局，便总是忍不住想问主人公怎么就不能表现得好点来扭转命运呢。

或者,你觉得这一切都是上帝的安排吗?过了一会儿她问道,以一种显然不欢迎肯定回答的语气。上帝的决定?上帝的意志?

要是我说是呢?

现在回想起来真是不可思议,当时我居然没有看出来我和马蒂的关系就要结束了。但我当时的想法是,尽管在得到她这个煊赫的战利品之后没多久,我对自己女朋友的感情便有所冷却,但在我看来,因为这个就分手相当于对自己不忠。令我不安的是,一年前的阿马尔和今天的阿马尔居然可以如此不同,而就在我下定决心,至少,假装没有任何事情发生变化时——假装我并非如此善变、虚荣,一旦赢得了一个女人,就马上失去了对她的渴求——我并没有充分考虑到马蒂自己也可以改变这一可能性。之后,在圣诞节前的最后一个周日,休·劳利宣布本周的漂流者是英国喜剧演员鲍勃·蒙克豪斯。我震惊地拿起电话,按了一长串号码打给马蒂,但并没有人接。

《暴风雨》开始了,我又试着给她打了一次。沃恩·门罗,《和月亮赛跑》("Racing With the Moon")。拉威尔。巴伯的《弦乐柔板》。然后是《你把影子投向大海》("You Have Cast Your

Shadow on the Sea"），表演者为蒙克豪斯及其他工作人员，这时我试了第四次，暴躁和焦虑加重了宿醉的不适，因为不知交往了三年半的女朋友为什么在东部时间周日早晨六点四十五分不接我的电话。

那你会带什么书呢？休·劳利问。

刘易斯·卡罗尔的全集吧。

如果你只能选择——

一部？

——一部刘易斯·卡罗尔？

呃，《蛇鲨之猎》（*Hunting of the Snark*）吧，我猜，应该是我最喜欢的刘易斯·卡罗尔作品了。但话说回来，没有《梦游仙境》和《镜中奇遇》里的角色我会活不下去的。这样的话——我能来一整套《爱丽丝历险记》吗？

我能理解她为什么觉得我虚伪。表面看来，小心翼翼地经营生活，如此井然有序、吹毛求疵，同时又宣称将自己的全部信念都交托给一个终极代理，这是何等的悖论。如果祂早已把你将于下周死于一场巴士车祸的命运写下，那你为什么还要戒烟呢？但神学上的宿命论和自由意志并不一定就是矛盾的。如果祂对所有的存在都拥有着绝对的权力，我们可以想象这种权力将会如何扩展祂的能力，无论何时，只要祂想，就可以把任何一种既定的命运替换成另一种命运。换言之，命运并不是确定的，而是模糊的，会随着每个人自己有意识的行为而变化。真主必定不变更任何民众的情况，直到他们变更自己的情况。[1] 上帝不会预先决定人类历史的轨迹，而是意识到所有可能的路径，并且有可能按照我们自己的意愿和祂宇宙的边界来改变我们脚下的那一条。或者，就像我上一周跟马蒂说的：想象你在碰碰车游乐场里。坐在碰碰车上，你可以自由操控方向盘去任何一个你想去的方向，与此同时，你的碰碰车也被一根杆子连在天花板上，杆子为它提供电力，并将它所有的移动都限定在预先铺设的电网范围之内。同样，在巨大的碰碰车游乐场里，上帝创造并控制着人类行为的所有可能性，然后由人类自己接手过来并执行。在这个过程中，左转还是右转，前进还是后退，撞向你的邻居还是礼貌地绕开他们，是我们自己在决定想要成为什么样的人，并为那些使我们成为自己的选择负责。

---

1 经文参考自马坚译《古兰经》第 13 章。

从电话那头的沉默中，我能感觉到马蒂没有直接否定我说的话。但沉默的时间之长也让我感觉到，我们之间真正的问题并不在于我们对上帝的意志的辖域有着不同的看法。而是一个四十九岁的医学教授，名叫杰弗里·斯塔布尔宾。但是无所谓。我们都有掉进兔子洞的时候。有时候，似乎只有这样才可能逃离自己先前那种无聊或危急的生活——只有这样，才能把你的自由意志搞出来的烂摊子清零重置。有时候，你只是希望有人可以接管一阵子，来遏制这种已经有点过头了的自由。太孤独，太没规划，太过自由散漫了。有时我们是主动跳进洞里的，有时是我们允许自己被人拉进去，还有的时候，我们只是半推半就地跌了一跤。

我指的不是强迫。被推进去又是另外一回事了。

在通往拘留室的小厅里,一个身穿荧光黄色背心的大个子男人给我的行李箱贴了个标签,然后像甩一袋羽毛似的把它甩到了架子上。第二个男人——虽说没第一个那么健硕,但也只是略稍小了一号而已——摘下我的背包,隔着衣服把我全身上下搜了个遍。口袋里的现金可以留下,总共是 11.36 美元,都是些旧币;但手机不行,因为有摄像头。在等丹尼丝填完新一波文件的时候,我依然能感觉到刚刚那个男人在我大腿根摸索时双手的温热,现在,那双手正亲切地指着自动售货机跟我比划。

来杯茶?

不了,谢谢。

香蕉?芝士酸黄瓜三明治?薯片?

上述种种陈列在我俩中间的桌子上，看上去就像是路边的柠檬汽水小摊。

我摇摇头。我没事。

丹尼丝递给我一张新的纸条。快去吧。越快越好。

拘留室的空间很大，天花板低垂，也没有窗户——除了看守透过它能看到我们，我们也能看到他们的那扇——座椅足以容纳七八十个人。路上我还在想，没准儿在这里还能碰见那个在肯教授的忽悠之下飞了半个地球过来的中国女人，但此刻我发现，这里除了我就只有一个高大的黑人，正沿着对面的墙脚焦躁地走来走去。他戴着红色的针织棒球帽，身穿一件长款的米色大喜吉[1]。他在两个高悬在墙角上空的半球镜面摄像头间走来走去，镜像里那个顶着颗大红樱桃的人影也随之膨胀，收缩，膨胀，收缩。我在隔着几个座位的地方坐下。一台固定在天花板上的电视机正在无声地播放某个谈话类节目。一个女人正在教另一个女人制作希腊新年蛋糕。一份详细的教程，如何隐藏幸运硬币，然后是如何切蛋糕才能避免所

1　Dashiki，一种色彩鲜艳的宽松套头衫，常见于西非地区，也广泛流行于欧美等地区的黑人群体。

谓的硬币所有权争夺战。我木然地看了一会儿，起身去看墙上贴的告示。

一共用了十一种语言来介绍枕头、毯子以及火灾疏散流程。一台投币式电话边上贴着难民和移民公正组织（Refugee and Migrant Justice）和移民咨询服务处（Immigration Advisory Service）的号码，但只有英语说明。电话旁边还有机场牧师和社区事工们的电话号码：牧师杰里米·本菲尔德。牧师杰拉尔德·T.普里查德。修士欧克帕拉昂沃卡·齐内罗。拉比希米利·沃格尔。锡克教的索内什·普拉卡什。我的眼睛在自动检索一个阿拉伯语名字。穆罕默德·奥斯曼。伊玛目穆罕默德·奥斯曼。希思罗机场穆斯林社区中心，巴斯路654号，克兰福德，密德萨斯，豪恩斯洛（TW5 9TN）。

几英尺开外，还有一张覆有仿木纹膜的折叠桌，上面不偏不倚地摆着几本书，谁也不比谁更显眼：一本希伯来语《圣经》，一本英王钦定版《圣经》，一本西班牙语的雷纳-瓦莱拉译本《圣经》，还有两本《古兰经》（分别是英语版和阿拉伯语版的）。《古兰经》旁边的桌面上贴着一个指向麦加的朝拜箭头，和女厕所大致在同一个方向。

桌子下面，三张礼拜毯被随意卷起来，斜斜地插在篮子里，像是三根巨型法棍，隔着一段尽管礼貌却又不容违抗的距离，还贴有一条标语，也是只有英语的：禁止席地而睡。

那个黑人坐了下来，开始用掌根揉眼睛。他的脚上是一双沾满灰的便士乐福鞋，但没穿袜子，裸露的脚踝已经变成了灰紫色。天气预报说伦敦这周末的温度都快零下了，有那么一刻，我对他被扣留的理由产生了一种荒诞的想象：也许是因为没带合适的鞋子。毕竟，NHS（英国国家医疗服务体系）也顾不上送每一个因为穿得太少而失温或生了坏疽的旅客去医院。十二月里不穿袜子，先生？很好。请坐。只是些一般性询问。我会尽快的。

房间另一头立着第二张桌子，这张就随意多了，散布在上面的都是些世俗读物：英语、西班牙语和中文的报纸；一本卷边的日语版《时尚》；法语版《暮光之城》的其中两册；一本西班牙语言情小说；一本德语版《美食，祈祷，恋爱》。我心甘情愿地坐回了电视机前。那个黑人也回去踱步了。现在还制造起了噪音：一种短促、断续、不由自主的咕哝与哀叹。这让我想起哥哥很喜的一位钢琴家,一个怪人,弹奏时也会发出类似的声音,仿佛正致力或沉迷于他的艺术中。我始终没翻开膝盖上的那本书。我和阿拉斯泰尔原本约好在羔羊酒吧见面的那个时刻到来了,又过去了。希腊新年蛋糕被切开了。

格罗兹尼的情况是最糟糕的。八个星期内有两万五千名平民被杀。整个阴沉的冬日里,米努特卡广场上的人们小心避开弹坑,又被别着殉难者丝带的尸体绊倒。尚未被炸弹杀死的车臣人被俄罗斯征召兵逮捕,赶进地窖里,他们的母亲在大街上流着泪哀求释放他们。到了晚上,阿拉斯泰尔和其他记者睡在五十英里外的哈萨维尤尔特,一家被强行征用的幼儿园里,把小床们拼到一起,但睡起来还是太窄了。他们用手帕捂住鼻子,以免闻到太久没洗澡的体臭,房间里还保留着作为装饰的儿童涂鸦和水彩画:兔子和巫师,蝴蝶和独角兽,彩虹正涌进一只黄金壶,下面是手拉着手的火柴人一家。底下是绿绿的草。顶部那道不可动摇的蓝色是天空。你不会做梦,或者不记得梦见了什么,背负着沉重的防弹衣跋涉一整天就已经够像做梦的了。而车臣人——车臣战士们简直是恨不得去死。为什么不呢?甘愿赴死是一种强大的力量。尤其是在和那些实在不怎么想死的人较量时。剥削我,羞辱我,夷平我的城市,夺走我的希望,那你还指望些什么呢?我不该孤注一掷跟你拼命吗?既然这已是我仅剩的荣耀,我怎么可能不想以命相搏?你,弱鸡一个,被那些俄罗斯妈妈和彩虹们搞得五迷三道:滚回家过你的英国新年去吧,玩你的派对烟花去吧,吃你的高脚杯水果冰激凌套餐去吧。我们不需要你的承认。我们不需要你来"作证",你们的"共情"毫无想象力。就连俄罗斯人都比你强,连俄罗斯人都不见得能干出这种事:用坑坑洼洼的军旅铝杯喝香槟,用手指吹口哨,在尿出蜂窝的雪地上跺脚。对你来说,这是个新鲜乐子。对我们,这是牢笼。然后全世界都在问为什么。为什么他们要相互杀戮?为什么他们不把问题解决掉?为什么要死这么多人?但或许,更好的问题是:为什么那么多人都不想活了?

阳光好的周六,我们几个志愿者有时会带两三个生病的小孩去附近的公共花园广场玩。通常跟我一起出去的都是拉克伦，一个有着恰到好处的缄默和极为丰富的冷知识的男人。一天下午，我们坐在布卢姆斯伯里广场上，漫不经心地看着孩子，拉克伦远远地指着公园尽头的铁栏杆说，当初那些围栏在"二战"时都被拆下来熔铸成子弹了。后来新安的这段要短一点，而且整天都不上锁，从此广场就一直对公众开放。那天之后，我每次路过布卢姆斯伯里广场时都忍不住去想，原来那些铁块最后去了哪里。去了哪条战线。进了谁的身体。差不多也是在那段时间，在宣布将要解除萨达姆所持有的大规模杀伤性武器后，局面正在加速奔向第一次反高潮。布莱尔声称是时候回报美国六十年前的援助了，并承诺英国将不遗余力地找出余下所有旨在制造种族灭绝的武器储备。四十八个小时后，克林顿宣称伊拉克表示愿意配合。那之后又过了一个月，联合国特别委员会（UNSCOM）报告，事实上伊拉克并没有配合，然后，看吧，英美联军的轰炸就开始了。"沙漠之狐"空袭行动，当时我是和阿拉斯泰尔一起看的，坐在羔羊酒吧的老位子上，天花板上垂挂着圣诞彩旗，酒吧变成了一个供应温热百果馅饼的自助餐厅，一口盛满白兰地兑热红酒的人造大锅。BBC对空袭的播报——这是盟军出于对斋月的尊重而风度翩翩地停火前最后的疯狂——自始至终都在两个对比鲜明但同样令人目眩的滤镜之间切换：一个画面昏暗而粗粝，墨色烟柱和橘色照明弹的背景中，隐约勾勒出棕榈树的剪影；另一个则浸没在蜜多丽绿色的夜视模式中。底格里斯河上空的爆炸突兀地照亮了水面，如日光般天真无辜。离我远点，一闪即逝的刺眼白光里，河流仿佛在说。我可没招惹你。别来烦我。

那天晚上，电视里还播了众议院投票通过两项弹劾克林顿的条款的过程。这一次，当他们又开始嗤笑他的外交政策日程时，我什么也没说。

阿拉斯泰尔也没怎么开口，坐在我身边喝酒，带着一种比平时更决绝的阴沉。这时我开始想，会不会在过去十年中的某个节点——或许是在卢旺达，或者是格罗兹尼，也可能是太过循序渐进了，因此无法锁定在任何一件特定的恶心事儿上——这个男人，就像人们说的，已经失去了理智。他看上去也不像是没有这玩意儿，就好像它只是被暂时地从他身上拿走，妥善保管起来，过段时间再还给他，并严厉警告他只能用它做些无害的思考。我想，或许这就是他此刻会在这里，在布卢姆斯伯里的一家酒吧里观望事态的进展，而不是在巴格达某家旅馆的屋顶上的原因。我问他，夜视图像为什么是绿色的。

磷光质，他回答道。用绿色是因为比起其他颜色，人眼对绿色的辨析度更高。

你应该写本书，过了很久，我说。

阿拉斯泰尔一口气灌完那杯，看着残余的泡沫沿着内壁缓缓滑落。等到终于想出一个答案，他看上去松了口气。不是真正的答案，但依然管用。

他说，有一个老段子是这么讲的：外国记者只要在中东待上一个星期，回家就能写本书，提供一种可以一举解决中东所有问题的方案。要是待上一个月，他会给杂志或者报纸写一篇文章，满篇都是"如果""但是""此外"这样的表达。要是待上一年，那他什么都不会写。

好吧，我说，你犯不着解决所有问题。

没错，阿拉斯泰尔说着，端起酒杯。你也是。

那年冬天并没有发现任何真实存在的生化、生物、放射性或者核武器，唯一的后果似乎只是加剧了某种摩尼教式的恐慌。在此背景之下，熔掉公园栏杆铸成炮弹和步枪子弹听起来是那么地古早,简直让人有些怀旧了。我坐在阳光明媚的布卢姆斯伯里广场上,聆听着画眉鸟在头顶啼鸣,感觉周围那些塔尖被征召参战的可能性实在不是很大。不过,如果有人告诉我,驾驶商用飞机撞向敌方的摩天大楼会成为现代战争中的一项有效手段,我猜我也会觉得这不太可能。

有一天,一个一只耳朵上缠着绷带的小男孩过来向我们要吃的。我给他了一块燕麦饼干。

饼干屑从嘴边扑簌簌地落下,男孩宣布:我在吃饼干。

是啊,你在吃,拉克伦说。

我爱你,男孩说。

我也爱你,拉克伦说。

男孩看了一会儿鸽子在地上啄来啄去,然后转头看我。

我在吃饼干,他说。

我看见了,我答道。

我爱你。

我点点头。我也爱你。

这段台词重复了三四遍——我爱你和我在吃饼干——直到饼干被吃完,或是对我们的爱耗尽了,男孩才跑回零星几只颤巍巍的鸽子那边。

这时,我那个说阿拉伯语的小朋友走了过来,害羞地看着我。我递给她一块燕麦饼干,她拒绝了。

她转身看向拉克伦,小心翼翼地用英语说:
我爸爸希望我是男孩。
……什么?
爸爸说我是个男孩!
然后,她猛一转身,飞奔而去。
天哪,拉克伦说。什么情况?
我哪知道。你知道这姑娘得的是什么病吗?
拉克伦摇摇头。我只知道她的实际年龄比看上去要小。

要不了多久,我们就会知道,这个小女孩得的是一种名为先天性肾上腺增生(Congenital Adrenal Hyperplasia,简称CAH)的罕见病。一般情况下,脑垂体会制造一种叫作促肾上腺皮质激素的兴奋剂,也就是ACTH(Adrenocorticotropic Hormone),经由血液输送到位于肾脏顶端的肾上腺。在那里,ATCH会传递出需要皮质醇的信号,一种具有诸多必不可少的日常功能的类固醇激素。但皮质醇不是自动生成的,而是由其前体在酶的作用下转化而来的。而在 CAH 患者的体内，关键的酶缺失了，因此流水线在生成皮质醇之前就断裂了。这就导致了前体的大量累积——但皮质醇却永远都不够用。由于皮质醇存在的一个重要功能便是抑制 ACTH 的释出，于是脑垂体分泌了越来越多的 ACTH，刺激肾上腺，使其异常增大。

正常的内分泌活动，如调节生长、新陈代谢、组织功能、睡眠状况和情绪反应都离不开皮质醇。不治疗的话，皮质醇缺乏可能会引发严重的后果，如低血糖、脱水、体重减轻、头晕、低血压，甚至是心血管性虚脱。同样成问题的是被抑制的皮质醇前体引发的症状，包括雄激素，也就是男性荷尔蒙过多。于是，一个患有 CAH 的三岁男孩可能也会长腋毛和痤疮，严重程度不亚于他的保姆。同样地，一个小女孩可能会在很小的时候展现出男性特征：体毛浓密，身高猛长，甚至是比起茶杯和娃娃更喜欢卡车和拖拉机。等她到了正常青春期的年龄，声音会变得低沉，胸部可能依旧平坦，每次月经的量都很少，如果有的话。理论上，很少有案例真的能够达到这么男性化的程度，因为一旦出现早期征兆，你就会出门看医生，医生就会给你开合成类固醇来降低内分泌系统中的雄激素水平。

有时候,问题在出生时就很明显了。一个有着两个X染色体的婴儿,阴蒂生来就会比正常的肥大,看上去就像一个小阴茎。她的尿道和阴道可能会连在一起,共用一个开口,她的阴唇或许会彻底粘合,状似阴囊。然而,做一次超声波扫描就会发现,她的身体内部有着完美无缺的子宫、输卵管、卵巢和宫颈。事实上,只要做一场外生殖器再造手术,她就会拥有将来有一天想怀孕时所需的一切(当然,另一个人的精子除外)。我的阿拉伯小朋友的生殖器官生来就有点模棱两可,但也并没有模糊到让她的父母或者那个叙利亚产科医生怎么都不愿承认她是个女孩的地步。然而前段时间,其他的一些异常迹象,包括她两腿之间越来越来越异常的阴茎引起了家里人的注意,然后她就被送进了医院。她的皮质醇水平需要调节,这点毫无疑问。但是她的性别依然是个问题。医生们认为她应该接受激素替代疗法,或许还需要做生殖器再造手术,作为一个女孩活下去。她的母亲更倾向于同意。但她的父亲却有不同的看法。在他出身的文化中,男孩更为尊贵。男孩就是声望。男孩让你有尊严。在他的家乡甚至有这

疯 狂

种说法：不育的男人也好过多产的女人。事实上，那个父亲说，我总觉得她是个男孩。从一开始就错了。她看起来像个男孩。她的表现也像个男孩。如果她是个男孩的话，生活会容易得多。他就是个男孩。

CAH无法根治。这是一种遗传病，双螺旋结构继承了同一个缺陷基因的两份拷贝，父母双方各一份。通常情况下，这个基因是显性的，而非隐性。但是如果父母都是隐性基因的携带者，那么孩子就有四分之一的概率继承双方的缺陷基因，并表现出相应的症状。还有一半的可能是只继承一方的缺陷基因（然后成为另一个携带者），另外四分之一是孩子只继承了正常的基因，完全不受影响。鉴于父母双方有可能是从一个共同的祖先那里继承到同一种突变基因的，常染色体隐性遗传病在近亲夫妻的后代中尤为常见。血缘越近，共享基因的比例就越大。共享基因的比例越大，其后代继承纯合的共享基因的风险就越高。换言之，常染色体隐性疾病在一些特定的文化中尤为常见，出于部落存续的考虑——强化家族纽带，维持女性在等级秩序中的地位，促成地位相当的配偶，保存一个家族的传统、价值、资产和财富——在这些文化中,一级堂表亲之间的结合不仅可以接受,而且是常规惯例,甚至是受到鼓励的。

2003年12月,布什宣布使命达成,联合国也解除了针对伊拉克的大部分制裁的七个月后,时隔十三年,我终于再度见到哥哥。我住在西好莱坞,经济学博士课程已经读到了第三个学期,一路从洛杉矶国际机场飞到巴黎再到安曼,在那里,会有司机过来接机,送我去父母入住的旅馆,他们是从湾脊区飞过来的,正等着和我会合。我们将从安曼乘车穿越沙漠抵达巴格达,大概要花上十来个小时。在制裁和紧随其后的入侵之前,从安曼飞巴格达连一小时都要不了,也就是说,到了安曼差不多就等于到了巴格达。而现在,到了安曼意味着你才走了一半。

到了机场,那儿并没有司机。或者说,那儿有一堆司机,正渴盼着我的光顾,但没有一个手里举着我的名牌。我突然意识到,飞往戴高乐机场时我把写着父母旅馆地址的笔记本落在了对面的座椅上。大约一小时后,我放弃寻找之前说好的那个联络人了,经过一系列满怀戒心的面试,我选中了一个愿意带我跑不超过五家旅馆的男人,一口价二十五万伊拉克第纳尔,约合八十美元。

上车后,得知我的最终目的地是巴格达,他突然来了劲头,变得极度亢奋。我带你去!我这就带你去!明天一早就能到!

很有可能,这项提议的真正企图其实是把我卖给沙漠里的绑匪。我谢过他,礼貌地解释说我想在旅馆里稍微休息一下再继续下一段的行程。听到我这么说,司机看上去不仅没被劝退,反而更开心了。没错!完美!你先休息,我明天早上晚点再过来接你。他就差直说了:这样更好。我这就去安排一下怎么把你卖到沙漠去,然后我们就可以出发了。

我父母在第三家旅馆里。我去前台询问时,接待员正在打电话。过了一会儿,他把话筒搁在肩膀上,我问他住客里有没有一位阿拉-贾法里先生,还有他的夫人。那你是谁?他们的儿子。接待员挑起了眉毛。他指指肩头的话筒。这是你的司机。他想知道你在哪儿。他在哪儿？我问道。在机场，接待员说。不，我说。我刚从机场过来，我跟你发誓：他没在那儿。接待员点点头，友好地打量了我一番，然后把话筒放回耳畔，把我的消息告知对方。紧接着就听到了一串含混的咒骂，我俩不约而同地打了个寒噤。然后接待员又盯着我看了好一会儿，就好像他正在听人描述我——如同描述一个遗失的钱包或手表——然后，电话那头还在骂骂咧咧，他挂了。

你猜怎么着？接待员一边摇头，一边说。我认识这家伙。他肯定没去。

我母亲出来开门时裹着头巾。她在湾脊区时一般不戴这个，而我生平头一次发觉，紧紧箍在她脸上的那圈黑色椭圆把她的双下巴衬得更难看了。由于上了年龄，她走路时会微微前倾，仿佛选对角度就可以保持甚至生成动能似的。最近我打电话回家跟父亲聊天，问起他和妈妈这阵子好不好之类的问题时，他总会以一种作报告的口吻告诉我，妈妈前一天晚上睡得有多好或者多不好。她的失眠及其效果就有点像是吵闹小鬼，而我父亲提醒我注意这件事的方式，和他以前差不多每月就会提醒我一次的"法蒂玛今天不太对劲"时一样。现在，在安曼，尽管因为我的到来她全身都散发着母性的光辉，我依然能看出她需要睡眠，我希望她可以在车上好好休息一下。我希望我也可以在车上好好休息一下。但是我刚和父亲拥抱完，他就把我拉到一边说，我母亲睡觉没关系，但我俩里边至少得有一个随时保持清醒。我们连夜出发，这样日出时就能抵达伊拉克了。此外，无论是白天还是夜晚出发，这趟旅程的绝大多数时候都将是单调乏味的——绵延不绝的灌木丛和沙丘——因此，除了要随时保持警惕不让司机打瞌睡，用我父亲的话来说，同样重要的是看着他别"偷奸耍滑"。

这个司机就是那个本该去机场接我的人，他和我打招呼的态度里有种傲慢，以及出于宽宏大量而强压住的恼怒。至于他那辆雪佛兰萨博班装甲越野车，贴着棕色防晒膜的窗户和长长的箱状车身让它看起来就跟辆灵车似的。我就算想睡也不可能睡得着。每次加速都会让我猛地一惊。每对从黑暗中朝我们逼近的车前灯都透着几分不详和鬼祟。我们的司机双手紧紧地把住方向盘，抖着空闲的那条腿，叼着自己的嘴唇。很明显是个烟民，车里浸透了烟臭味，每个储物空间里都塞满了香烟——就连遮阳板上和座椅背后的口袋里都插着好多盒标着中国免税的万宝路——但是在我们出发之前,我父亲问过他是否介意路上断烟。行程最开始的一个小时几乎都被我用来默默权衡这个要求的利弊了。如果我们的护送人需要尼古丁才能将我们平安送到巴格达,那就给他呗。吸上十个小时的二手烟又不会死人。但另一方面,我父亲自己也是最近才刚戒烟,既然他为这项服务付出了高额的报酬——三千五百美元,又凭什么不让他得偿所愿呢?

我们在四点不到的时候抵达边境。缓缓地,我们的司机打开副驾驶位的手套箱,拿出一个里面全是二十美元票子的钱夹,降下车窗后,他扒拉下几张,递出去给边境巡查员,仿佛那是一份例行的过路费。有外国人吗?一名巡查员用阿拉伯语问道。

我们的司机摇摇头。都是伊拉克人。

现在他开始往外递万宝路:每个巡查员两包。然后他把车窗升起来,我们看上去就要被挥手放行了,这时一名站在路上的巡查员转过身,举起一只手。

窗户又降了下来,又有两包香烟被递过去,

随便地塞进兜里。然后巡查员说了句跟巴格达有关的什么。我们的司机点点头。巡查员走开了。

我从越野车中间那排转过头，一脸疑问地看着父亲。黑黑的眼睛、包紧的头巾，让我的母亲看上去就像是一只猫头鹰。

怎么回事儿？

他们想让我们捎个人去巴格达。

一个巡查员？

我们的司机点点头。

一个伊拉克情报官？

我们的司机一边抖腿，一边缩着脖子从后视镜下方往外看，没有答话。

我们该怎么办？我父亲问。

拜托了，司机说。装睡。别说话。

我得去下洗手间，我母亲轻声说。

我很抱歉，我们的司机急切地说，这回终于转过头来面向我们了。只有他说停我们可以停。你必须安静。你的口音会发现你。我会努力开快，最快的，但是拜托：别说话。

此时，一个留着胡子、穿着灰色军服的高大男人朝我们走来。我们的司机解开车锁，他打开副驾那侧的车门，在我前面坐下，车身陡然一歪。

Sabah al-hayri，官员说。Sabah al-hayri，我们的司机回答。早上好的意思。我们贾法里一家什么都没说。我们的司机重新锁上车门，挂上挡，继续上路，路边的官员挥手放行。我们的新乘客把他的座椅调了又调，我搁腿的空间瞬间小了一半。然后他把手伸到遮光板上面，拿下一包万宝路，撕开透明包装纸，抽出一根开始吸，然后在接下来的六个小时里就没有停下过。

祖母的房子比我记忆中要小，而哥哥则更大。不是更胖。不是更松或者更宽，像我们有些人上了年纪以后那样，而是整整大了一圈，扎实地，匀称地，仿佛之前是我的脑子为了节省内存空间才擅自把他缩小了百分之二十似的。

他也比我记忆中要更英俊：脸色更红润，更爱笑了，眼周漾出细长的纹路。等到父母和我终于踏进祖母家的起居室，萨米就站在那儿，双手扶在胯上，笑眯眯地看了我很久，仿佛知道我先入为主的想象正在经历一场崩坏。我以为他会是什么样的呢？他变得更像也更不像我记忆中的萨米了。更孩子气了。也更不孩子气了。耳后略有些发灰。虽说他的鬓角的确略有些发灰，但和他几乎没有变这一点比起来,也就不足为奇了。方方正正的发际线。嘴周显著的阴影。这些生动的遗迹让我有些不安,但其中又有种古怪的愉悦——就像你路过一个陌生人时,在他身上闻到了你高中化学老师的洗发水的味道,而那已经是十二年前的事了。我们以为自己已经进化了,以为自己已经蜕去了思想中的那些渣滓,然而只需吸入一缕普瑞尔洗发水的味道,它们就可以瞬间拼接成一帧截取自1992年的画面。

一天下午,我们坐在花园里,萨米抽着烟,从枝头摘下一枚橘子,抛给我剥着吃。几年前他就从医学院毕业了,现在在沃萨特——一家专做矫形手术的医院做实习医生。战前,他的病例主要是垫鼻、隆胸、抽脂和髋关节置换;现在,他整天都在给火箭炮造成的伤口止血,用镊子夹出弹片,以及包扎烧伤的部位。有传言说,卫生部将拨出经费给那些二十世纪九十年代因为从萨达姆军队中叛逃而被割下一只或两只耳朵的人做外耳再造手术,哥哥对此似乎充满期待。毕竟,他说,如果他在做的手术是重塑耳朵,而不是在给火箭炮伤口止血,这意味着战况已经缓和一些了,不是吗?

有那么一会儿，我们都没说话，然后我提到了我在伦敦儿童医院认识的那个小男孩，耳朵天生就只有利马豆那么大。哥哥在草丛里捻灭了香烟，苦笑着说：我也希望我们只需修正那些大自然犯下的错误。

然而他看起来很淡定。当然，不是对局势，而是对他自己的人生选择。显然没有人能指责他在做的这份工作无足轻重。被入侵以后，尽管城里到处都是巡逻的美国士兵，沃萨特还是成了全巴格达唯一一个没被劫掠到完全丧失功能的公立医院。九个月过后，这里依然配给不足、人员短缺，因为越来越多的医生拒绝去镇上上班，或者干脆直接逃离了这个国度。有天，父亲和我去哥哥工作的地方看他，和平时期只要二十五分钟的车程花了我们一个半小时。不知道哪儿有辆油罐车爆炸了，堵塞了交通，也给医院带来了新一波的伤员。门口那里，一个人的身体被抬上轮床，另一个人在号啕大哭。在哭的男人用双手捂住脸。然后他举臂向天，开始哭喊。为什么？为什么？他们为什么要这样做？他们想要什么？钱吗？为什么？刚进门的地方，另一架轮床上躺着一个十岁左右的男孩，双腿上裹的纱布已经被鲜血浸透，眨巴着眼睛，有种置身事外的随遇而安。他身边似乎没有陪同的人，我和父亲待在一边等萨米出来，这时一个医生朝我们走来，指着那个男孩：

他的负责人是谁？

我们不知道，父亲答道。

医生转过身，对着大厅里张皇奔走、哀哭、祈祷的喧嚷人群大喊：

他的负责人是谁？！

瓦利德！有人吼回来。

那位医生还在皱着眉头看着那个男孩，一副实在不怎么满意的样子，这时一个护士领着我们去了员工用餐区，角落里有台电视正在放阿拉伯语肥皂剧，没一会儿，穿着医护服的哥哥就出现了。一个前一晚被弹片击中的年轻男子正在手术室里等着他。父亲问他我们能不能围观。

这是昨天的事儿？萨米问手术台上的那个男人。

那人点了点头。傍晚的时候。我只是出门买点面包。

萨米在他身上开了两个洞，在胳膊正下面，好把他肺里的血抽出来。他开始尖叫。他们给他注射了一份小剂量的麻醉剂,但由于麻醉剂也在医院的短缺物资之列,所以也只能给他打这么点了。

真主至大!男人大喊。

再来点光,萨米说。

助手转了下男人身体上方灯的角度,另外两个男人一人一边地把他按住了。哥哥把管子送进他胳膊下方的洞里,探来探去地调整它们的位置,他胸腔上的皮肤也跟着被扯来扯去,像是橡皮泥做的。

没有穆斯林会对另一个穆斯林做这种事!男人大喊。我儿子,他两岁,他的脸都被炸掉了!他们为什么要这么做?为什么?

萨米把注射器刺进男人的腹部。等到他又开始在插管的洞里探来探去时,我闭上眼睛,转身走开了。大约半个小时之后,我回过头再往手术室里张望,发现那里已经空了。医生用餐区里的电视已经被关掉了,两个等待茶壶煮开的男人在争论四天前萨达姆被捕的消息究竟是真的还是美国为了宣传而散布的谎言。我在大厅里找到父亲和哥哥时,他们正站在那个双腿流血的男孩旁边看着他,父亲抱着胳膊,仿佛很冷似的,哥哥在抽烟。另一个医生站在萨米旁边,也在抽烟。是那个瓦利德,我猜。轮床另一边还站着三个男人,其中两个穿着白袍,另一个系着红白格方巾,在浓黑的胡子下面打了个结。我们是在瓦提克发现他的,其中一个说。他说他住在扎约纳。说他叫穆斯塔法。说他从上个星期起就没见过父母了。直到这时我才仔细瞧了瞧那个站在男孩旁边的男人——男孩还在自顾自地对着墙壁眨眼,尽管别人正在谈论的就是他本人——然后发现这个留着浓黑胡须、脖子上围着红白格方巾的人是阿拉斯泰尔。

阿哈玛酒店的前门上贴了一张特别注意的告示:枪支须留在保卫处。谢谢配合。

进去以后,有个身穿驼色高领毛衣的男人坐在前台,正在玩阿拉伯语的填字游戏。他的桌子上放着一只怀表、一根安检棒,还有一支卡拉什尼科夫冲锋枪,萨米和我举起双手接受搜身时,那根枪管就对着我的下身。

穿过两扇沉重的木门,记者们的圣诞派对已经开始了。餐厅的红色墙壁、红色桌布、幽暗的壁灯,所有这些都暗示着这是一场炼狱中的晚宴。一个角落里,两个系着领结的侍者安静而笔挺地站在那里，衬衫布料如此薄透，你能清楚地看见下面背心的轮廓。另一个角落里，还有个伊拉克人坐在钢琴前，正在弹奏大乐团的金曲。那是一架金色的古董立式钢琴，面朝室内，其纵横交错的内部结构有一部分被幕布挡住了，幕布上印着花卉图样，与窗帘是配套的。尽管外面天色已暗，且酒店的窗户都用密集的菱格网加固过了，倒不如干脆别装窗户得了。

在房间中央，一群特派记者、图片记者、摄影师、承包商在节日的氛围中熙来攘往，斟酒的斟酒，剪雪茄的剪雪茄。大多数都是男性，尽管也有几个女性到场，其中有个穿白色紧身牛仔裤的正被一个男人堵在墙角，听他用带着法国口音的英语阐释这里跟越南没什么两样。你想强行粉碎抵抗力量，但这样一来就会惹火中立群体。我们在泳池边看到了阿拉斯泰尔，坐在一张点着蜡烛、摆满酒瓶和烟灰缸的桌子旁边，正和一个年轻的美国男人说着话，看帽子就能知道他联合国难民署高级专员的身份。两人都在精心摆弄雪茄，美国人的娴熟度略逊一筹，阿拉斯泰尔没再戴他的方巾，我这才发现虽然他的胡子是真的，但黑色却不是。

他正聊到,但凡是对九十年代上过心的人——任何一个从南斯拉夫、波斯尼亚和索马里那里学到了哪怕一丁点儿东西的人,都不难预料到。要是你们解散了军队,解雇了所有曾经为政府工作的人,要是你们夺走了人们的工作、收入和尊严,那你还能指望些什么呢?他们正准备坐下来玩一局十字戏,你们却出现在门口,递给他们一张选票?如果他们知道之前的军火藏在哪里,而且你们也没派人把守——那他们要是抄起这些武器来对付你们,又有什么好奇怪的呢?

一串荧光甲板灯倒映在泳池里,像一排粼粼的月亮。泳池的另一端安了一根引体向上杆,我们聊天的时候,一具肌肉异常发达的剪影大步走了过去,一跃而起,开始猛力把自己一下下地顶进天空。那个有着南方口音的难民署专员,正在不断地把雪茄在两手之间倒来倒去,仿佛没点着的那端也烫得没法沾手,开口说道:

好吧,那我们又能有什么选择呢?

说到这个,另一个美国人说,为什么就不能反应快点呢?比如说,萨达姆屠杀库尔德人和什叶派,就因为他们在我们并不含蓄的暗示下组织了一场起义?眼睁睁地看着成千上万的人因此被杀害，就因为我们的军队接到了莫名其妙的军令说不得干预？尽管他们就在那里。尽管那次袭击无疑是违背了和施瓦茨科普夫签的停火协议。为什么我们当时什么都没做？

你听起来像是一个例外主义者，阿拉斯泰尔说。

那又怎么样？那个美国人说。例外主义只有在被用来为恶政洗白时才是个问题。无知是问题。自满是问题。但是渴求一种例外的行为——一种格外慷慨、格外明智、格外人道的行为——正如所有那些有幸生于一个格外富有、格外文明、格外民主的国家的人应该做的那样……

戴着难民署专员帽的男人一边煞有介事地点着头，一边吐着烟圈，看着它慢慢扩张成椭圆，而后汇入漂浮在游泳池上空的一整团烟雾中。不到两年后，会有自杀式炸弹袭击者的身体碎块漂在同一个游泳池里，但是在今夜，一个相对平静的伊拉克圣诞夜，萨达姆已经被捕，我们很难不心存希望：或许实际上，道德世界的曲线也没有那么漫长、那么顽固呢。我看着哥哥点燃一根香烟，目光始终追随着那个引体向上杆上的男人，以为他没有听到这些对话，或者可能也听了听，但不认为自己有什么参与的必要。但接下来，虽然眼睛还在看着那个运动的剪影，萨米吐出一口烟，说：

就没有这种可能吗——西方真正希望的只是中东别给它添麻烦？不想遭受恐袭，不想承受太高的油价，不想被化学或核武器威胁？至于其他的，你们有什么好在意的？

不，难民署专员帽说。我相信普通美国人在说自己希望伊拉克变成一个和平民主的国家时是真诚的。一个自由而世俗的国家。虽然我们都明白这在短时间内或许无法实现。

但是你们不希望我们变得比你们更富有。比你们更强大。有更大的国际影响力，或者同样看似无限的潜力。

难民专员帽看上去有点不知所措。

好吧，阿拉斯泰尔轻轻地插了一句，这很难想象。但这种发展听起来有点意思，从地缘政治上来说，当然啦。

屋里，记者、摄影师和承包商们正围坐在一张长桌旁，切开其中一个人的母亲从缅因州用联邦快递寄来的蜜炙火腿。我和阿拉斯泰尔坐到桌子一头，两盘肉传了过来，都被他一个人吃光了。

他吃的时候，我注意到他比我上次见到他时更有生气了，那已经是五年前的事了，还是在伦敦。他的身体看起来更加矫健，也更敏锐了——就好像撇开伤亡不谈，他真的更喜欢战区的生活。我问他，一面不遗余力地批评战争，一面又被它的能量吸引，有时候不会觉得虚伪吗？他嘴里还在嚼着，点点头说，是的，没错，想到每一刻死亡离你都只有一步之遥，确实有些刺激，甚至上瘾。但要不是有人愿意这么做，甘愿冒着生命危险来见证和记录正在发生的事情，我们其他人怎么才能知道政府以我们的名义都做了些什么？我指出，正是如今激增的假新闻，正是这些把主观臆测、党派议题和哗众取宠按比例精心调配好，却只是为了煽动情绪和娱乐效果的嘈杂众声，让我觉得自己好像比以往任何时候都更加不知道政府正在以我们的名义做什么。阿拉斯泰尔喝着酒，耸了耸肩，然后不情愿地点了点头：是啊，怎么说呢，蠢货总能找到蠢货的地狱[1]嘛。

也是在这天晚上，阿拉斯泰尔告诉我，大约

---

[1] 原文为 moronic inferno，温德姆·路易斯最早用它来形容二十世纪四十年代的美国，后来又陆续被索尔·贝娄和马丁·艾米斯引用，用来讽刺美国的反智主义。

八年前,在喀布尔,工作告一段落,他和他的同事们正在收拾行李,这时有个阿富汗男孩一个箭步冲上来,抢走了摄影师的包。过了几分钟,一个警察正巧路过,阿拉斯泰尔拦住他,向他描述男孩的样子:大约五英尺七英寸[1],十四五岁,身穿淡蓝色汗衫,戴着墨绿色头巾。往那个方向去了。过了几分钟,警察带着男孩回来了,把包递还给阿拉斯泰尔。阿拉斯泰尔表示感谢,警察叫男孩道歉,男孩照做了。然后警察从枪套里拔出枪,冲着男孩的头开了一枪。你可以想象,阿拉斯泰尔说,我在脑海中回放了多少次这个场景,为我无意间参与其中而悔恨不已。如果,帮你老板增加广告收入的是暴力,而你是报道这些暴力的人,从这个角度来说,很难否认你也是使暴力延续下去的那些人中的一员。所以说,不,我夜里并不总能睡得踏实。但如果我辞职,那天之后我真的非常严肃地考虑过这个备选项,我想我一定会疯掉的。工作的时候,肾上腺素高的时候,我并不在所谓的那种沉思的状态中。但是等我回到家,当我出门吃饭,或者坐在地铁里,或者推

---

[1] 约一米七。

着购物车在维特罗斯超市里走来走去,身边全是其他顾客和他们那详细的购物清单时,我就忍不住开始胡思乱想了。你注意到人们用他们的自由做了什么——以及没做什么——然后你不可能不去评判他们。你开始意识到一个大体称得上是和平民主的国家其实正处于一种多么脆弱的悬浮状态中,这种悬浮要求小到每个分子都必须保持平衡,以至于就连最轻微的震动,哪怕只是一个人因为太过自满或自私而忽视了它的脆弱性,都可能让这一整个玩意儿完全崩塌。你开始想我们居然属于一个能够做下如此恶行的物种,想知道你待在这里时对人类负有何种责任,以及上帝正在和我们玩什么游戏——更不用说,你一般情况下还是更愿意回到巴格达,而不是待在位于伊斯灵顿区安吉尔的家里,和你的妻儿一起读《如果你给了老鼠一块饼干》。如果说平静和沉思让我心慌,如果说体内的某种生化反应让我渴求看到暴力景观或靠近冲突地带来寻求刺激,那么,我在这个光谱上处于什么位置呢?易地而处,我又能做什么呢?我,和"他们"之间,又有多大区别呢?

我不知道你信上帝。

我不信。或者确切地说,我是不可知论者。

散兵坑里的不可知论者[1]。曼德尔施塔姆有首诗是这么写的：你的形象飘浮不定，令人痛苦／我无法在迷雾中将它分辨／"上帝！"我不慎脱口而出／纯属无心之过。[2] 差不多就是这样。你呢？

我信。

像信真主一样？

我点点头。

阿拉斯泰尔把手中的啤酒放下了。

怎么了？

没什么。我只是……你是个经济学家。一个科学家。我之前不知道。

四个身穿防弹衣的男人拿着一副牌在我们旁边坐下。那副扑克是部队配发的，上面按重要性印着五十二个"头号通缉犯"，都是复兴党人或革命指挥委员会的成员。他们在玩的是德州扑克，"化学阿里"率先出局。设计和发放这种扑克牌是为了帮助美国士兵们熟悉那些人的名字和长相，以便在突击行动中逮捕或杀死他们。这里沿用的

---

[1] 化用了格言"散兵坑里没有无神论者"，原意是指面临巨大的压力或恐惧时，人们会不自觉地倾向于相信某种超然的力量，以求安慰。
[2] 阿拉斯泰尔在引用英译本时略有改动。

疯 狂

是"二战"时期的创意,当时的空军飞行员拿来玩金拉米的扑克牌上都印着醒目的德国和日本战斗机的侧影。这是个值得玩味的策略,用一种通常都是和娱乐消遣联系在一起的媒介来教我们应该把枪口对准谁,消灭谁,这让人不禁有些怀疑,它作为教材的好处真的不会被这种颇具煽动性的暗示抵消吗——对于美国人来说,战争就像是一场游戏。我身边正在进行的那场牌局里,萨达姆是黑桃A,他的儿子库赛和乌代分别是方片A和红桃A,唯一的女性——在美国接受教育的胡达·莎里·马哈迪·阿马希,又名"化学莎里"——是红桃5。包括四张2在内,有十三张牌上没有照片,而是一模一样的黑色椭圆,宛如戴着死神兜帽的脑袋。此时,离我最近的那个男人正好摊开一副这样的同花,我心想,恰恰是这样的牌——这些没有脸的牌,最能触动人心。或许正因为他们没有五官,才更容易暗示,你,本也有可能托生为阿迪尔·阿卜杜拉·马赫迪(方块2),或者哈吉·哈穆德·阿尔乌巴亚迪(红桃2),或者拉什迪·塔恩·卡吉姆(黑桃2)。如果你的曾祖父遇到的是另一个女人。如果你的父母乘的是下一班飞机。如果你的灵魂激活的肉身在另外一片大陆，另外那个半球，另外一天。

这时，在喧闹的欢声笑语、杯盘碰撞还有醉醺醺的圣诞颂歌声中，角落里那台钢琴也加入进来，乐声渐渐增强，缓慢但又稳定，逐渐与之分庭抗礼。我抬头发现原来是哥哥，他和雇来的钢琴演奏者坐在同一张长凳上，每个人负责自己那半边的琴键，边弹边聊天，唇间的香烟也随之上下抖动。取代卡尔·波特和欧文·柏林的是一阵激情四射的爵士，没有开始、中段或结尾——只有不断循环的奔涌、周而复始的陡升和骤降、漫长而激烈的即兴，听起来既像凯旋的高歌，又具末世的悲壮。有的段落还令我想起那些音乐，常用来配合默片里的争吵场景，或者查理·卓别林的追逐戏，或者历史的真相被一层层地展开。音乐一直持续到很晚——在那很久之前，火腿就已被消灭干净，大部分记者、承包商和摄影师都已睡下，侍者清理掉了脏兮兮的桌布，背面是迷彩图案的纸牌也收到了盒子里，蔚蓝色的泳池静如玻璃，哥哥的烟头积了好长一截烟灰，长到弯折下来，跌落在地。

我放下手中的日语版《时尚》，往那个监视窗口走去，透过它，我看到看守们在小心翼翼地摆弄一台自动贩卖机，试图把一瓶卡在出口中间的果汁弄出来。我敲了敲玻璃，两人同时挺起身子，离我近的那个朝门口冲了过来。

说起来，我说，要是能来点喝的就好了。

他们给我拿水的工夫，一个我之前没见过的新办事员一言不发地穿过小厅进入拘留室，走到那个黑人旁边，坐了下来。他说话的时候，黑人目不转睛地盯着地板看，揉揉眼睛，再适时地眨一眨。拉各斯什么的。阿瑞克航空。查不到克罗伊登的奥迪莉奇小姐的记录。我拿着那瓶水，又坐回几码外，继续翻看那本一个字都不认识的《时尚》。是时候该行晡礼了，没准儿已经过了——在这样一间全靠荧光灯来照明的房间里,你根本无从分辨——但在这种状况下,我觉得最好还是待在原地别动,安分守己、人畜无害地沉浸在我的可可·罗恰和雪纺衣裙里。

办事员离开后的几分钟里,无事发生。然后那个黑人站起来,走进男厕所,开始呜咽。

过了一会儿,呜咽变成重击,而且越来越响,越来越急。

我起身走回监视窗口那里。果汁已经被解放出来了,看守们正坐在那里,脚跷在桌子上,一边聊天一边分吃一包薯片。他们注意到我后又开了门,我说厕所里那个人好像在自残。

看守们匆匆越过我,架着那个男人的胳膊,费劲地把他弄了出来。然后他们把他拖到一个座位上,强行按下,从两边压住他的身体,试图制止他一阵阵儿的挣扎。时不时地,黑人就会朝一侧猛挣,拼命摆脱束缚;复又瘫软下来,仰起头,手心朝天,从这个角度看过去,就像是一个等着双手被洞穿的殉道者。

看守们似乎不知道下一步该怎么办。有一个朝我这边瞥过来,然后是另一个,仿佛是在衡量我是否值得信任,好交托召唤第五个人的重任。

与此同时,静音状态的电视机正在播放一则要闻,叶夫帕托里亚有一栋公寓发生了爆炸。马绍尔群岛宣布进入紧急状态。铃木在金融危机下考虑减产。有意思的是,我心想,当你不由自主地被世界排除在外时,它的那些问题看起来就不再像是随机降临在人们身上的无妄之灾,而更像是因为他们自己太蠢而应得的下场。于是我们都按兵不动:我站在门边小口喝着我的依云,看守们继续紧紧压制着那个难以捉摸的尼日利亚人。直到十点零五分,丹尼丝回来了,我简直对她萌生了一种近乎孺慕的感情,她还带了一个冷藏的咖喱鸡肉三明治,还有一个叫邓肯的红头发来接手我的事儿,因为丹尼丝自己该下班了。

起初在我看来，苏莱曼尼亚和巴格达也没多大区别。距离最近能飞的机场十四个小时的车程，至少要跨过一道国境线。刚过中年的男人们垂着头，背着手，三根手指上挂着念珠，慢悠悠地闲逛。大部分的电力供应要靠院子里和屋顶上的发电机，每天只有一半的时间有自来水，所以只要它一来，人们就开始把为此专门放在屋顶上的巨桶灌满。几乎所有人都吸烟。实际上，这大概就是相似清单上的全部内容了。

至于那些差异，语言算是一个。在那里的第一天早晨，父亲和我出去找地方换钱，走了整整一个街区之后，我才意识到这种情况有多么诡异：我们认识所有的字符，可以拼读出每一个字母，却对它们的意思一无所知。库尔德语和阿拉伯语都是根据发音拼写的,而且字母表基本一样,虽然和波斯语一样,库尔德语也要比阿拉伯语多上那么几个字母。所以我们在找银行或者外币兑换处时,都在祈祷库尔德语里表示"银行"和"外币兑换处"的词汇和阿拉伯语里的是同源的,但我们一个也没找到,直到萨米的库尔德司机找来,带我们去了一家。表示"银行"的词是同一个,但表示"外币兑换处"的词不一样,尽管我始终不了解这个微小的不对称背后的词源学依据,但依然可以想象它所代表的诸多世纪以来的文化和意识形态分歧。

还有一个区别就是安保。离杜胡克不远的路上有一个岔路口。往右转,要不了多久你就到了摩苏尔的郊外。往左转,那你还好好地待在库尔德的土地上。选哪一条路,决定了你擎着一本美国护照到处招摇会有什么后果。我们选了左边。这么选也不是没有代价的:从位于伊拉克和土耳其边境线上的扎胡驱车前往苏莱曼尼亚,大约需要九个小时。如果我们抄近路去摩苏尔,然后取道基尔库克,差不多五个小时就能到。如果到得了的话。我的祖母和堂兄走的是基尔库克那条线,很是让人担心侯赛因有没有把他的美国护照和伊拉克护照都带上，并且在通过库尔德边境时不要被人看到错误的那本。

就在这趟伊拉克之旅一年后，我们又齐聚库尔德斯坦，参加我哥和扎赫拉的订婚典礼，扎赫拉刚从巴格达大学毕业，在苏莱曼尼亚长大的她成功说服哥哥在那里的医学院附属医院找了份工作，以便在相对和平的北部建立家庭。除了他回湾脊区自己开一家诊所，碾压第四大道上那家爱尔兰人开的眼科诊所之外，没有什么比这个消息更能让父母高兴的了，我也猛地松了一口气。十一个月前，在一起针对库尔德斯坦两个主要政党的办公室的双重自杀式炸弹袭击中，有一百多人被杀死了，伤者人数也只多不少，但即便是算上这次，就暴力事件的总体状况而言，这里也远没有仍在不断增长的巴格达那么频繁，那么普遍，那么大规模。而且，在苏莱曼尼亚，一切都还在正常运转。当然，不能用西方的那套标准来衡量，但是比起这个国家的其他地区，库尔德斯坦能搞成这样已经相当令人振奋了。距离新的国民议会选举只剩不到一个月的时间，库尔德人看上去似乎真的相信自己正在参与某种重大事件。库尔德民主党在东部的两个地区占了上风，库尔德爱国联盟则拿下了苏莱曼尼亚,但是库尔德人的旗帜——竖过来的意大利三色旗,中间有一个怒放的金色太阳——仍在遍地飘扬。偶尔碰见的几次,空中飘扬的伊拉克国旗都是旧的那个,前萨达姆时代的那个,上面没写着真主至大的那个。我们当然相信真主至大,萨米的库尔德司机告诉我,我们只是觉得萨达姆不应该把它写在国旗上,好把自己装扮成信仰的捍卫者。

订婚典礼那天,我和扎赫拉的父亲哈桑一起出门散步。天气有点不尽如人意:每天早晨都下雨,终日阴云,再加上我们是在一个深谷里面,所以太阳西沉得格外早。但是风景极佳:四面环山,覆盖着灌木类植被,和你能在圣莫尼卡的山上看到的那种差不多。事实上,我震惊地发现,伊拉克居然勾起了这么多对南加州的回忆:如果说巴格达周边的区域就像是圣路易斯东部的沙漠,那么苏莱曼尼亚就是靠北一点的圣克拉里塔,那里的山刚开始变得稍大了些,勉强可以在山顶积起一点雪。

作为一个六十多岁的人来说,哈桑算是很能走了。他还是个老师,在我看来,他简直就是为这行而生的。无论我问他什么问题,就连那种完全无关痛痒的问题，比如，这里的冬天总是这么阴沉吗，他也会开心地笑着说，哈哈是啊，于是这就变成了一个绝妙的问题，而且答案背后必然有一个引人入胜的故事。然后，你就有望听到一场长达四十五分钟的主题演讲，先是从你的问题本身聊起，然后呈螺旋状发散开去，纳入种种趣闻轶事和社会观察，涉及其他许多很有意思的问题，虽说并不都是那么无害。因此，散着步沿着古伊扎街打个来回的这三小时里，我们讨论了亚里士多德、拉马克、德彪西、琐罗亚斯德教、阿布格莱布监狱事件、汉娜·阿伦特，以及去复兴党化可能造成的某些在当时尚不为人知的后果，尽管这些话题都有着不容乐观的一面，但哈桑依然展现出了某种达观的适应性。有那么一刻，我提到听说镇上要盖一家新的旅馆，在我看来这是一个积极的信号，哈桑停下脚步，宣称他们就算盖上一百家新旅馆也不够住，因为这里会被前来库尔德斯坦旅游的人挤爆。发现我眼神中的怀疑后，他连声说，不，不。不要光看现在。想想未来。我真希望你能跟我们待久一点。我要带你去看看我们这里的好地方，在山里，峡谷里。等着瞧吧。全世界的人都会朝这里涌来。

想想未来。然而,从 2003 年 12 月到 2005 年 1 月,我在伊拉克前前后后一共待了七周,要说伊拉克给我留下了什么深刻的印象,那我也只得不揣冒昧地说,在这里,"未来"的含义和其他地方,比方说美国,完全不同。在伊拉克——即使是在局势相对不错的北方——人们眼中的"未来"从来都更像是一种模糊的可能性,如果真的有人关心会有什么可能性的话。在订婚晚宴上,哥哥试图向他的准姻亲们解释何为新年决心。在美国,他说,这是一项习俗,人们向自己承诺会在接下来的一年里改变某些行为习惯。扎赫拉的家人认为这简直是太疯狂了。你以为你是谁啊,他们问,凭什么觉得你可以控制自己未来的行为?好吧,比如,我哥哥回答说,有些事是你可以控制的。你可以决心多吃蔬菜。或者多锻炼身体。或者每晚临睡前都读一会儿书。对此,扎赫拉的母亲,附属医院的一名放射科技师的回应是:但你怎么知道你下个月买得起更多蔬菜呢?谁告诉你明天不会宵禁,让你下班以后没法去健身房或者公园里跑步?谁说你的发电机不会熄火,让你只能打着手电筒看书,电池没电了就点蜡烛,蜡烛也燃尽了你就根本没法躺在床上看书了——你只能睡觉,如果睡得着的话?

作为对照:第二天,我和哥哥驱车横穿镇子去验收他在网上看到的一台二手雅马哈,我们去了一家咖啡店吃早餐,突然发现坐在我们旁边的是三名记者,两个美国人,一个苏格兰人,正在跟他们的司机交代行程安排。我们想先去这里。然后十一点钟离开这里去那里,然后一点半去这里。司机听着听着便皱起眉毛,一脸茫然。更有意思的来了。噢!其中一个美国人说。十五号我有个会要参加,在埃尔比勒。现在司机看起来就像是听到有人叫他开车去上海,周二就要回来。埃尔比勒离这儿很远。十五号离现在很远。在伊拉克,当一个如此遥远的设想被提出时,得到的回复通常都是:呃,你瞧……真主是慷慨的。意思是:也行,可以,就这样吧。到时候再说。但对于这个记者来说,如果两周后没能到达埃尔比勒,她一定会感到很惊讶。在这之前,她会按十五号时会在埃尔比勒来安排自己的生活。如果她得知那天别的地方还有另一场会议,可能会说,噢,我去不了了,我在埃尔比勒。埃尔比勒距离现在两个星期,距离此地一百二十五英里,但与此同时,在这个心意已决的美国人脑子里,她早已身在那个时刻和那个地方了。好吧,让我们拭目以待。真主是慷慨的。

雅马哈是一台锃亮的小型三角钢琴,属于一位英国女士,她已经在苏莱曼尼亚生活了三十年,丈夫去世后才回到她在伦敦牧羊人丛林区的家。除此之外,她显然还留下了一个看起来不怎么好惹的年轻人,从二头肌就能看出来,他对那台要推销给我们的钢琴的兴趣,远比不上对它脚下那条波斯地毯上摆了一地的举重器材的。当萨米问他能不能打开琴盖,试弹一下听听音色时,他无可无不可地冲我们挥了挥手,回厨房继续煎他的大蒜去了。不出所料,钢琴的音不太准,但这种不协和不仅没有劝退哥哥,反而激起了他的兴趣,如同一个并不致命却又迷人的医学谜团正在等着他去拆解:在一阵急雨般的走调莫扎特之后,他按下一个键,停留良久,然后再按下一个,再下一个,估计是在确认每个单独的音键本身都仍葆有一台体面乐器应有的纯正性和共鸣效果,只有连到一起时才会卡顿。他忙活的时候,我把双手插进裤袋,在这个小小的房间里四处巡游,脑子里还在想着埃尔比勒。我决意不再考虑未来,甚至不再思考过去,只专注于眼下发生在我身上的事情——不幸的是,这有点像越想努力入睡就越会以失败告终,因为你无法停止去想你在努力入睡这件事。一张用阿拉伯书法拼成的切·格瓦拉海报令我想起还没有和我的阿根廷博导重新约时间。那叠摆在布满杯印的咖啡桌上的《市民报》唤起了我对两个月前刚分手的那个环保回收狂热分子的回忆。桌上还有一罐打开的野虎,还有一只做得像是一包皱巴巴的骆驼烟的陶瓷烟灰缸,至此,一种库尔德式单身公寓的景观构建完毕,我自然会想拿来和我自己的隐居生活做比较。但有那么一会儿,我的注意力被那个逼真得不可思议的烟灰缸分散了,我终于不再继续思考我的单身生活,我的博士论文,我最近提交的经费申请什么时候出结果,或是父母和我第二天即将踏上的漫长回程——甚至都没去想思绪的流淌,以及它是否有价值——我想,换句话说,那就是我很快乐。

萨米数出一沓百元美钞时,我跨过一枚哑铃向钢琴走去,仿佛是想好好看看它。它的背面是一面巨大的、边框镀金的镜子,我在里面看到了自己的样子,毫无意外地令人失望:同所有镜子一样,它对大千世界之中那个完全由意识组成的世界的反映微乎其微,只有一个呆板、静滞的人的表象，而无法表现出其内心无尽流转的千变万化。新的环境、神清气爽的山间漫步、新年带来的新希望使我精神焕发，我感觉自己已经很久没有像在苏莱曼尼亚时这样适应生活，这样潜力无限了——或者干脆说，自从大学毕业后和马蒂一起度过的那个夏天以来。在苏莱曼尼亚，摆脱了世俗陈规的负累，加上哥哥显而易见的平静与满足的感染，我感觉自己正在接近某个分岔口，一次意义重大的偏转，将引领我的生活比以往任何时候都更接近他的、我们的伊拉克祖先。这里就是未来，这里就是我这一世最重要的革命之一将要发生的地方，再加上口袋里额外那本护照带来的勇气，我想要见证它，想要为它的实现做出努力。

我那时的感觉就是这样。但是在萨米新钢琴背面的镜子里，我看上去并不像是一个有那么大潜力的人。恰恰相反，穿了十一年的牛仔裤、一周没刮的胡楂、磨旧的 GAP 防风服，我看起来恰似之后会读到的一个句子的化身——大概是说形而上的幽闭恐惧症，以及总是一个人的惨淡命运之类的。我想，这是一个完全有赖于我们的想象力来解决的问题。但即便是那些靠想象维生的人也将永远受困于一个终极的限制：她可以把镜子照向任何一个选定的对象，以任意一个她喜欢的角度——她甚至可以把镜子举起来，不让它照到自己，以便更好地去自恋化——但还是绕不开这样一个事实：她总归是举着镜子的那个人。而且你看不到镜中的自己，可不代表别人也看不到你。

达成送货协议后，哥哥和那个惜字如金的库尔德人开始着手清空琴凳里的东西。我看着他们一会儿清出来一叠旧乐谱、几张没写几行字的横格纸，一会儿掏出一本穆罕默德·萨利赫·迪兰的诗集。还有一张皇家歌剧院的古董明信片，被哥哥恭恭敬敬地别在镜框的左下角，以及一本1977年版的《斯蒂芬·克莱恩便携读本》（The Portable Stephen Crane）。他们让我先帮忙拿一会儿最后那件，以便他们继续盘点存货，我百无聊赖地翻过《一次贫困的体验》《一次奢侈的体验》《战争中的一个插曲》，目光落在了这句话上：有人敢的话，大概会这么说——世界上最没价值的文学就是一个国家的人写的关于另外一个国家的文学。虽然这篇文章讲的是1895年的墨西哥，然而在今天看来，这种牢骚显得非常私人化，并且颇富预见性，在回程的车上，我对哥哥说，这让我想起阿拉斯泰尔之前说的,一个外国记者在中东待得越久,就越难以书写这一切。我说我头一次听到这种说法时感觉它很像是一个借口,一种托词,以掩饰自己没努力把它写好的事实,但是和阿拉斯泰尔相处得越久——也就是在中东待得越久——我就越有同感。说到底,谦逊和沉默显然要好过无知和傲慢。或许东方和西方就是永远无法相容——就像一条曲线和它的渐近线在几何意义上注定无法相交一样。哥哥看起来有些不以为然。我懂你的意思,他说着,放慢车速,以避让一群正从一家名叫"马当劳"的快餐店走出来的青少年。但是克莱恩不也说过,一个艺术家无非是一种强有力的记忆,能够随意从某些经验中侧身而过?

就在父母和我抵达巴格达的那天,省长阿里·艾尔-哈达里和他的六名保镖遇刺身亡了,严重打击了我的乐观情绪,在我那张越来越长的南北差异清单上又添了一条:前者的政治化程度要远远高于后者。尽管这也不是没有道理:巴格达是首都,北方的局势要稳定得多,而且在库尔德人看来,此次选举的结果已成定局。当然啦,除了哥哥、他的司机、扎赫拉和她的亲戚之外,我在苏莱曼尼亚一个人也不认识,而在巴格达,父母和我被一个大家族围绕着,而他们向来都是一群很政治化的人:目前仍住在这座城市的八个阿姨叔叔里,有两个在"绿区"[1]工作,包括扎伊德在内的三个正在竞选公职。但你走在街上又能看到,比如我祖母家那条路的尽头有块广告板,上面写着:为了让我们的孩子生活在一个更好的国家里。下面是一只投票箱的图片,以及所有人都应该投票的日期,让人很难不把这条标语理解成:是的,对于我们这代人来说,这里或许早已一败涂地,变成了一片绝望、可怖的泥潭,但如果我们现在投了票,没准儿我们的孩子就能继承一个更好的国家了。真主是慷慨的。

的确,我在巴格达观察到的每个人都在担惊受怕,比前一年要严重得多。他们害怕被抢劫,被枪击,被刀捅,被绑架,或者被炸成碎片。他们晚上不出门。他们每天都要改换上班的路线。一天下午,扎伊德的司机注意到有一辆车,同一辆车,从吉哈德到贾迪里亚的一路上都在我们的视野范围内。有时候在我们前面,有时候落在我

---

[1] Green Zone,绿区,又名国际区,位于巴格达市中心,是伊拉克新政府、西方国家使馆和联合国办事处所在地。

们后面，有时候隔着一两个车道，但始终在我们附近。扎伊德的司机嘴上说着可能只是碰巧，但还是离开主路，绕着巴亚区转了一圈才回到原来的路线。果然甩掉了。或者更确切地说，结果表明我们其实无需担心，或者我们的追踪者放弃了，也可能是今天的侦查工作结束了。关键在于，巴格达人的脑子里总是绷着这么根弦儿，而且比前一年要紧得多。前一年，也就是2003年末和2004年初的时候，人们的感觉是困惑。警惕。谈话总是围绕这些问题展开：这些人是谁，为什么突然对给我们带来自由产生了这么高的热情？他们真正想要的是什么？他们会在这里待多久？然而，到了2005年1月，这类讨论的核心问题已经变成了：他们为什么这么混蛋？他们从一开始就打算把事情搞成这样吗？还是说他们只是太过无能了？以及：他们真的会允许我们管理自己的国家吗，即便他们不喜欢我们的宪法？

你们去过月球，得知我是美国人时，一个叔叔的一个朋友提醒我，我们知道你们一定能搞定这个，如果你们真心想的话。

但我确实是真心的。不是吗？或者我只是希望把它做成？一个星期前——矛盾的是，之前和哥哥那场关于书写似乎是徒劳的对话反倒鼓舞了我——我又开始坚持写日记了。(没错,一个新年决心。)但接下来在巴格达度过的这一周里,每当坐在桌前准备动笔,我都会想起《红与黑》里的一个桥段,作者说他本想用省略号点上一页虚点儿,以取代一段政治对话。政治之于妙趣无穷的想象,犹如音乐会中的一声枪响。划然一声,尖锐刺耳,却并不厚实,跟哪件乐器的音色都不协调。(太不雅观,**作者的编辑提醒**,像这样一部浮华的作品,版面有失大雅,就是自取灭亡。你的人物如果不谈政治,就不能成其为一八三〇年的法国人。你这本书,也就不会像你奢望的那样,成其为一面镜子……)[1] 好吧,我倒也想把 2005 年 1 月我在巴格达有过的每一场政治谈话都换成一页虚点儿。但要真这么干的话,到最后弄出的很可能是一本满是虚点儿的 Moleskine 笔记本。无论如何,我和我的家人,还有他们的朋友,都不是一部想象作品中的角色,我们是真实的人,经受着真实的生活,政治在这里也不只是犹如音乐会中的一声枪响,它们有时候真的就是音乐会中的

---

1 引自《红与黑》,司汤达著。译文参考自天津人民出版社 2016 年版,罗新璋译,略有改动。

一声枪响，使得人们谈论它们时的紧迫感变得更为紧迫。恳求似的，亲戚们给我讲着巴格达过去的样子，就好像我有白宫战情室的内线电话，以及为他们申诉请愿的专项经费似的。他们告诉我，一直到上世纪七十年代，这里看上去还像现在的伊斯坦布尔一样：游客和商人熙来攘往，正在崛起的中东世界里一个蓬勃发展的国际大都会。在伊朗之前，在萨达姆之前，在经济制裁、"自由伊拉克行动"和变成现在这个模样之前，他们的国家也曾有过文明、教育、商业和美丽，人们从世界各地涌来，见证它，并成为它的一分子。现在呢？你看见了吗阿马尔，我们家门口的混乱与疯狂？到了晚上，鉴于虚点儿已经不够用了，我开始翻看祖父从政生涯中保存下来的那些书籍、照片和信件，里面也栩栩如生地勾画了一个巴格达，完全不同于我斗胆走出家门时看到的那样——在那里，你一分钟都不能忘记政治，遑论去计较它占据了多少本该用来吃饭、读诗和做爱的时间。一切停摆。满目疮痍。秩序、安保，在湾脊区时如影随形乃至令人生厌的东西，在这里，仿佛摇身一变，成了来自另一个世界的奇迹般的奢侈享受。巴格达，用《这是不是个人》里的话来说，完全是"美的反面"。

在伊拉克的最后一天,大概是在上午,陪父亲和叔叔看望扎伊德的孙辈们回来,我们发现家里来了一个访客。祖母煮了些咖啡,我们六个,包括母亲和扎伊德,围坐在前院的花园里聊天。和大多数对话一样,这场谈话也有它的沉默时刻,但每当停顿出现,为了驱散它,我们的访客就会说:都会过去的。就像某种神经性的抽搐,在我们面前反复上演了得有五六次:都会过去的。都会过去的。有那么一回,说完这句后他抬起头,正好撞见了我的一脸怀疑。

我是说,他说,这种状况不可能一直持续下去的,对吧?

那时候,解放后的巴格达弥漫着一种伪装成乐观主义,但多少有些病态的观点:事情总不会无限度地恶化下去吧。事实上,我觉得这样很难受,尤其是当这种无孔不入的沮丧和暗中滋生的负疚感联系在一起时:作为一个总爱提前做计划的美国人,每天都在倒数着日子等着和父母一起登上回程飞机的那种负疚。但并不是每个人都是宿命论者,扎伊德劝我放宽心。政治活动家们比去年更聪明,更老练。去年的他们比前年更聪明,更老练。他们看准了苦等数十年的机会,正准备抓住时机全力以赴,迅速出击。他们深谋远虑,但也不会把过去的错误抛诸脑后。他们的政敌选择了暴力而非竞选,这就意味着,如果人民真能投票,他们就会赢得选举,还会起草宪法。他们胜券在握,只要不被人窃取,就不可能输。要做到这点可不容易。如果选举真的自由公正,美国人不会想看到它的结果的。但倘若没有被窃取,等到宪法制定后,事情只会变得更难。

我看起来一定很像是已经被说服了,或者至少不介意被说服,因为就当父母和我把大包小包装进车,再回我祖母家的车道上跟大家告别时,扎伊德把我拉到一边,问我有一份绿区的工作愿不愿意考虑一下。他有一个朋友,刚被任命为政府对联合国的联络员,负责一个刚刚起步的经济项目,想要找一个能够信任的人来跟进,在和各方谈判的过程中提供一些技术层面的方案和建议。我不无真诚地对叔叔说,这真是令我受宠若惊,要是能帮上忙当然是我的荣幸,但我也不确定自己什么时候才能回伊拉克,鉴于博士学业已经严重影响到了我的心理健康,我还是得先拿到学位证再说其他。但在看见他眼中的失望时,我赶紧补了一句,当然啦,我会考虑的。好好考虑一下,扎伊德说,决定好了就尽快告诉我们。你的位置很特别,可以帮到我们,帮到我们的国家,阿马尔。和所有人一样,你肯定也明白,我们绝不会按照亚美利加的样子重塑自己,亚美利加也不会希望我们这么做的。所以,回来吧。快回到我们身边。他一边重复着最后这句,一边轻轻地摇了摇我的肩膀,仿佛要把我从梦中摇醒。

到了2007年夏天,我已经修完了博士课程,完成了教学任务,只剩下论文要攻克了,目前它正在以每天一段的速度缓慢生长。我觉得要怪就怪洛杉矶,或者更确切地说,要怪洛杉矶人血液里生来就有的网瘾,于是我把西好莱坞的公寓转租出去,搬进了东行一百英里的大熊湖城,一个适合消夏的小木屋,就在圣贝纳迪诺国家森林。那儿有一个燃木壁炉,能看到山景,还有一幅安塞尔·亚当斯摄影作品的复制品,挂在墙上一般会挂平板电视的位置。到了这里,除了把一只蜘蛛扔进马桶里冲掉,我做的第一件事就是把餐桌搬到了起居室,想象自己会在教材和数据的包围中,轻松自如、灵感迸发地工作到深夜。第二件事就是回到车里，出门去找最近的网吧。刚从车道出来，我的手机响了，是我父亲打来的，告诉我扎伊德被绑架了。

就在他家门口。他的司机过来接他上班，正在开后排客座的车门时，另一辆车开进车道，下来两个男人，用卡拉什尼科夫步枪指着扎伊德的脑袋。Tafadhal, ammu. 其中一个男人说着，打开了他们那辆车的前门。请吧，叔叔。

第二天早晨，阿利娅婶婶接到了一个电话，索要五万五千美元的赎金。

但卡里姆准备砍到一半，我父亲说。

卡里姆是谁？我问。

我们的中间人。

十天后，反对什叶派的力量轰炸了阿里·哈迪清真寺，这是十六个月内的第二次。萨马拉和巴格达实施宵禁，与此同时，作为报复，什叶派也放火焚烧了逊尼派的清真寺——扎伊德依然下落不明。接下这单后，卡里姆问我叔叔的司机绑匪把他放在哪儿了。前座，司机说。很好，卡里姆说。前座很好。要是把人质放在后备箱里，那你很可能是准备杀了他，出于某种政治原因；但放在前座的话，说明你不在乎他是逊尼派还是什叶派,就是冲着赎金来的,为了拿到钱,你会照顾好人质的。那咱们就开始谈判吧。然而,随着时间的流逝,绑匪只零零星星地传来了一些简短而傲慢的消息,后来,指示甚至变得更加简洁、更难得一见了,下达指示的是一个自称老耶齐德的人,抱怨从原劫持者那里买下扎伊德花了他太多钱,这些都让我们越来越难以相信卡里姆那个理论的可靠性。而同一时间的我,正龟缩在加利福尼亚的世外桃源,一遍又一遍地检查手机里有没有新消息,倾听湖水不动声色地拍打码头,唯独论文没有推进多少。下午,我要么出门长时间地骑行,要么在网吧里晃荡,在那里我遇到了一个名叫法拉赫的女孩,住在方斯金,上过几次床后,她邀请我参加7月4号的野炊。后来发现是一个很小的派对,没有我想象中那么喧闹,在等着太阳落山,烟花从湖面升起的时候,有人提议玩"你画我猜"。我跟法拉赫在同一队,这队里还有另外两个姑娘,每当她们俯向桌面时,吊带裙的领口就会张开,露出水粉色文胸上缘的蕾丝花边。我刚起开六年来的第一瓶啤酒,就有人抽到了全员竞猜的卡片。沙漏被倒了过来,所有人都往前探着身子,喊出自己的猜测,随着沙子不断滑落,声音也可以想见地越来越大,越来越急:人。人们。牵着手的人。跳舞的人。生气的人。一脸凶相的人。一脸凶相的人拿着一张通知。停车罚单。宣言。《我的奋斗》。卡尔·马克思。包。麻袋。钱。抢劫犯。抢银行。盗窃。强盗。布奇·卡西迪。《雌雄大盗》。《热天午后》。盗窃。刚有人说过了。别嘟囔!像是……睫毛。头发。美丽。英俊。像是英俊!英竣,英骏,英峻,英浚,英晙……[1]

有那么一刻,法拉赫抬起头,意味深长地瞪了我一眼。然后,她画了一辆车。

接着她画了两个火柴人,手拉手站在车边。

接着她在其中一个火柴人和车前座中间画了一个箭头。然后在后备箱上打了个叉。

噢,我说。绑架。

法拉赫睁大眼睛,点点头,然后用铅笔戳了戳一个看起来像是个皱巴巴的纸袋的东西,上面画着一个美元符号。她还真挺会画的。

赎金!我另外一边的女生尖叫。

勒索信!桌子对面有人大吼。不是我们这组

---

[1] 原文为:Bandsome, candsome, dandsome, fandsome, gandsome...

的。不管怎样，小小模拟沙漏里的沙子已经流光了。那些画被传阅检查时，不止一位恪守规则的高尚人士指出，使用符号是违规的，美元符号也不行。我不记得最后是谁赢了。对于一场重大打击的前奏，人们记得最清楚的往往都是那些令人遗憾的事，那些事后回想起来显得自己尤为小肚鸡肠、目光短浅得无可救药的细节。第二天，父亲打电话来告诉我，尽管阿利娅按照谈好的释放条件汇了四万美金过去，扎伊德的尸体还是被丢在了门廊下，装在塑料袋里，头里有一颗子弹。

贾法里先生？可以请你过来一下吗？

我慢慢地把注意力从伊玛目奥斯曼的详细地址上移开，朝门口的邓肯走去。

这恐怕不是一个好消息，他说，胡萝卜色的眉毛充满同情地绞拧着，你今天被拒绝入境了。

我没说话。

我很抱歉。恐怕我的主管对你不是因为某种你没有透露的理由而出现在这里有些不满。

我来这里是为了转机去伊斯坦布尔！

我们没有理由不相信你的说法。我很抱歉。我想帮你钻空子来着。我真的试过了。但不幸的是，举证的责任在乘客身上，以说服我们他不会欺瞒系统——

我为什么要——

——或者构成威胁。

我把嘴闭上了。

我很抱歉,他重复道。你只是今天不符合条件。如果你之后能让另外一个签证官觉得你符合另外一天的入境条件,我们会按实情处理你的申请。并不是说以后都会自动拒绝你入境。

那明天呢?

明天?

我明天有可能符合条件吗?

没有。

那现在怎么办?

呃,我们问过英航了,他们有一个回洛杉矶的航班一小时后起飞,时间有点紧,但如果我们马上送你和你的行李过安检和办托运,也许能赶得上。

我为什么不能待在这儿呢?

邓肯露出一个职业性的微笑。

我是认真的,我说。如果我要去伊拉克,也订好了周日早上从这里出发去伊斯坦布尔的机票,我为什么不待在这儿,在你们的拘留室里等到那时候?我干吗要大老远地飞回洛杉矶?

……我得去问问。

那当然好。

你可能得睡在这儿了。

没关系。

他这一走又是一小时。又是一个小时的一无所知。地球又转了二十四分之一圈。又有六十分钟努力不去想我现在本该在做什么,我本该已经做完了什么。四年前,哈桑的女儿和哥哥订婚那天,哈桑和我一起在古伊扎散步时说,在过去的好时光里,男性复兴党成员会偷偷留一种特别的胡子以显示身份,一边比另一边略短一点。像时钟的指针。再具体一点,是左边比右边短,像走到八点二十的表针,就像此刻我对面墙上的表针,已经不紧不慢不知不觉地走到了同样的位置,我的心脏开始狂跳,我的手指冻得发紫。哥哥现在在哪儿呢?他舒服吗?暖和吗?他有食物和水吗?有足够的光来看清表盘吗?八点二十五。八点半。静音的电视屏幕上,《生活多美好》(*It's a Wonderful Life*)已经取代了《东区人》(*EastEnders*)。El dunya maqluba——美国的圣诞节就是这样。顺便说一句,El dunya maqluba 还有一个用法,用来表示不赞同或者怀疑,常用来描述现代发展中表现出的某种疯狂。有个黑人要入主白宫了，你听说了吗？El dunya maqluba！世界颠倒过来了。在这个意思下，对应的英语短语是 The World Turned Upside Down，以此为名的至少有两首带有无政府主义色彩的歌曲，还有马克思主义历史学家克里斯托弗·希尔的一本书，讲的是英国资产阶级革命期间的激进主义。据说，第一首歌最早是在 1643 年以民谣的形式出现的，刊登在一份英国报纸上，以此抗议国会颁布的命令：圣诞节应当是一个庄重严肃的场合，应废除一切与之相关的欢庆传统。天使报来大喜的消息，牧羊人便歌唱又欢呼。……为何要夺走我们的良俗？但知足吧，时代在哀哭，看吧，这天翻地覆。当然，对那些想要保留圣诞仪式的抗议者来说，把世界颠倒过来的是国会。而对于我美丽的表姐拉尼娅来说，是这些仪式本身。

九点十分。九点十五。九点二十五。地球自西向东自转了一千英里，绕太阳转了六万六千六百六十六英里，绕银河系转了四十二万英里，在宇宙中穿越了二百二十三万零七千英里。加到一起，我们正在以每小时二百七十二万四千六百六十六英里的速度在太空中穿行——而且所有人的位移几乎是完全同步的，就像一群椋鸟盘旋着穿过天空。它们锚定的差不多是同一个硕大无朋的天体,而罗盘方位要到很晚近才被人发明出来,确切地说,被一些以北方大陆为家的人发明出来。英里和小时,也是赤道以北的人们发明的——前者要归功于罗马侵略者,在征伐欧洲的进程中,每隔一千步,就往地上插一根棍子;后者则是古埃及人的功劳,他们把一天中有日光的时间分为十二个部分。而伊斯兰教的一天始于日落。在俄罗斯帝国,一旧俄里等于两万四千五百英尺。澳大利亚人用他们人口最多的那个城市的港口水量来衡量液体的体积。这些都不是什么新鲜事,不统一。不对等。专有名词的冲突。总是有一些异见者,总有一些人觉得世界需要一次革命,而流血是革命唯一的方式。这种认为历史在不断自我重复的观点的问题在于,它如果没能让我们变得更明智,就会让我们骄傲自满。我们本该从南斯拉夫、波斯尼亚、索马里那里学到一些东西的,没错;但另一方面:人会杀人。他们拿走不属于自己的,捍卫属于自己的,不管那点东西是多么地少。话语无效时他们就使用暴力,但有时理智的话语无效是因为那些大权在握的人不想听。那么,这应该怪谁呢:在苏莱曼尼亚,一个辛勤工作的人,一个从来都为人慷慨、与人为善的好人，不可以在下午五点出门去接刚上完钢琴课的孩子回家，否则就会被人持枪绑架，因为他们想不出除此之外，还有什么办法能挣到十万美金。

比起你哥，你更令人垂涎，阿拉斯泰尔在邮件里提醒我，我前一天晚上就收到了，但在排队登机时才点开看——这些本该是此刻坐在羔羊酒吧里的他对我耳提面命的，如果那些堪称楷模的边防守卫愿意放行的话——像你这样的人，是那些人梦寐以求的顶级大奖。一个什叶派，来自一个政治家族，和两个他们痛恨的政党都有联系，而且在绿区有人脉，而且是一个家在美国、存款是美元的美国公民？你能想象吗？"这么多只鸟！一颗石头全中！"

那好吧，贾法里先生。你可以待在这儿。但要想在之后的三十四个小时里都由我们监护，你得先接受医生的检查。

美国又是美国了，奥巴马当选那天我对自己说。虽说也并非"不慎脱口而出"，但显然也没过脑子——用曼德尔施塔姆写上帝的话来说，"纯属无心之过"。一个多月前的10月2号是开斋节,同天晚上,乔·拜登在副总统辩论会上力抗萨拉·佩林——那一晚,佩林引用了罗纳德·里根的话,自由的灭绝往往只需要一代人。我们无法通过血缘把它传给我们的孩子。我们只有争取它,捍卫它,把它交托给他们,这样他们才有可能也这么做,否则我们就只能在迟暮之年,不停地向我们的孩子、我们孩子的孩子讲,在过去的美国,曾经有过那样一个时期,所有的男男女女都是自由的。但里根在这里指的并不是国家安全。这些话是在1961年代表美国医学会女性分部说的,当时讨论的是社会化医疗——特别是联邦医疗保险的危害性。

开斋节那天,我独自待在西好莱坞的公寓里,用母亲寄过来的克莱佳[1]开斋,由于第二天早上就该把论文交给导师了,我一边千辛万苦地给打印机换新墨盒,好打完长达四十三页的表格和注释,一边听着佩林州长连珠炮似的射出一个兵工厂的拼读错误,开始怀疑现在才决定从政是不是有点太晚了。如果你不喜欢事情现在的样子,那就去改变它。干坐在旁边翻白眼无济于事。好人什么

---

[1] Klaicha,伊拉克的一种传统甜点,黄油脆饼皮内包裹椰枣、无花果、坚果等馅料,常用作开斋点心,配茶食用。

都不做,邪恶才会获胜,诸如此类。但后来,奥巴马赢了,突然之间,我开始喜欢事情现在的样子,或者将来的样子,只要他前任造成的破坏不至于太过根深蒂固,或者甚至积重难返。折磨了我将近八年的政治性抑郁一朝散尽,我甚至开始放胆想象我们的民选总统身上那些显而易见的卓越品质将会如何重新赢得海外世界的好感。或者:那些恨我们的人真的在乎我们投票选出了谁吗?又或者,我们选出了一个似乎很睿智、说话得体、审慎迷人、富有远见又手腕高超的人——总之是一个令人嫉妒的领导者——只会让他们更恨我们?

此刻正在给我做检查的"社会化"医师是个和善的人——温柔,麻利,有意回避我的罪行,无论它是什么——但不管怎么说,这依然是一次怪异的体验,在我根本不需要的时候,在我忧心如焚而无半句怨言的时候,在我最迫切地想要确认是否健康的不是我自己,而是我那个已经消失过两次的哥哥的时候,接受这样一场检查。刨去浓重的印度口音,拉尔瓦尼医生的英语无懈可击,墙上挂着的大学文凭不少于四张,这令我不禁好奇,一个英国医生需要取得多高的成就,才能免于在节礼日当晚待在五号航站楼无窗的腔体内值班。身高:五英尺九英寸[1]。体重:六十七公斤——大约十点五英石。这属于正常情况吗?什么?很好。说"啊——"。用舌头顶住上颚。抬起胳膊。两手握拳。往我这里推。很好。很好。摸下鼻子?摸下我的手指?用最快的速度轮换着来。膀胱问题?射精障碍?很好。弯腰。挺起身子,一节一节脊椎地来。走到那里去。回我这边来。很好。

我要抽一点血。如果 HIV 是阳性需要通知你吗?

呃,我说,这绝对不可能。但是,没错,我猜我会想知道的。

他拿起一个金属棒,就像一个小小的乐队指挥棒,举在我俩中间。现在请你闭上眼睛,感觉它碰到一边脸时就说"有"。

……有。

有。

有。

有。

有。

---

[1] 约一米七五。

有。

有。

有。

很好。现在,还是别睁眼,告诉我:你觉得它是尖的还是钝的?

尖。

钝。

尖。

钝。

尖。

尖。

钝。

钝。

尖。

钝。

很好。现在,还是别睁眼,告诉我放到你手上的是什么东西。

一个回形针。

一把钥匙。

一支铅笔。

一毛钱。

他笑了。是五分钱。带陷阱的问题。

我看着他驾驶着转椅滑到房间另一头，从一个反光的托盘上取了眼底镜，再滑回来，把脸凑到我面前，近得简直一不小心就要亲上了。他的皮肤散发出干净的橡胶味。听着他呼吸时鼻孔里轻微的咝咝声，我的瞳孔淹没在一片白光中。

我能看见你眼睛底下的血管在搏动。

是吗？

是的。我们喜欢这样的。

检查单上的最后一项是完整的胸部 X 光片——检查里面有没有异物之类的，我猜这是为了检查我肚子里有没有藏着海洛因小气球——我穿衣服时，他问：

话说，你是做哪行的？

我是一个经济学家。

噢？哪种？

唔，我一边拉上裤子拉链一边回答，我的博士论文写的是风险厌恶。目前正在找工作。

拉尔瓦尼一脸亲切地点点头。

然后，可能是我的直觉告诉我这是一个宽容的人，一个智慧而开明的盟友，而且反正我应该再也不会遇到他了，于是我补充了一句：

我还在考虑竞选公职。

一时间，一抹审慎的喜悦凝固在了拉尔瓦尼的脸上——就好像我刚提到的是一个共同的熟人，但我们还不了解彼此对此人的看法。说实在的，连我自己都被方才的宣言吓到了——但我真的是这么想的，正如我的羁留真的会很漫长一样，等到我的态度变得更明显以后，拉尔瓦尼双手用力拍了一下，简直要喊出来了：太棒了！在哪里？

加利福尼亚。第三十国会选区，估计。

拉尔瓦尼点点头，这回带着某种钦敬。等到我系好运动鞋的鞋带，再次直起身子，他的眼睛半眯着，一派高深，仿佛陷入了遥远的回忆。"我不懂占卜的艺术，"他的语气中有一抹戏剧色彩，"在四五百年的时间里，谁知道会发生什么。但有一点再明确不过：天主教徒们[1]将会占据席位，就连穆罕默德的追随者们[2]也会。毋庸置疑。"然后，看上去颇为自得，他从一只手上褪下橡胶手套，把它拉得老长。好吧，贾法里博士。我觉得这是个好主意。贾法里议员。贾法里总统。祝你好运。

---

1 Papists，对天主教徒的贬称，指信奉罗马天主教会教义和教皇权力至高无上的基督教徒。
2 Mahometans，旧时英语对穆斯林的称呼，但穆斯林认为这个词具有冒犯性，因为似乎在暗示他们对穆罕默德的崇拜超过了对真主安拉的。

或许，不管是以怎样的方式，等你拜访完你的兄长，就能把我们从这堆破事儿里解救出来了。

走回拘留室的路上，不知为何，我感觉如释重负，变得轻盈了许多，甚至有点冒泡——仿佛就是在验证它的强健耐用的过程中，我蜕去了身体，把它留在了身后检查室的地板上。萨米眼底的血管还在搏动吗？它们还在他的眼底吗？三年前的夏天，就在母亲被诊断出阿尔茨海默症后不久，父亲给我写了一封邮件，里面附了一个网址，链接到《西雅图时报》上的一则报道，一个名叫穆罕默德的两岁孩子被射中了脸部，就在从巴格达去巴古拜的路上。几个家人带着他去探亲，回家路上被一伙激进分子拦下了越野车，用 AK-47 对准了车里五个手无寸铁的人中的四个。穆罕默德的叔叔被杀死了，母亲伤得很重，只有四岁的姐姐毫发无伤。打中穆罕默德的子弹毁了他的右眼，擦伤他的左眼，他先是在伊拉克，然后在伊朗住了几个月的院，后来被某个人道主义组织空运到西雅图的一个医疗中心，在那里，他的眼睛或许可以通过角膜移植治好。很抱歉向你转达了一些悲伤的事，我父亲写道，仿佛我们上个月的通信就不悲伤似的，但我觉得应该让你知道，那个死去的叔叔就是去年一月份来你祖母家拜访我们时,坐在花园里不断地说"都会过去的"那个人。

我认为他是对的。

此刻已近午夜,但在拘留室里,头顶上惨淡的荧光灯仍在嗡鸣,像是极地苍白的太阳。而且很冷,对于一个没窗户的房间来说,冷得有点过分了,我收到了一条带静电的薄毯,一只套在一次性纱布里的迷你枕头,对于模拟床铺的温暖或舒适都没有太大帮助。同时,我也不再是孤身一人。一个跛脚的女人正在我的脚边拖地,一个看上去二十大几的金发姑娘坐在房间另一侧,静静地哭泣。她坐在几个小时前那个黑人的座位上,身边那张椅子上整整齐齐地摆着一套和我一样的枕头和毯子,跷着腿,大衣折了几折搁在膝盖上,每次呼气或者擤鼻子,风帽上的毛边都会泛起涟漪。我自己的大衣在我的行李箱里,卷成一团塞在一双徒步靴和一个玩具算盘中间。我身上只穿着一件轻便的派克大衣,二十三个小时前我穿着它从洛杉矶出发时,期待中的第二天和真实的今天可不怎么一样。西好莱坞的气温大概是华氏五十六度——春意还不算浓,但也足够我在和导师告别后,快走到家时,临时决定坐在咖啡馆外面点一盘鸡蛋了。当时我手边有本书,就是那本写后凯恩斯主义的,尽管我现在并没有在读,等到点好早午餐,值完机后,我打开它,开始非常心不在焉地阅读,直到我那价值五美元的鲜榨桑吉耐劳血橙汁端上来,我立即一饮而尽。果汁浓郁、甜美,喝完后书上的字更显稠密,而后慢慢溢散开来。午后的月亮高悬在天空之上,反射着太阳的光芒。然后我的手机响了,屏幕上显示父母;然后又响了一声,这次是马蒂给我的留言:圣诞快乐,安拉保佑;第三次响起时,面包篮和果酱刚摆到我眼前,我一边听着父亲向我转述扎赫拉半小时前告诉他的话,一边放下刀叉,观望起比佛力林荫大道上向西飞驰的车辆。大部分都是越野车,还有些古怪的老式两厢车或轿车,还有一辆白色的超长豪华轿车,一辆漆成鲨鱼模样的面包车,一辆闪着车灯的红色消防车,悠闲地拖着一面美国国旗。他们要十万,父亲哽咽着告诉我。哈桑提出给七万五。车辆逐渐逼近它们在我座位对面那面落地窗上的映像,同时既向西,也向东,像是要驶入彼此——引擎盖、车轮、挡风玻璃消失在反物质中,旗帜也吞吃了自己。

第三部分

埃兹拉·布莱泽的《荒岛唱片》访谈

[录于BBC广播大厦,伦敦,2011年2月14日]

主持人 本周的漂流者是一位作家。一个出身于宾夕法尼亚州东匹兹堡松鼠山地区的聪明男孩,从阿勒格尼学院毕业后,凭借书写战后美国工人阶级的短篇小说迅速登上了《花花公子》《纽约客》和《巴黎评论》的版面,被誉为极为直言不讳而又离经叛道的天才。二十九岁时,他已经出版了第一部长篇小说《九里河》(*Nine Mile Run*),这为他赢得了三座国家图书奖奖杯中的第一座,此后,他又陆续出版了二十本书,赢得了数十个奖项,包括福克纳文学奖、美国艺术与文学院小说金质奖章、两次普利策奖、美国国家艺术奖章,以及,在刚刚过去的十二月,"以其丰沛的创造力和精湛的腹语术,讽刺而又不无同情地展现了现代美国社会极为显著的异质性",赢得了文学界最令人向往的殊荣：诺贝尔文学奖。不仅在美国家喻户晓，在英国和海外也颇负盛名，他的作品已经被翻译成三十多种语言——然而，在书页之外，他依然是一名隐士，更喜欢久居长岛东端的圣洁生活，而非被他形容为"致命的浮华与狂乱"的曼哈顿文人生活。"在创作中敢于冒险"，"在生活里保守审慎"。他就是埃兹拉·布莱泽。

不如就从这里谈起吧，埃兹拉·布莱泽，你那些堪称离经叛道的主人公们纯粹是狂野想象力的产物吗？

埃兹拉·布莱泽　［笑。］要是我的想象力真有那么狂野就好了。不。当然不是。但要说它们是自传体，或是陷入试图区分"真实"与"虚构"的愚蠢操作，也是一样跑偏了，就好像小说家不是先理直气壮地踢开了这俩盒子才动笔的似的。

主持人　所以这理由是什么？

埃兹拉·布莱泽　说到底，我们的记忆并不比我们的想象力更可靠。但我是头一个承认这是不可抗拒的，去思考小说里什么是"真实"什么是"想象"的人。去检查二者的接缝，试图搞清楚它是如何完成的。自打有人类以来，我们就总爱派发一些我们自己都不会一直遵守的建议。"在你的私秘创作中敢于冒险，在狩猎采集时保守审慎。"

主持人　批评家对你并不总是很友好。你介意吗？

埃兹拉·布莱泽　我尽可能地避开所有和我作品有关的文字。它们对我一点用处都没有，无论是表扬还是否定，对我来说都一样。我比任何人都了解自己的作品。我知道我的短板。我知道什么是我做不到的。到了现在，我也很清楚自己该怎么做。当然，刚开始的时候，每个关于我的字我都会读。但我又从中得到了什么呢？毫无疑问，给我的书写书评的人里不乏有见识的人，但我更愿意读他们写别的作家的文章，而不是写我的。或许称赞对提高自信有点用处，但是你得学会不靠这个也能自信才行。关于你上一部作品的评论对你手头这本要写上十八个月、快把你搞疯了的新书一点帮助都没有。书评是写给读者看的，不是给作者看的。

主持人　谈谈你的童年吧。

埃兹拉·布莱泽 我想关于我的童年,大家早就听得够多了。

主持人 你是三个孩子里最小的那个……

埃兹拉·布莱泽 说真的,我更乐意谈谈音乐是如何进入我生活的。我在成长过程中从没听过古典音乐。事实上,我一直对它抱有一种无知男孩的轻蔑。我觉得这些都很虚伪,尤其是歌剧。但我父亲很喜爱听歌剧,这很奇怪,虽然他没怎么受过教育——

主持人 他是一名炼钢工人。

埃兹拉·布莱泽 他在埃奇沃特钢铁厂做会计。但周末的时候他会听歌剧,在收音机上,我记得应该是周六下午,还有……播音员名叫米尔顿·克罗斯。有一副低沉悦耳的嗓子,歌剧的内容是大都会歌剧院的广播,我父亲就坐在沙发上,旁边放着他那本卷了边儿的《一百部歌剧的故事》(*The Story of a Hundred Operas*),听着电台里放《茶花女》或者《玫瑰骑士》。好吧,这多少有点奇怪了。

我们家没有留声机,也没有书,家庭娱乐生活的中心就是收音机,而每周六的下午父亲都会独自霸占上好几个小时。

主持人　他自己搞音乐吗?

埃兹拉·布莱泽　有时他会在冲澡时唱歌,咏叹调,咏叹调里的几个小节,然后母亲就会从厨房走出来,脸上挂着一种梦幻般的微笑,说:"你父亲有一副动人的嗓子。"和我的主人公们不一样,我有一个幸福的家庭。

主持人　他真的有一副动人的嗓子吗?

埃兹拉·布莱泽　还行吧。但我当时完全被流行音乐迷住了。战争打响的时候我八岁,也就是1941年,所以我把战争时期的歌曲听了个遍,等我进入青春期时,听到的尽是些爱情歌……

主持人　比如说?

埃兹拉·布莱泽　[停顿片刻,然后开始唱]"在咖啡馆，小姐。我们的约会，小姐。啦哒哒哒——哒——哒哒哒——"或者"格罗卡莫—拉—还好吗？"我记得这首歌，是因为它流行的那阵子正好是在我哥哥参军前夕。吃晚饭的时候，我们总爱听收音机，每次放到《格罗卡莫拉还好吗？》 ("How Are Things in Glocca Morra?")，哥哥就会用还不赖的爱尔兰口音跟唱，吓我一跳。后来他服兵役去了，只要一听到这首歌，妈妈就会哭。她一开始哭，我就从桌边站起来，说，别这样，妈妈，我们来跳舞吧。

主持人　你那时多大？

埃兹拉·布莱泽　1947年？十三四岁吧。这就是我的第一张唱片。《格罗卡莫拉还好吗？》，演唱者是埃拉·洛根，爱尔兰的艾索尔·摩曼。

主持人　事实上，她是苏格兰人。

埃兹拉·布莱泽　真的吗？大家都知道？

主持人　应该是吧。

埃兹拉·布莱泽　埃拉·洛根是苏格兰人?

主持人　是的。

*　　*　　*　　*　　*　　*
　*　　*　　*　　*　　*　　*

主持人　刚才我们听到的就是《格罗卡莫拉还好吗?》,来自音乐剧《菲尼安的彩虹》(*Finian's Rainbow*),演唱者是埃拉·洛根。但埃兹拉·布莱泽,你肯定不会只和母亲跳舞吧?给我们讲讲你的爱情生活是怎么开始的吧。

埃兹拉·布莱泽　噢,就像你说的,我很快就开始和女孩们跳舞了。舞会上啊。派对上啊。我的一个朋友有一间装修齐全的地下室,专门用来搞派对的。我们其他人都没什么钱,住在公寓房里,但是他家有一个带精装修地下室的独栋别墅,我们就在那儿开派对。那些派对上能引爆全场的歌手是比利·艾克斯坦。他那浑厚有力的男中音,他的黑皮肤,把我们迷得神魂颠倒。他不是爵士歌手,尽管他确实唱过几首爵士。[唱:]"我把帽子丢在了海地!丢在了一个被遗忘的——"不。

我喜欢的不是这种。我们最喜欢的是那种可以跟着跳舞的,非常舒缓,你可以搂着姑娘,尽可能近地揽向自己,因为我们所能拥有的唯一接近性的机会就是在地下室的舞池里了。姑娘们都是处女,在整个大学期间她们将一直是处女。但是在舞池里,你可以用你的下腹抵住你的女朋友,如果她也爱你,那她就会抵回来,如果她没那么信任你,就会边跳边把她的屁股往后挪。

主持人　咳咳,我们是一档合家欢节目。

埃兹拉·布莱泽　不好意思。边跳边把她的臀部往后挪。

主持人　刚说到艾克斯坦。

埃兹拉·布莱泽　艾克斯坦那时候常穿"一粒扣"西装:两侧翻领又长又窄,被一颗扣子扣在腰下。领带打成宽宽的温莎结,所以衬衫的衣领会翻得很夸张——一种"比利·艾克斯坦领"。每周三晚上和周六,我都在考夫曼西装的绣字店里打工,算上员工折扣,我攒够了钱,买了一件珍珠灰的一粒扣。我的第一件西装。等到比利·艾克斯坦回到匹兹堡,在克罗福德烧烤店演唱时,我和朋友们穿着西装溜了进去。啊,能活在那时,已是幸福,若再加年轻,简直就是天堂![1]

主持人　第二张唱片?

埃兹拉·布莱泽　《不知为何》("Somehow")。

*　　*　　*　　*　　*　　*
　　*　　*　　*　　*　　*
*　　*　　*　　*　　*　　*

主持人　刚才听到的是比利·艾克斯坦的《不知为何》。埃兹拉·布莱泽,从阿勒格尼学院毕业后,你也去服兵役了。当时是什么情况?

埃兹拉·布莱泽　我在军队里待了两年。我是被征召入伍的,朝鲜战争,幸运的是,我没被派去朝鲜,而是去了德国,和大概二十五万美国人一

---

[1] 原文为:Bliss was it to be alive, but to be young was very heaven! 本句是对华兹华斯诗句的化用,中译文参考了丁宏为译《序曲或一位诗人心灵的成长》,北京对外翻译出版公司 1999 年版,略有改动。

起为第三次世界大战做准备。我是一个MP。宪兵(military policeman)。在美因茨的李军营。在岁月和病痛让我身材缩水到你现在看到的样子之前,我有六英尺两英寸[1]高,两百磅重。一个肌肉发达,佩有手枪和警棍的宪兵。作为宪兵,我的专职是指挥交通。虽然第三次世界大战还没影儿,但交通天天都看得着。我在宪兵学校学到了指挥交通的诀窍,那就是让车流贴着你屁股走。你想看看吗?

主持人　听起来像是在跳舞。

埃兹拉·布莱泽　听起来像是在跳舞,没错!你听过那个笑话吗?

主持人　应该没有。

埃兹拉·布莱泽　一个年轻的见习拉比就要结婚了,于是他就去请教一个睿智的老拉比,就是胡子拖到地上的那种。"拉比,我想知道哪些做法是

---

[1] 约一米八八。

允许的,哪些是不被允许的。我不想做不该做的事。比如说,做爱的时候,"他问老拉比,"两个人都在床上,我压在她上面,这样可以吗?""可以!"拉比说,"当然可以。""那还是我在上边,把她的腿扛在肩膀上,这样可以吗?""可以!"拉比说,"当然可以。很好。""那要是我坐在床沿,她面向我,坐在我身上,这样可以吗?""可以!当然可以。""那我们可不可以面对面地站着做?""不!"拉比大吼,"绝对不行!这样看起来像是在跳舞!"

主持人　下一张唱片。

埃兹拉·布莱泽　好吧,在军队里,小伙儿们经常会遇到可以当自己老师的人,他们了解那些你一无所知的世界。在德国的时候,我跟一个念过耶鲁的人被安排在一起,到了晚上——他有一台留声机,在兵营里——他会放德沃夏克。德沃夏克!我都不知道该怎么念,更别说拼写了。我对古典音乐一无所知。不仅无知,还怀有敌意,就像一个粗俗的孩子。然后有天晚上,我被他播放的音乐震撼到了。是大提琴协奏曲,当然了。应该是卡萨尔斯拉的。后来,我也听了杰奎琳·杜·普蕾的版本,当然也很出色,但因为我先听的是卡萨尔斯,所以我们还是放他的吧。我就喜欢它那强烈的激情,如电流般注入你的血管……

* * * * *
 * * * * *
* * * * *

主持人　刚才是德沃夏克的《B小调大提琴协奏曲》,演奏者是帕布罗·卡萨尔斯,协奏是乔治·塞尔指挥的捷克爱乐乐团。所以,在德国当兵是什么感觉,埃兹拉·布莱泽?

埃兹拉·布莱泽　噢,对我来说,算不上特别愉快的体验吧。我喜欢指挥交通。我喜欢穿制服,当一个不好惹的宪兵。但那是1954年。战争刚过去九年。战后这些年里,纳粹对欧洲犹太人实行全面灭绝的所有恐怖真相才被一点点揭露出来。所以我不喜欢德国人。我受不了他们,受不了听他们说德语。那种语言!然后,哎,本来是这样的,但我遇到了一个女孩。一个漂亮的德国女孩,金发蓝眼,下巴突出,百分之百纯种的雅利安人。她还在上大学,我在镇上遇见她时,她手里拿着几本书，我就问她在读什么书。她很可爱，懂一点英语——不是很多，但她说英语的时候十分迷人。她的父亲上过战场，这点对我来说就不怎么迷人了。我没脸去想要是我的家人知道我爱上了一个纳粹的女儿会怎么想。所以，这是一段相当纠结的恋情，我试着把它写成我的第一本小说。当然了，我没能写出来。但没错，我第一本书想写的就是我和一个德国女孩的恋情，我是个宪兵，战争刚过去九年。我甚至没法说服自己去她家接她，因为我不想见到她的家人，这让她很崩溃。我们从不吵架，她只是哭。我也哭。我们很年轻，我们相爱，我们哭泣。人生中第一次痛击。她叫卡特娅。我不知道她后来怎么样了，现在在什么地方。也不知道她会不会在德国的某个地方读到我的书的德语版。

主持人 所以你第一次尝试写书的成果呢？它们去哪儿了？塞在抽屉里？

埃兹拉·布莱泽 没了。早没了。我写了满满五十五页充满愤怒的文字，无比糟糕。我那时二十一岁。她十九岁。是个可爱的女孩子。没别的了。

主持人 第四张唱片。

埃兹拉·布莱泽 服满兵役,我想在欧洲到处看看,就退了伍,并留在了欧洲。带着一个大帆布包、一个军用行李包、一件军大衣,还有一笔退伍津贴,大概三百美元,我搭火车去了巴黎,住进了第六区一家简陋的小旅馆。就是你半夜起来上厕所时,根本找不到走廊里的灯在哪儿,或者就算摸黑找到开关开了灯,但刚走没几步就又灭了的那种旅馆。好不容易找到了厕所,麻烦却更大了,因为战后那些年里的卫生纸——我能在一个合家欢节目上聊卫生纸吗?

主持人 可以。

埃兹拉·布莱泽 那些卫生纸就像是指甲锉。都不能说是砂纸了,只能说是指甲锉。

主持人 你在巴黎住了一年——

埃兹拉·布莱泽 一年半。

主持人　——在服完兵役后？

埃兹拉·布莱泽　对。我住在奥德昂站附近，经常去奥德昂咖啡馆，当然又遇到了一个女孩。热纳维耶芙。她有一辆声浪很大的黑色小摩托——那会儿巴黎遍地都是——夜里她会一路开到奥德昂，和我碰面，怎么说呢，这个女孩，她不是那么……好吧，她很漂亮，那当然，但她是那种街头女孩，不过她也很有音乐品味，和我在军队里那个哥们儿一样，是她把福雷的室内乐介绍给我的。也是在那时候，我领略到了大提琴的美妙，于是我就让《反复出现的包袱》里的玛丽娜·马科夫斯基也拉了一曲。一连好几个月，这是我唯一想听的乐器。它的声音让我战栗。福雷也有优美的钢琴乐段，但只有大提琴，那么美妙［低声咆哮，模仿大提琴的声音］，那么深沉，只有大提琴才能抵达那样的深度。我完全被它迷住了。它的那种抑扬顿挫，那种丰沛鲜活，实在是太华美了。我从未听过这样的音乐——《小姐》（"Mam'selle"）跟它差了十万八千里，虽然我们就在这首歌里的城市。所有的一切都疯狂地朝你涌来。一切都是偶然。生活就是一个巨大的偶然。顺便说一下，我对这个女孩的爱和对那个德国姑娘的不一样。或许是因为这里没那么狂飙突进[1]。

* * * * *
 * * * * *
* * * * *

主持人　加布里埃尔·福雷的《D小调大提琴协奏曲》第一乐章,演奏者为托马斯·伊格洛伊,钢琴伴奏者为克利福德·本森。说到这个我想起来了,埃兹拉·布莱泽,《巴黎评论》就是那时候创办的吧?

埃兹拉·布莱泽　噢,是的。我想那帮人大概是在1953或1954年到那儿的。也就是一两年之后。当然,每个人我都认识。乔治,彼得,汤姆。布莱尔。比尔。"医生"。个个都才华横溢。富有魅力,敢于冒险,对文学严肃认真,还有,上帝保佑,完全没有学究气。那时候巴黎还笼罩着一种

---

1 *Sturm und Drang*,德国剧作家克林格的作品,讲的是参加独立战争的年轻人在战争中成为战友,从而消除父辈由于误会而结下的冤仇的故事。德国文学史上的狂飙突进运动也由而得名,指的是十八世纪六十年代晚期到八十年代早期在德国文学和音乐创作领域的变革,文艺形式从古典主义向浪漫主义过渡,这一时期的作品大都是反映当时的社会现实问题,以及年轻人的爱情,感情真挚、热烈,夹杂着浓厚的感伤色彩。

美国侨居者冒险胜地的光晕:菲兹杰拉德,海明威,马尔科姆·考利,《转变》(*Transition*)杂志,莎士比亚书店,西尔维娅·毕奇,乔伊斯。还有《巴黎评论》那帮人,他们对自己在做的事情抱有一些浪漫的想法。你听过 E.E. 卡明斯的那首诗吗?"让我们办个杂志吧/让文学见鬼去吧……那无所畏惧的淫秽……"[1] 他们很浪漫,但他们也很执拗,他们在做的是一些前所未有的事。尽管说到底,和我一样,他们之所以会在巴黎是因为那里能找到乐子。当时可真不少。

主持人　那段时间你有写作吗?

埃兹拉·布莱泽　试着写了些吧。我写了几篇很讨喜的诗意小短篇,非常敏感的小短篇,关于……噢,不知道怎么说。世界和平。赛纳河上粉红色的阳光。青春期泛滥的感伤主义,这是一个问题。另一个问题是,我总是试图把角色楔进彼此的生活,安排他们在街角或者咖啡馆相遇,这样他们就能聊天了。这样他们就能跨越人与人之间巨大

---

[1] 出自 E.E. 卡明斯 1935 年自费出版的诗集《没有谢谢》(*No Thanks*)中的第二十四首。

的隔阂，向彼此解释事情了。但这实在太刻意了。刻意又多事，真的，因为有时候你就是得让你的角色各行其是，也就是说并存。如果他们的人生道路交叉了，那么他们就能教会彼此一些事情，这没问题。但如果没有，那也很有趣。或者，如果不是很有趣，那你或许需要后退一步，然后重新开始。但至少你没有背叛事物本来的样子。我二十多岁的时候，一直在做这样的斗争，总是想用迷人的行文来强行制造意味深长的交会。得到的就只有这些死气沉沉的小短篇，在句子的层面无可指摘，但没有办法引起共鸣，没有存在的理由，没有自发性。没有事件。有次我把其中一篇拿给乔治看，他给我回了封短笺，开头是这么写的："你明明很有天分，亲爱的埃兹拉，但你需要找到一个主题。现在这个就像是 E.M. 福斯特写的《大象巴巴》。"

主持人 下一张。

埃兹拉·布莱泽 噢，在我们常去的一间酒吧里，我们听到了切特·贝克的演奏，还有博比·贾斯帕，应该是他，还有莫里斯·范德，一个很棒的钢琴家,他那会儿也三天两头来。我记得有天晚上听他们演奏《你还好吗?》("How about you?"),满脑子都是:我在哪儿?等在我前面的是什么?所有的一切!年轻的时候你迫不及待地想要经历那些重大事件。那时候我什么事都等不及。拒绝思考,只管冲锋——永远向前冲锋!你还记得这种感觉吗?

* * * * *
 * * * *
* * * * *

主持人 刚才是《你还好吗?》,表演者是切特·贝克、博比·贾斯帕、莫里斯·范德,贝诺伊特·凯尔森和让-路易·维亚勒。埃兹拉·布莱泽,跟我们说说,你为什么要离开巴黎?

埃兹拉·布莱泽 我为什么要离开巴黎?有一部分的我也总在问这个问题。一部分我——勇于冒险的那部分——总是对理智的那部分我说:你为什么不留下来呢?哪怕是为了女人也该留下来。因为巴黎的爱欲生活和我作为一个阿勒格尼学院男孩时所了解到的完全是两码事。但是,待了一年半之后,我真的必须得回家了。我的写作,如果可以称之为写作的话——好吧，我真的不知道自己在干什么。就像我说的，只是一堆多愁善感、空洞无物的废话。所以我回家了。回到匹兹堡。我父母在那里，我姐姐在那里，结了婚有了小孩，显然，在巴黎待过以后，我怎么可能在这儿待得下去。我一直很爱匹兹堡，尤其是在它看起来最糟糕的时候。我写过这个，当然：清理整顿之前的匹兹堡。现在它已经是座整洁的城市了，经济繁荣，科技发达，但在那时，吸一口街上的空气就有可能把你毒死。空气是黑色的，蒸腾着黑烟——就像人们以前老说的那样，"没有盖子的监狱"——还有叮里咣当的火车、四处林立的工厂，每天都有新的戏剧在上演，如果我留下来，并且运气足够好，或许会成为匹兹堡的巴尔扎克。但是我不得不逃离我的家庭。不得不去纽约。

主持人 然后在那里发现了芭蕾。

埃兹拉·布莱泽 芭蕾和芭蕾舞者。毕竟，那是巴兰钦最火的时候。太精彩了。全都是新的。我发现了斯特拉文斯基，发现了巴托克，肖斯塔科维奇。一切都随之改变。

主持人　你的第一任妻子就是一名舞者。

埃兹拉·布莱泽　我的前两任妻子都是舞者。她们互相看不上,你可以想象。但那是另一个教训了。我和艾丽卡——

主持人　艾丽卡·塞德尔。

埃兹拉·布莱泽　对,和艾丽卡·塞德尔结婚。她后来成名了,但我们结婚时她在团里还很不起眼,我被她迷住了。一切都是新的。一切!就这样击中了我。这种新鲜感,这种发现的激动,在我眼中都有了具象的化身,就是这个格外美丽的年轻女人。生于越南。在维也纳国家歌剧院芭蕾舞学校接受训练,她的家人一直住在那里,直到她十四岁时父母离婚,她的母亲,一个美国人,把她带去了纽约,就这样没入了巴兰钦的舞团。婚后差不多一年,她在《七宗罪》里有一段独舞,就这样,我就再也见不到她了。就跟娶了个拳击手似的。永远都在训练。每次演出结束后我去后台看她,她也像拳击手一样臭。所有的女孩都散发着臭味,就像第八大道的斯蒂尔曼健身房里那样。她有张小猴子似的脸——除了在舞台上,在舞台上她永远都有一颗好看的脑袋,要眼睛有眼睛,要耳朵有耳朵,但到了后台,她看上去就像是刚和穆罕默德·阿里大战了十五回合。反正,我根本见不到她。那个时代很少有男性会有我这样的体会,一个女人完全被她的工作占据,并且嫁给了它。所以我们分开了。我转头又找了一个舞者。这可不怎么聪明。达娜。

主持人　达娜·波洛克。

埃兹拉·布莱泽　作为一个舞者,达娜没有艾丽卡那么出色,但也够优秀的了。我不知道我为什么会重蹈覆辙——做同样的事,然后得到同样的结果。所以我再下一个结婚对象是一名酒吧侍者。但她晚上也要出门。

主持人　你一直都没要孩子吗?

埃兹拉·布莱泽　回头想想,我觉得我都是把女朋友当孩子养的。

主持人　你后悔没生孩子吗?

埃兹拉·布莱泽　不会。我很爱我朋友们的孩子。我会想他们，给他们打电话，参加他们的生日派对，但我有更要紧的事要做。至于一对一的关系，对于育儿来说确实更合适——好吧，我对一对一关系没有什么特别的偏好。但是芭蕾舞，还有芭蕾舞音乐，是我的下一轮教育。在那之后所有的都来了。莫扎特，巴赫，贝多芬，舒伯特，我爱的舒伯特钢琴曲，贝多芬的《四重奏》，巴赫伟大的奏鸣曲，《帕蒂塔》组曲，《哥德堡变奏曲》，卡萨尔斯轰鸣般的大提琴演奏。人人都爱它们，有点像当年的《小姐》。

主持人　让我们听听你的第六张唱片吧。

埃兹拉·布莱泽　最近一个朋友给了我一本尼金斯基的日记，第一版，是他的遗孀萝莫拉整理的，据说她没有收录自己不喜欢的部分。和佳吉列夫有关，我猜。因为她嫉妒佳吉列夫，以及他对尼金斯基的影响力，她把尼金斯基的病怪在了佳吉列夫头上。不管怎么说，现在出了新版，之前删掉的部分都被还原了,但我读的是遗孀版的,不管做过什么处理,依然是一本无与伦比的杰作。所有这些都让我回到《牧神的午后》,另一次初恋。[笑。]但我现在可以听出其中的反叛了——那种肆意而为,那种对想象中力量的奴役。哎,可惜我们没有尼金斯基跳《牧神》的影像片段了,所以只能拿手头有的,也就是德彪西的将就一下了。

* * * * *
 * * * * *
* * * * *

主持人 刚才我们听到的是德彪西的《牧神的午后》前奏曲,演奏者是伊曼纽尔·帕胡德及柏林爱乐乐团,由克劳迪奥·阿巴多担任指挥。埃兹拉·布莱泽,你曾经写过,抑郁是"难以维系的幸福过后不可避免的崩溃"。这种情况在你身上发生过多少次?

埃兹拉·布莱泽 噢,每次抑郁来袭的时候都是这样,但很幸运地只有过两三次。一次是被我深爱的女人甩了。第二次也是被我深爱的女人甩了。第三次是我哥哥死了,我成了唯一还在世的布莱泽。好吧,也许还有第四次。但不管怎样,任何一种抑郁都是这样的——不管是情绪上的,还是经济上的,都只会发生在你站得最高的时候。我们被关于权力、安全和控制的欺骗性概念架得太高了,一旦它们轰然倒塌,我们站得越高就摔得越惨。因为落差太大,也因为羞耻,竟然未能提前预见到它的倒塌。就像我说的:有时是个人感情,有时是经济问题,有时甚至还会有些政治性抑郁。被多年来的相对和平与繁荣麻痹,安于用花哨的科技、顾客关注度、十一种口味的牛奶来微观管理我们的生活,这就会导向某种内向性,某种不受控制的狭隘,以及一种模糊的期待:就算它们不是我们理所应得的,也不是我们培养起来的,但这些不可或缺的便利设施还是会永远存在。我们相信有人在照管公民自由商店,所以就甩手不管了。我们的军事威力无可匹敌,而且反正那些疯狂也跟我们隔着至少一个大洋。然后,突然之间,我们从网购纸巾的页面上抬起头来,却发现自己早已置身于疯狂之中。我们想知道:这是怎么回事儿?事情发生的时候我在干什么?现在再想这些是不是有点太晚了?而且说到底,这种固执的、迟来的拓展想象又有什么用呢?我有一个年轻的朋友,写过一部相当惊人的小长篇,就是关于这个的。关于我们到底在什么程度上可以穿透镜子，想象一种生活，准确说是一种意识，以减少我们自己意识中的盲点。表面上看来，小说和它的作者没有任何关系，但事实上，它是一个人蒙着面纱的肖像，一个决心要超越她的出身，她的特权，她的天真的人。[轻笑。]巧的是，这位朋友，她是我一个——算了。不说了。我不会说出她的名字。这个不重要。就是这么回事儿。那句话是怎么说的来着？上帝为了教美国人地理学，于是发明了战争。

主持人　你不会真的相信吧。

埃兹拉·布莱泽　我相信我们中有相当一部人没法立即在地图上指出摩苏尔。但我也觉得上帝可能正忙着张罗大卫·奥尔提兹的全垒打，不太顾得上教我们地理学。

主持人　再来首音乐。

埃兹拉·布莱泽　还剩几张？

主持人 两张。

埃兹拉·布莱泽 两张？可我们才说到三十多岁。这辈子都过不去这个坎了。我的下一张唱片是施特劳斯的《最后四首歌》。我没听过德语版的。我也听不了瓦格纳。到后来我才意识到。我爱《最后四首歌》，基莉·特·卡娜娃演唱的版本。谁不爱呢？

*　　*　　*　　*　　*
　*　　*　　*　　*

主持人 刚才我们听到的是基莉·特·卡娜娃演唱的《日暮之时》（"Im Abendrot"），由伦敦交响乐团伴奏，安德鲁·戴维斯指挥。埃兹拉·布莱泽，你之前说你不后悔没要小孩，但是有传言说你其实有一个孩子，在欧洲。这些传言中有真实的成分吗？

埃兹拉·布莱泽 我有两个孩子。

主持人 真的吗？

埃兹拉·布莱泽 双胞胎。既然你都问了。虽然我觉得这样有点不太合适。还记得我跟你讲的那个朋友吗？有个黑色小摩托车，把福雷介绍给我的那个？好吧，她怀孕了，就在我准备离开巴黎的时候，我当时不知道，然后我就回美国了。不得不回去。我已经没钱吃饭了。

主持人　你们没有保持联系吗？

埃兹拉·布莱泽　我们通过一阵子的信，但后来她就消失了。那是1956年。1977年的时候，我正好要在巴黎待一个礼拜，为一本书的法语版做宣传。我住在蒙塔勒贝特酒店，离出版社很近，我坐在酒吧里，正在和我的编辑说话，这时一个年轻女人向我走来，长得很美，她用法语说：不好意思，先生，但我想你应该是我父亲。我心想，好吧，跟我来这套。于是我说，请坐，小姐。然后她告诉我她的名字，我当然认出了她的姓氏。我的法国恋人，热纳维耶芙，我们相识的时候她和这个女孩差不多大。于是我说，你是某某·热纳维耶芙的女儿吗？然后她说：Oui. Je suis la fille de Geneviève et je suis votre fille.[1] 我说，真的

---

[1] 原文为法语，意为：是的。我是热纳维耶芙的女儿，也是您的女儿。

吗？你多大了？她告诉了我。然后我说，但你怎么能确定我是你的父亲呢？她说，我妈妈告诉我的。我说，你是特意在这里等我的吗？Oui. 你知道我来了巴黎？Oui. 然后她说：我哥哥就快到了。噢？我说。他多大了？跟我一样大。没错，你有一个女儿和一个儿子。这时我的编辑站起来说：我们改天再聊翻译的事吧。

主持人　你现在讲得这么镇定，但当时一定很震惊吧？

埃兹拉·布莱泽　吓死了，也开心死了。你看，我根本不用抚养他们，见面时他们就是成年人了。第二天，我们和他们的母亲共进晚餐，大家都很开心。现在他们都有孩子了，我的孙儿们，我被他们迷死了。我喜欢我的孩子们，但我为我的法国孙儿们着迷。

主持人　你会去探望你的秘密家人吗？

埃兹拉·布莱泽　我每年去一次巴黎。我在法国见他们，很少在美国，以防流言蜚语。或许现在我可以在美国见他们了。我会给他们提供一些经济上的帮助。我爱他们。我不知道有这种传言。你是从哪里听说的？你是怎么知道的？

主持人　一只小小鸟告诉我的。

埃兹拉·布莱泽　一只小小咬告诉你的。用英式口音念很有意思，你懂的。

主持人　苏格兰口音。

埃兹拉·布莱泽　你才苏格兰。每个人都是苏格兰人。下回你该告诉我奥巴马也是苏格兰人了。

主持人　不管怎么说，埃兹拉·布莱泽，我觉得你应该很高兴有这么个机会来公布这件事。由你本人亲口说出来。

埃兹拉·布莱泽　嗯，这显然要比我预期中的电台访谈更有意义。我有孩子的事曝光了。就是这么回事。在我身上发生了一件美好的事。一件无比美妙的事。就像我之前说的，人生中的一切都是偶然。就连那些看上去不像是偶然的事情也是偶然。从怀孕开始,当然了。这是一切的基调。

主持人　这个偶然有没有影响到你的工作?

埃兹拉·布莱泽　本来会有影响的,如果我不得不抚养他们的话。但是我并不需要。而且,我从没写过关于他们的东西,没有明确写过。我自己都很奇怪我现在居然在谈论他们。我不知道我为什么没有对你撒谎。你让我猝不及防。而且你又是这样一个迷人的年轻女人。而我已经是个衰老的男人了。从我的人生中添加或删去哪些生平事迹已经不再重要了。

主持人　你不衰老。

埃兹拉·布莱泽　我就是衰老本身。

主持人　最后一张唱片。要给我们听点什么?

埃兹拉·布莱泽　阿尔贝尼兹《伊比利亚》里的

一部分,他在生命最后几年里写的——不到五十岁就死了,肾病,应该是——听的时候,不要忘记这点:孕育出这些乐章的那个头脑,那种感情,没过多久就熄灭了,只留下这些光辉绚烂的绽放,烟雾弥漫的火光。要我说,我们真该坐在这里,听上整整一个半小时,因为每一首都建立在前一首的基础之上,它们是相互独立的,但合在一起听更为丰富,越来越剧烈的激情会揪痛你的心。那么鲜活。那么单纯。那么浓烈。我喜欢巴伦博伊姆的版本,部分是因为他和爱德华·萨义德的关系。在他生前,当然,萨义德写过一篇文章,讲的是晚期风格:这个概念就是说,意识到自己的生命,以及自己的艺术生涯即将走到终点会对艺术家的风格产生影响,无论带给它的是果决或安详,还是不甘、艰难和矛盾。可如果一个艺术家离世时年仅四十八岁,你能称之为"晚期风格"吗?他是如何做到的,一边和肾结石的剧痛做斗争,一边创作出这样一部精彩、轻灵、欢快的杰作?就像我刚才说的,我很想和你把整张都听完,但既然你示意我赶紧收尾,那我们就来听第二首吧,名叫《海港》("El Puerto")。用术语说是 zapateado,如果我没理解错的话，应该是踢踏音乐（tap music）的墨西哥语说法。

* * * * *
 * * * * *
* * * * *

主持人　《海港》，来自伊萨克·阿尔贝尼兹的《伊比利亚》，钢琴演奏者为丹尼尔·巴伦博伊姆。告诉我，埃兹拉·布莱泽，为什么受不了一对一关系？

埃兹拉·布莱泽　为什么受不了一对一关系？这个问题好。因为一对一关系违背人性。

主持人　写小说也是。

埃兹拉·布莱泽　我同意。

主持人　但显然你从中得到了好处，还有愉悦。

埃兹拉·布莱泽　在一对一关系里时，确实是这样。但我现在单身，已经很多年了。让我惊讶的是，单身生活竟然如此快乐。苏格拉底，或者类似的一个什么人不是说过吗，老年单身就好比终于从一匹野马的背上被解绑了。

主持人　毫无疑问,单身违背人性。

埃兹拉·布莱泽　等你老了就不了。人性就是老了就该单身。不管怎么说,我已经为种族的延续贡献了一对双胞胎。他们也贡献了各自的孩子。我的任务完成了。

主持人　不知不觉就完成了。

埃兹拉·布莱泽　或许这样才是最好的。我很愿意成为进化的工具。一般是在你年轻的时候,年轻,富有魅力,然后演化说:"我需要你。"

主持人　就像山姆大叔。

埃兹拉·布莱泽　是的,就像山姆大叔。对一个苏格兰人来说还不错。进化戴上他的高礼帽,捻着他的山羊胡,然后指着你说:我。需。要。你。或许在不知不觉中为演化效命就是人类为性而疯狂的真相。

主持人 那作为一个战士，你应该算得上是军功等身了吧？

埃兹拉·布莱泽 我参加过几场战斗。得过一枚紫心勋章。抢占过滩头。早在二十世纪五十年代，比六十年代的性解放运动还要早，我那代人就已成功登陆，并在战火弥漫的海岸展开了殊死搏斗。我们顶着唇枪舌剑，勇猛地在沙滩上杀出了一条血路，后来却发现"花之子"[1]们悠闲地踏着我们血淋淋的尸体，一路上高潮迭起。对了，你之前问到衰老。活到这把年纪是什么感觉？简单来说就是，你平时看到任何东西时都会提醒自己，这大概是你最后一次看到它了。没准儿还真就是。

主持人 你害怕死亡吗？

埃兹拉·布莱泽 我知道死亡是怎么回事。或许我还有三年，五年，七年，最多九年十年。在那之后，就再也不会变老了。[笑。]除非你是卡萨尔斯。说起来，卡萨尔斯也弹钢琴，有次他告诉

---

[1] 嬉皮士的自称。

一个记者，在过去的八十五年间他每天都会弹同一首巴赫，那时他已经九十多岁了。记者问他不会觉得腻烦吗，卡萨尔斯说，不会，恰恰相反，每次弹都是一次新的体验、新的探索。所以或许卡萨尔斯从未变老。或许他是弹着《布列舞曲》走到生命的尽头的。但我不是卡萨尔斯。我没有被地中海饮食法俘虏。我怎么看待死亡？我不去看。我看的是整体，我整个儿的一生。

主持人　那你对自己整个儿一生中已经达成的成就还算满意吗？

埃兹拉·布莱泽　我很满足，因为我不可能做得更好了。我从不逃避工作上的责任。我卖力地工作。尽了自己最大的努力。我不会把自己觉得还没做到最好的东西拿出来。我后悔出版某些不那么重要的书吗？不会。只有写完第一本书，第二本书，才会有第三本，而不是把它们写进同一本厚书，虽然这样看待问题有点过于文艺了。但它是一份单独的作品。回头看来，每一本对之后的写作来说都是必不可少的。

主持人 你最近有在写什么新书吗?

埃兹拉·布莱泽 我刚开始动笔写一个三部曲,大部头。事实上,我今天早些时候刚写了第一页。

主持人 噢?

埃兹拉·布莱泽 对。每一册都会有三百五十二页。至于这个数字的意义,就没必要深究了。我会先写结尾,所以会是结尾,开始,中间这样。前两本写的是中间,开始,结尾。最后一本就只有开始。我认为这个计划将会向世人证明我不知道自己在做什么,并且从没知道过。

主持人 你认为这要花上多长时间?

埃兹拉·布莱泽 噢,一两个月吧。

主持人 那么请问,埃兹拉·布莱泽,如果大浪来袭,要把所有的唱片从你的荒岛上卷走,你会抢救哪张?

埃兹拉·布莱泽 天哪。就一张？这是哪儿来的海岛？

主持人 很远很远的地方的。

埃兹拉·布莱泽 很远很远的地方。那儿没有别的人吗？

主持人 没有。

埃兹拉·布莱泽 只有我一个人，在一个荒岛上？

主持人 没错。

埃兹拉·布莱泽 我还可以带点什么？

主持人 《圣经》。或者《摩西五经》，如果你想的话。或者《古兰经》。

埃兹拉·布莱泽 这些都是我最不想带的书。我巴不得再也见不到它们了。

主持人 《莎士比亚全集》。

埃兹拉·布莱泽 很好。

主持人 你还可以自己再选一本。

埃兹拉·布莱泽 我等会儿再选。还能带什么？

主持人 一件享受用的。

埃兹拉·布莱泽 食物。

主持人 我们会提供食物的。不用担心食物。

埃兹拉·布莱泽 那我要带一个女人。

主持人 抱歉，忘了告诉你，不能带另一个人。

埃兹拉·布莱泽 带你也不行？

主持人 不行。

埃兹拉·布莱泽　那我要带一个娃娃。一个充气娃娃。我自己选。颜色也由我来定。

主持人　我们会给你的。唱片选好了吗？

埃兹拉·布莱泽　好吧，我选出的这些都是我的最爱，所以很难说我愿意反复听的是哪张。有时候你的心境正好是《菲尼安的彩虹》那样的，有时候情绪又更符合德彪西。但我觉得应该是一张伟大的古典乐，我永远听不厌施特劳斯《最后四首歌》里的那种激昂，啊，激——昂。我能把四张都带上吗？

主持人　我很抱歉……

埃兹拉·布莱泽　你可真会砍价。

主持人　规则又不是我定的。

埃兹拉·布莱泽　那是谁？

主持人　罗伊·普拉姆利。

埃兹拉·布莱泽 他是苏格兰人吗？

主持人 咱们的时间恐怕不太够了。

埃兹拉·布莱泽 好吧。《日暮之时》。有它的话，我应该能有足够的精神头儿熬过荒岛上的日子，我和我的充气女人。没准儿我俩过得还不错呢。多么宁静。

主持人 还有你要带的书。

埃兹拉·布莱泽 好吧，当然不可能是任何一本我自己的书。我应该会带《尤利西斯》。我这辈子读过两遍。迄今为止。无限丰富，也无限费解。不管你读了多少遍，都会遇到新的谜团。但它提供的乐趣达到了一种相当稳定的浓度。而且我还有的是时间，当然，所以没错，就是乔伊斯的《尤利西斯》了，带评注的版本。后面我会告诉你为什么需要评注。他的天才，讽刺的天才，不断为你带来绝佳的乐趣，引人入胜的广博，还有都柏林这座城市，这本书的景观，它就是这本书本身，但它不是我的城市。我也希望自己可以像他那样写写匹兹堡。但那样的话,我就只能一直待在匹兹堡,和我姐姐,我母亲,我父亲,我的叔叔阿姨和侄子侄女们一起。倒不是说乔伊斯这么干了,我可得提醒你,一有机会离开都柏林他就跑得远远的,去的里雅斯特,去苏黎世,最后去了巴黎。我觉得他回都没回过都柏林,但他一辈子都沉迷于这个城市,以及它的十亿个细节中。沉迷于用一种前所未有的小说手法来描摹它。广博,机智,丰富,尤其是伟大的创造性……天哪,简直绝了!但如果没有评注的话我会迷路的。我对荷马式的东西兴趣不大,顺便说下。事实上是完全没兴趣。但我想到了荒岛上大概就有了,不然还能干吗呢?这么多时间,但只能跟你的充气女人待在一起,尽管她是那么地完美。所以,是的,我要带上乔伊斯。

主持人 谢谢,埃兹拉·布莱泽,感谢你跟我们分享你的——

埃兹拉·布莱泽 不过我最喜欢充气女人的一点就是——不是说生理意义上,而是感情意义上——没有争执。不管我有多么爱那些亲爱的舞者,还是经常会有摩擦。因为她们属于巴兰钦而不是我。

主持人　……你非要用这种占有式的语言来谈论爱情吗?

埃兹拉·布莱泽　不可能不用吧!爱是反复无常的。桀骜不驯。难以遏制。我们尽最大努力驯服它,命名它,为它制定日程安排,甚至有可能把它控制在六点与十二点之间,如果你是巴黎人的话,那就在五点到七点,但是和世上所有可爱并难以抗拒的事物一样,它终会让你泪流不止,而且,是的,这个过程中有时会添上几道抓痕。想要把秩序和形式强加给事物,哪怕是生活中那些最难搞的混乱而又模糊的东西,这是人类的天性。有的人起草法律,有的人在马路上画线,有的为河流建筑堤坝,有的分离同位素,有的则是通过造一只更好的胸罩。还有的人写书。妄想最严重的那些人写书。我们也并没有什么别的选择,除了把清醒的时间都花在厘清并理解由来已久的混乱之上;伪造一些模式和比例,在它们根本不存在的地方。正是同一种冲动,同一种驯服和占有的狂热——这种必要的愚蠢——使得爱情迸射出火花,并经久不熄。

主持人　但是，难道你不觉得在爱情中培养自由非常重要吗？自由与信任？理解而非期望？

埃兹拉·布莱泽　下一张唱片。

主持人　既然我们已经知道你其实有孩子，埃兹拉·布莱泽……你还有什么遗憾吗？

埃兹拉·布莱泽　遗憾没有早点遇到你。你靠这份工作维生吗？

主持人　是的。

埃兹拉·布莱泽　你喜欢它吗？

主持人　当然。

埃兹拉·布莱泽　当然。你知道，我认识一个诗人，住在西班牙，一个杰出诗人，现在已经六十多岁了，但是在她三十几岁的时候，三十岁不到或者三十出头吧，她酷爱冒险，跑遍了马德里所有的酒吧，找里边最老的男人，然后带他回家。

这是她的使命：和马德里最老的男人睡觉。你做过这样的事吗？

主持人　没有。

埃兹拉·布莱泽　那你现在想试试吗？

主持人　……和你吗？

埃兹拉·布莱泽　就是和我。你结婚了吗？

主持人　结了。

埃兹拉·布莱泽　结婚了。好吧。但这并没有妨碍安娜·卡列尼娜。

主持人　嗯。

埃兹拉·布莱泽　也没有妨碍艾玛·包法利。

主持人　嗯。

埃兹拉·布莱泽　那这会妨碍你吗？

主持人　安娜和艾玛的结局都很惨。

埃兹拉·布莱泽　有孩子吗？

主持人　两个。

埃兹拉·布莱泽　两个孩子，一个丈夫。

主持人　对。

埃兹拉·布莱泽　好吧［笑］，让我们忘了他。我认为你是一个很有魅力的女人，我非常享受这段时间。我明天晚上要去听音乐会，有两张票。本来有个朋友要跟我一起的，但我敢肯定他很乐意改天再去。波利尼来了，无与伦比的毛里奇奥·波利尼，他要弹贝多芬的最后三首钢琴奏鸣曲。所以，我的最后一个问题，在《荒岛唱片》上。明晚，毛里奇奥·波利尼，皇家节日音乐厅，我只能带一个女人，我希望那个人是你。那么，你怎么想，小姐？要试试吗？

图书在版编目(CIP)数据

不对称 /（美）莉萨·哈利迪著；陈晓菲译 . —郑州：河南文艺出版社，2021.11
ISBN 978-7-5559-1229-3

Ⅰ . ①不… Ⅱ . ①莉… ②陈… Ⅲ . ①长篇小说—美国—现代 Ⅳ . ① I712.45

中国版本图书馆 CIP 数据核字 (2021) 第 208991 号

Asymmetry
by Lisa Halliday
Copyright © 2018 by Lisa Halliday
All rights reserved.

中文版权 © 2021 北京理想国时代文化有限责任公司
经授权，北京理想国时代文化有限责任公司拥有本书的中文（简体）版权
豫著许可备字 –2021–A–0137

不对称

[美] 莉萨·哈利迪 著　陈晓菲 译

选题策划	陈　静
特约策划	冯　婧
责任编辑	丁晓花
特约编辑	冯　婧
责任校对	丁　香
装帧设计	陆智昌
内文制作	陈基胜

出版发行	河南文艺出版社
本社地址	郑州市郑东新区祥盛街27号 C座 5楼
邮政编码	450018
承印单位	山东新华印务有限公司
开　　本	787毫米×1092毫米　1/32
印　　张	13
印　　数	1—8,000
字　　数	192 000
版　　次	2021 年 11 月第 1 版
印　　次	2021 年 11 月第 1 次印刷
定　　价	65.00元

★ 版权所有　侵权必究 ★